Unicorn

独角兽书系

Марина Дяченко / Сергей Дяченко Привратник

Скитальцы

守门人

流浪者

四部曲 / 卷一

[乌克兰] 玛琳娜·加琴科　[乌克兰] 谢尔盖·加琴科 / 著　　邱　鑫 / 译

重庆出版集团　重庆出版社

THE GATEKEEPER

Copyright © 1994 by Sergey and Marina Dyachenko
Published in agreement with Hannigan Getzler Literary,
through The Grayhawk Agency Ltd.
Simplified Chinese Translation copyright © 2024 by Chongqing Publishing House
By CHONGQING PUBLISHING HOUSE CO., LTD.

版贸核渝字(2022)第126号

图书在版编目（CIP）数据

守门人 /（乌克兰）玛琳娜·加琴科,（乌克兰）谢尔盖·加琴科著；邱鑫译. -- 重庆：重庆出版社，2024.10
ISBN 978-7-229-17904-5

Ⅰ. ①守⋯ Ⅱ. ①玛⋯ ②谢⋯ ③邱⋯ Ⅲ. ①长篇小说—乌克兰—现代 Ⅳ. ①I511.345

中国国家版本馆CIP数据核字(2023)第160376号

守门人
SHOUMENREN

［乌克兰］玛琳娜·加琴科　［乌克兰］谢尔盖·加琴科　著
邱　鑫　译

责任编辑：邹　禾　魏映雪　王靓婷
装帧设计：谢颖设计工作室
封面图案设计：seyo
责任校对：朱彦谚
排版设计：池胜祥

重庆出版集团　出版
重庆出版社

重庆市南岸区南滨路162号1幢　邮政编码：400061　http://www.cqph.com
重庆市国丰印务有限责任公司 印刷
重庆出版集团图书发行有限公司 发行
E-MAIL:fxchu@cqph.com　邮购电话：023-61520646
全国新华书店经销

开本：880mm×1230mm　1/32　印张：9　字数：226千
2024年10月第1版　2024年10月第1次印刷
ISBN 978-7-229-17904-5
定价：62.00元

如有印装质量问题，请向本集团图书发行有限公司调换：023-61520678

版权所有　侵权必究

目　录
СОДЕРЖАНИЕ

第一部分　现　世 …………………………………… 1

第二部分　漂　泊 …………………………………… 37

第三部分　试　炼 …………………………………… 99

第四部分　召　唤 …………………………………… 193

第五部分　决　斗 …………………………………… 235

第一部分

现　世

第一部分　现　世

　　刚入春没几天，拉尔特突发奇想要出门旅行，决定下得特别仓促，是他一贯的风格。

　　临行前的一天我过得像在打仗。拉尔特阴沉的表情偶尔会泄露出一丝不安。他随时都一副不高兴的样子，我已经习以为常了，可到目前为止，我还没见过他因为什么事情心神不宁过。好几次他张嘴想和我说话，话没出口又烦躁地把嘴闭上了。他这样搞得我很忐忑。

　　天刚亮他就走了，出门前给我下了一大堆指示：去村里完成几个小任务，把房子打扫干净，要用的东西都打包装箱，傍晚去港口同他会合，太阳一落山就扬帆出发。

　　目送他离开后，我松了口气。

　　去村里干什么都好说。村里人以为我是"魔法师学徒"，他们这么想倒是替我省了不少事。我要是到处和人解释我不是拉尔特的学徒我就是个傻子。我是他的仆人，侍从、管家和跑腿小弟三合一，什么都是，就不是学徒。不过在他们眼里我和贵族也差不多了，客栈老板甚至总赊酒给我喝。

　　拉尔特的家建在一座小山上。回家后我思考了一阵，意识到如果我动作快点，去港口之前还能来得及和丹娜道别。我加快了动作，没多久拉尔特的卧室就干净得发光。我把箱子拖到了前厅，太沉了，差点没把胳膊拉断。

就在前厅，我忽然想起了主人交代的最后一项任务。

当时，拉尔特一只脚踩在马镫上，病恹恹地皱了皱眉，犹豫了一会儿（以前可从来没见他这样过！），从口袋里掏出一张折了又折的纸。

"这个……"他烦躁地咕哝道，"光一照到井口，你就去前厅把这个读一遍，大声点儿，读清楚。最好别出什么错。注意时间，不准迟到，少瞎扯淡。行了，就这些。"

这活儿没什么特别的，类似的事我做过不少。当然了，幻想自己是魔法师还挺让人开心的。不过说实话，如果鹦鹉识字，它读得不见得比我差。

前厅里没什么光，来拜访拉尔特的人一到这里就会心生敬畏。

我第一次走进拉尔特家时满心都是这种敬畏之情。一切都要从鞋架咬住我的脚踝开始……那场面可是很难忘。

我把箱子放在了门边。

天花板上有个圆孔，晴天时会有一束光从中穿过。那束光看着就像一根织针，细长锋锐。一天之中它会从前门上方的鹿角开始，一直照射到对面墙上的挂毯。

挂毯上画着拼命吹号的猎人，他们戴着手套，手套上站着猎鹰。挂毯下方靠墙的地方有一口奇丑无比的井，井里井外全是霉斑。那束光通常会在下午照到井口。拉尔特给我下达任务时指的就是这个时间。

放下箱子，我坐到门左边的椅子上，等待那束神奇但极其磨蹭的光从地毯上滑落，爬上潮湿的井壁。

忙了一个早上，我坐着休息，无所事事。时间一分一秒过去。一想到马上就能出门旅行，我十分开心，把前厅仔仔细细地研究了一遍，尽管这里的一切我都了如指掌。

绒毛地毯上有个地方总是会长出羊毛，我给它起了个名字，叫毛斑。它此刻就在我面前。定期修剪毛斑，让它与地毯的其余部分齐平也是我的职责之一。剪下来的羊毛被我收进了麻袋，再攒攒就够给自己织条围巾了。

我的右手边，就是门对着的地方有面镜子，我经常在它旁边走来走去，偶尔还会擦擦镜面上的灰。它像条狗一样谄媚地为拉尔特服务，从各个方向展示他的镜像。我甚至觉得它还会帮他系围巾。它从没搭理过我，更过分的是，它总弄出些又可怕、又逼真、有时候还挺恶心的影子吓唬我。现在镜子里一片漆黑，像极了黑暗的小树林里毫无波澜的湖水。

主人有个他自己从来没碰过的巨大衣柜。每周六我都会把存放在里面的东西整理一遍。铁甲胄处理起来尤其麻烦，毕竟要用毛呢把它们擦得精光锃亮才行。

拉尔特家的一角放着个被称作衣架的东西，阴森森的，丑得要死。很难说它像什么，一棵病入膏肓的树，还是一具畸形动物的骸骨？我记得这是三年前拉尔特的一个魔法师朋友送的礼物。我以为主人会在道谢之后把它丢进杂物间。然而与我的猜测相反，他把礼物摆在很显眼的地方，还命令我把访客们的斗篷都往上面挂。不知不觉中，这个衣架竟然成了诡异的房子里最诡异的东西。拉尔特对它的态度明显和对其他物件不一样。经过衣架时，他不是把脸转到一边就是一阵冷笑。有一回他把我痛骂一顿，说我在上面堆了太多东西。拉尔特就是拉尔特，谁知道他到底在想些什么。

这根扭曲的叉棍上现在只挂着一件夹克，绿底金花，是我秋天在旁边集市上淘来的战利品。拉尔特很嫌弃我的审美，不过丹娜还挺喜欢的。

我的思绪不由自主地飘到了丹娜身上，她是全村最好的女孩，而我是个外来户，外貌不算出众，体格也不是顶强壮，可她还是选择了我，因为我是"魔法师学徒"，所以说，她的选择其实是基于我的特殊身份。我一个人坐在这里默默开心，直到看见一束光不动声色地滑过井口。

我在口袋里一通乱翻，出了一身大汗，终于找到了那张被揉得发皱、又对折了两次的纸。

拉尔特在上面写的自然不是魔法符文，而是识字课本里的那种大写印刷体字母，随便逮只兔子都能看懂。尽管如此，我念到一半时还是差点闪了舌头。念完之后我就开始后悔自己为什么要做这件事。半空中忽然轰隆一声，就像底下有团火似的，眼前的一切开始扭曲抖动。我慌慌张张地把那些不知所云的音组嚷了出来，都不知道自己在说什么。最后几句咒语是命令式，拉尔特甚至标上了感叹号。我读的时候就像一只被什么东西压住的猫在哀嚎。接着，哀嚎停止。

很长一段时间以来，我的余光总能瞥见点儿东西，这对我造成了十足的困扰。这时我猛一回头，看见衣架从上到下不断弯曲，像是在不停抽搐。我也不是才开始帮拉尔特做事，可是，请相信我，这真的很恐怖。还没等我把卡在喉咙里的尖叫挤出来，一个人就倒在了原本衣架立着的位置上。

我一开始没反应过来这是个人。他像石堆一样，没形没状地瘫在绒毛地毯上，我则站在对面的角落里，一动也不敢动。这

第一部分　现　世

个、这个衣架就这么在前厅里放了三年……

那人动了动，抽搐了一下，抬眼看着我，一副失心疯了的样子。我朝后退去。他一蹦而起，目光看向自己的手，发现右手里捏着我的金花绿夹克，嘴里咕哝了几声，一脸嫌恶地想把它扔出去，手指却似乎不听使唤。他伸出左手把右手手指掰开，像扔垃圾一样把我的外套扔到墙角，衣袋里的零钱撒得整个前厅到处都是。他又盯着我看了一会儿（这人就像个傻子），又看了看自己的手，突然把自己从头到脚摸了一遍，嘴里呼哧呼哧的声音越来越大，最后竟然大笑（或者大哭）出声，顺着墙滑回到地毯上。

我早就知道有魔法师把活人变成物件，可我从没想过我的主人拉尔特也做过这等事。

我现在确定他在笑了，笑得在地上打滚。他笑了一会儿，忽然捂住嘴停下了所有动作。我已经认定他是个疯子了。他看都不看我，嘶声说道："给我点儿水。"

我走到厨房后终于想起，送衣架的是巴利塔扎尔·埃斯特，这是他与主人又一次和解的标志。

当我回到前厅时，男人已经冷静了下来。虽然他的脸色依旧死气沉沉，可是眼神已经恢复了清明。他背靠墙坐着，摩挲着额头和脸颊，想让自己看起来正常一点儿。

我把杯子递给他，他喝得干干净净，牙齿在玻璃上磕出了响声。

他把空杯子放下，喘了口气，盯着我说："所以这是他的命令？"

我没去确认这个"他"是谁，点了点头。

"接下来呢？"他的舌头还没完全恢复，说话时直勾勾地盯着我。"达米尔……"

7

哎呀，他认识我！

"达米尔，他还下了什么命令？"

我吞了吞口水，耸了下肩。

"按照我的理解，"他继续嘶哑地说，"我这是可以……离开了吧？"

我傻兮兮地微笑了一下。

他扶着墙站起身，朝大门挪去，转身又道："好。行。现在……帮我给他带个好。就说马兰向他问好。"

我站在门边，看着他迈动僵硬的双腿一步步离开。

给他带个好……疯了差不多，真是离谱到家。

怪人在路上一步一步往前挪动。他名叫鲁阿尔·伊力马兰涅恩，绰号马兰。

他的腿不听使唤，因为过去三年里一步也没迈过。双手不自然地弯曲着，在胸前抓来抓去，寻找着并不存在的风衣和夹克领子。他的眼睛早就适应了昏暗的环境，春日里阴沉的天空对于他而言还是太亮了些。

拉尔特先生家那座活过来的衣架走在通往村子的路上。

马兰的精神完全无法集中，甚至一点小事都没法思考。这是路，他心想，低头凝视着泥泞的黏土。这是水。这是沙。这是天空。他脚步虚浮，笨拙地试图保持平衡却失败了，像根棍子一样摔倒在地。初春刚长出来的嫩草差点戳到他的眼睛。这是草，他茫然地想。

一片郁郁葱葱的绿色草地出现在了迷蒙混沌的脑海深处。五颜六色的蝴蝶盘旋飞舞，一只青铜色的蜥蜴趴在发烫的平坦石

第一部分　现　世

头上。

马兰艰难地克服了大地的引力，翻身躺好，把抽筋的腿掰正，摇摇晃晃地站起身。

回忆涌上心头，脑子里杂乱无章的思绪顿住了。他紧紧抓住了最鲜明的那个形象：蜥蜴，蜥蜴……

少女最大的骄傲就是自己能变身成蜥蜴，为此少年没少嘲笑她。

"你会变成蝾螈吗？蛇呢？龙呢？行吧，看我的！可简单了！"

变成蚱蜢蹦来蹦去，变成瓢虫到处乱飞，这些对于少年而言都只是小菜一碟。可她当时只会变成蜥蜴，仅此而已。化身喜鹊的少年满心优越，在她头顶不断拍打色彩斑斓的翅膀，而她则拼命忍耐，不让愤怒的泪水往外流。

"够了，马兰！你走吧，以后不要再来找我！"

马兰哆嗦了一下。

他站在一座小山上，脚下泥泞的小路起伏不平，前方的山谷里有个村子。温暖的烟雾在屋顶上空袅袅盘旋。

他完全没想过接下来去哪儿，因为他无处可去。

他的腿尽管不听使唤，却似乎认得路。他走得很慢，很晚才走到目的地。屋子里的人都在睡觉，门没锁，只有一扇窗户透出微弱的光。

马兰站在门口，左思右想没有敲门。浑浑噩噩的意识逐渐清醒。思维越清晰，离开的愿望就越强烈。

屋子里有人醒了。

一个女人焦急地问了句什么，楼梯上响起脚步声，窗户里透出了光。女人又重复了一遍自己的问题，语气十分紧张，甚至像

9

是受到了惊吓。

　　大门忽然敞开。充满家庭气息的暖光落到马兰身上。他眨了眨眼睛，看不太真切。

　　站在门口的女人一个趔趄，手里的灯差点没拿稳。

　　餐桌上点着两支蜡烛。炉子里烧着火，铁皮炉门周围的缝隙中透出红光。他双手捂着头坐着，恍惚中看到一只蜥蜴趴在发烫的石头上。

　　"你在听我说话吗？"

　　他艰难地抬起头。女人站在他面前，双手端着一杯黑色的液体，微微发颤。

　　"喝吧。"

　　他不情愿地逼自己喝了起来。每喝一口，他对思维的控制力和语言表达能力都有所恢复。"三年啊……三年了，蜥蜴……"

　　女人咬住嘴唇，仰起头。"我突然感应到了你的存在，知道是你来了……"

　　"对不起。"

　　她压抑地笑了。"每次你要来，我都能感觉到。我的头开始痛了，所以我就想，又是那个讨厌的马兰。"

　　他试图挤出个笑容。"是吗？"

　　她坐在长椅上，身子晃来晃去，用一种半是嘲讽半是迷茫的奇怪眼神看着他。"你记得你是怎么把我的尾巴扯掉的吗？扯完你还把它穿上链子，戴在脖子上。"

　　"后来弄丢了。"

　　"我自己又长出了一条新尾巴。"

　　"你还记得你是怎么招惹我的吗？马兰是一只恶心的蟑螂。

还有，马兰就是个夸夸其谈的自大狂，没毛的野猪……"

她噗嗤一声笑了。"我可没说过你是野猪，这是你现编的。"没有任何过渡，她立即继续道，"你没死，马兰，你还活着。"

她的笑声戛然而止。

"对不起，蜥蜴。"男人长长叹了口气，"我不应该来的。"

孩子的哭闹声从隔壁房间传了过来。被唤作蜥蜴的女人浑身一震，小男孩似的一把抹掉了眼泪。她出去后带上了门。马兰觉得炉膛里火焰似乎都变得暗沉了。

女人回来后迅速看了男人一眼，目光中带着探询的意味。他似笑非笑地问："儿子还是女儿？"

"儿子。"她干巴巴地说。

他试图再次回忆起那片郁郁葱葱的草地，然而没有成功，缤纷的色彩早已消散得干干净净。

他们好一会儿没再开口。蜥蜴绞着手指，隔着桌子坐到了马兰对面。

"我丈夫是个好人，鲁阿尔。"她抑制住内心的惆怅和酸楚，开口说道。

炉膛里暗沉的火焰贪婪地吞噬着灰白的木柴。

"他不是魔法师，我现在不想和魔法有任何联系。"她的语气中忽然透出了一丝高傲，"魔法师们彼此敌对会造成太多损失，然而与他们结交会令人付出更大的代价。你想知道的就是这些？"

马兰没有回答。

他用尽全力站了起来，从桌上拿起一支蜡烛，转身看着挂在墙上的椭圆镜子。他把蜡烛举到脸边，手抖了一下。"马兰，夸夸其谈的自大狂……像吗？"她一脸沮丧，没有吭声。接着他又伤心地问道："猜猜看，蜥蜴。猜猜我遇到什么事儿了。"

"拉尔特和埃斯特联手对你发动了攻击……"

"是的,但这还不是全部。"

"他们赢了,把你变成了一个物件,一件家具。"

"是的,这都还不是全部。"

"你很难过。"

他猛地转身。"难过?!我……"他停了停,咬着牙吐了口气,平静地说,"我不再是魔法师了,蜥蜴。"

她站在黑暗处,他看不清她的脸。

"你说什么?"

"你没听错。"

她慢慢地坐到了凳子上。

"那你……你……怎么会这样?那你现在是什么?"

他一字一顿地倾吐出了心中的愤懑:"曾经的魔法师。失宠的骑士。没用的东西。抓过去随意扒拉几下就扔到一边。扔了,忘了,一切照旧,有他没他都一样!"

她实在没忍住,大哭出声。

马兰扯了扯嘴角,苦笑着说:"别难过,这是一个让我臣服的绝佳机会。"

她震惊地看着他,想说点什么却又没说出口。她神情沮丧,手指在盘子的边缘机械地滑动。她深吸了一口气,又把气吐了出来,仍旧一言不发。烛光闪烁。

他把目光从桌布上移开:"行了,说吧。"

她咬了咬嘴唇,看向一边说道:"你可以骂我,可以想说什么就说什么。你以前总是欺负我,但是我想听你解释!解释一下你们之间发生了什么。这太费解了,你以前可是……"

"是命运的宠儿。"

女人迅速瞥了他一眼，他咧嘴一笑。

"行啊，你笑你的……咱们也该笑笑了……老天爷，拉尔特不再追究你做的那些事，他可从来没宽恕过别人！巴利塔扎尔·埃斯特先生，那个阴沉的怪物，你们实力相当！怎么会……"

她没再继续说下去。他饶有兴味地看着她。"喏，继续啊！"

"我想问的是，鲁阿尔，他们为什么把你……你告诉我实话。"

他轻轻一笑。"你是怎么想的？"

她迟疑了片刻，垂着头说道："我觉得……是你自己做事太轻率了。傲慢任性，把别人玩弄于股掌之上。有些事情是……"

他脸上的表情凝固了。她有些害怕，喃喃着往回找补："不过你也有你的原因。"

公鸡欢快地发出了清晨第一声啼鸣。尽管它的叫声没让鲁阿尔感到轻松，却给了他台阶。"天就要亮了，我走了。"

"去哪儿？"

"漫漫长路。你别担心，你……你们家可以不用招待我。"

她爆发了。"你本来就不该来！来了也白来，白来！"

他朝门口走去，昏暗中撞到了一个沉重的衣架。他仿佛挨了一记重拳，朝后退去，喘着气倒在地上，双手捂住脸，全身开始痉挛。

她急忙倒了一杯黑色液体，嘴里轻声念咒，双手织出复杂的手势。

马兰没有立即恢复清醒。他盯着微微敞开的炉门看了许久，自言自语道："这是火。这是火。"

"鲁阿尔，醒醒，都过去了。你活过来了，你会活下去的。"

咔嚓一声，马兰把杯子捏碎了。他茫然地看着乌黑的血滴在白色的餐布上,然后蔓延开来。"拉尔特先生蔑视我到如此境地,竟然连解除咒语都没有亲自动手,只派了个孩子……"

她疲倦地叹了口气,从他手中接过碎片,手指小心翼翼地抚过他的伤口。"听我说,鲁阿尔。你从来就不听我的,这次你就听我一句。一切都已经无法挽回、无法弥补了。忘了他们吧,生活还要继续。"说完她将一个完好的杯子放回桌上。

马兰观察着自己的手,一道深深的伤口正在迅速愈合。

隔壁房间的床嘎吱一响。女人瞬间屏息凝神,孩子动了动,又安静了下来。女人探询地看着马兰,马兰也看着她。

"一切都已经无法挽回。"他艰难地说,"你是对的。蜥蜴没了尾巴还能长出来,无穷无尽。可并不是每个人都如此幸运。"

"鲁阿尔,"她果断地说,"不管怎样我都会帮你。"

他咧开嘴,笑容中透着一丝嘲讽。"谢了。我就知道我肯定能找到新靠山……来代替那些旧人!"

她站起身。"不准用这种语气和我说话!"

"你把我变成个什么东西吧。"他敛起笑容,建议道,"你会发现这很容易。"说完他也站了起来。他们面对面站着,她不得不抬起头来看着他的眼睛。他拥抱了她。最初的震惊过后,她像被抓住的小鸟一样扑棱个不停。他举起她,平视着她的眼睛。她放弃了抵抗。

"再见。"绰号马兰的鲁阿尔·伊力马兰涅恩说,"再见,蜥蜴。我不接受你当我的靠山,就像你以前不受我庇护一样。"他小心翼翼地将她放回到地板上。他们再次四目相对。她把头高高仰起,这样眼泪就不会流出来。他艰难地笑了笑。她踮起脚尖,在他干裂的嘴唇上飞快地啄了一下,又猛地推开了他。

天亮了,被唤作蜥蜴的女人转身离开马兰,走到窗前。

"行了，"她哑着嗓子说，"你走吧。"

蜡烛熄灭了。桌上只留下一张沾了血的白色餐布。

当我赶到码头时，太阳已经被一片静谧的金色云层掩住了。拉尔特穿着一身黑，像个四处游历的魔法师，样子十分醒目。他在码头上前后来回踱步，长长的风衣很是飘逸。

我恭顺地将旅行箱放在了他脚边。

"嗯？"他淡淡地问。

我拉拉杂杂汇报了一通，只省略了最后的部分。

"就这些？"拉尔特问道，眼睛盯着正在靠近的小船。

我鼓起勇气说："主人，有个叫马兰的让我给您带好。"

小船笨拙地靠上码头。拉尔特咬了几下嘴唇，没有答话。我的胆气登时壮了不少。"如果可以，我希望您以后别再让我承受类似的试炼了。"

他一言不发，猛地转身走到一旁。迎面走来的水手们对着他躬身屈膝，邀请我们上船。

船上最豪华的双人舱出奇地狭窄和昏暗。我打开行李箱，透过半开的窗户听着拉尔特和船长在甲板上交谈。他们正在讨论怎么走，主人选的路线沿途有暗礁和浅滩，船长不愿意，又不大敢反对。谈话最后在叮当的钱币响声中结束了。楼梯被踩得嘎吱嘎吱响，门开合的声音也令人作呕，昏暗的暮光铺满了舱室。拉尔特走了进来，他低声咒骂着，拿了把长剑四处乱戳。我帮他脱掉了外套。甲板上传来仓促的指令，还有起锚时铁链的辘辘声和嘈杂的人声。

拉尔特靴子都没脱就倒在了床上。我起身点蜡烛，就在这时船晃了一下，我差点扑到主人身上。他轻蔑地哼了一声。我向他道了歉。

我们的船开始按照既定的航线前进。承蒙拉尔特关照，一路顺风，船帆被吹得鼓囊囊的。不过风中的寒气丝毫未减，我去打听有没有晚饭时，那股冷意几乎钻进了我的骨头缝里。回去后，我发现主人的姿势和表情毫无变化。

"给我们准备了饭。"我坐下时告诉他。拉尔特不清不楚地应了一声。

天花板上全是蜘蛛网，我顺着他的目光，模模糊糊看到了一只巨大的蜘蛛。没料到船上会有这东西，我一本正经地征求意见。"要弄走吗？"

拉尔特没有回答。我们沉默了好一阵，船舱里只有呼啸的风声和哗哗的水声。

"那什么，他向我问好？"这天晚上，拉尔特第一次开口和我说话。

"他亲口说的。"我谨慎地回答道。

"然后呢？"

"然后他就走了。"

"就这么走了？"

"我没有跟过去，主人。"

"你不喜欢冒险？"

"非常不喜欢。"

"我也不喜欢。"他含含糊糊地说了句，又翻身面壁去了。

不过这次他没有沉默多久。

"背叛。"拉尔特对着墙说，"背叛是不可原谅的，达米尔。"

我突然浑身发热,感觉他在暗示我。我被吓得在脑子里不停回顾自己之前做过的事,揣测哪些会激怒拉尔特。他接下来说的话打消了我的疑虑。

"鲁阿尔·伊力马兰涅恩。"他对着蜘蛛喃喃道,"双重背叛。"

我松了口气,确定他在说谁后又立即来了精神。

"是的。"拉尔特说道,似乎在回应我的思考,"马兰。"

我恍然大悟:这个人我认识!我想起来了,刚来拉尔特家当仆人那会儿,那个无礼又自信的家伙是他的心头肉。

"马兰,"拉尔特的声音依旧听不出什么感情,"是上天眷顾的魔法师。假以时日他会超越埃斯特,是的,有可能还会超过我……不过他没来得及。他太着急了,背叛了我们。他受到了公正的惩罚。"

他还想说些什么,外面传来了几声惊呼。我急忙冲到甲板上。

天幕一片漆黑,连星星都没有。我们正全帆航行,一只白色的鸟在我们上空盘旋,好几次差点撞到帆上的缰绳。鸟儿嘶哑地鸣叫着,在浑浊的灯光中穿梭,当它身处黑暗时,又会散发出属于自己的微弱光芒。水手们全都挤在甲板上仰头看它。

我快速下到船舱。"主人,有人找。"

拉尔特刚从船舱里探出头,那只鸟就像块石头似的飞速俯冲下来,死死抓住主人的肩膀。拉尔特皱了皱眉,小鸟凑近他的耳朵,以极快的速度叽叽喳喳地说完一条信息。听完回复,它拍打着翅膀从拉尔特的肩膀上飞了下来,在甲板上扔下一坨鸟粪后没入了黑暗。围观的众人都惊叹不已。主人什么也没说,回到了船舱。

我在水手舱里待到深夜，吃饱喝足，分享魔法师生活里的各种细节。听众们看向我的眼神里既有恐惧又有欣羡。

我揉着肚子，踉踉跄跄地走回了客舱。拉尔特根本没碰我在桌上给他留的晚饭，饭早就凉透了，蜡烛也快烧完了。我的主人跪坐在床上，身旁放着把长剑，剑柄戳进枕头里。我犹犹豫豫地站在门口。

"计划有变。"拉尔特沉着脸说，"改变航向，明天上岸。"

这是三年来第一个自由的清晨。

马兰走在乡间的小路上。腿，尤其是左腿特别不听使唤。他摔倒了两次，其中一次摔得很重。路面的水坑在夜里冻成了冰，他滑倒时手和脸都被擦伤了。走了这么久，马兰只遇到了个赶羊的牧童。看见筋疲力尽的流浪汉，小孩本想问点什么，却因为胆怯没问出口。

迈步前行时，最先让鲁阿尔感到高兴的是冲破了晨雾的太阳。鲁阿尔指望太阳能温暖他的身体，然而他的期待落了空。他希望自己身上那种恼人的虚弱感能尽早消失，结果它不仅没有消失，反而在频繁袭来的疲乏衬托下愈发明显。

前方出现了一座小桥，桥面很窄，类似水桶把手，高高拱起。鲁阿尔舒服地靠在宽栏杆上，决定休息一会儿。最后那几步路简直就是一场噩梦。

鲁阿尔挂在栏杆上，在暗沉的水流中看到了自己模糊的倒影，这是第二个让他感到快乐的瞬间。他茫然地看着自己在桥下的影子，看了好一会儿。水波起伏不定，他的头晕得厉害。

第一部分 现 世

河水曾经温暖又清澈，即使在最浓郁的夜色中，他都能看到一条银色的鳟鱼在前方游来游去。他自己也是条鳟鱼，体形硕大，不费吹灰之力就可以追上前面的同类。

她往前游一段距离又折返回来，横在前面，温柔的圆眼睛斜睨着他。他从她身旁迅速掠过，有那么一瞬间，他清晰地感觉到了隔着鳞片传来的温度，开心地跃出水面，看到了漫天繁星，又在月光下激起一阵粼粼的水波。

他们开始绕圈，圆圈越绕越小，鱼鳍变成了手，手碰触到的不再是鳞片，而是潮湿的黝黑皮肤，仿佛全世界都在幸福的马兰怀中颤抖。

他和蜥蜴爬上了岸，两个人的内心都受到了震动，久久不能言语，珍珠般的水珠从他们裸露的肩膀和大腿滚落。

一阵冷风吹过，在水面掀起阵阵波纹。

这一天痛苦而漫长，傍晚时分，他看到了一座磨坊。

它和从前一样立在路旁，在河弯的另一边。水车塌了，再也没有了曾经那种哗啦啦的声响。磨坊很早以前就被废弃了。

鲁阿尔走得更近了些。一只麻雀从破窗中飞出。他目送它远去。

磨坊主汉特的学徒都是些孩子，他们要在磨坊里做工来抵偿魔法课的课酬，日子过得苦不堪言。

汉特的魔法稀松平常，在女人堆里却很吃得开。附近的少女少妇经常找他占卜，有人想借助他的手俘获男人的心，有人则想通过魔法剪除竞争对手。当然了，这些服务都是有偿的。

磨坊主的眼睛就像河水，温温润润的，眼神专注又带着笑意，清澈却又看不到底。关于他的流言不绝于耳。下游的渔网时不时会网到几具尸体，只有它们才知道传言的真假。当然了，也有自己去跳河的，这么做的甚至还有磨坊里的学徒和汉特的老相好。嗐，这些可都不是疑心的理由。

汉特是巴利塔扎尔·埃斯特的臣属，得定期上贡。贡品的形式非常特殊，学徒们私底下总是议论纷纷。磨坊主汉特的地位显然比才华横溢的鲁阿尔先生要低得多。也不知道优秀的鲁阿尔哪根神经搭错了，要和汉特混在一起。总而言之，磨坊主和鲁阿尔之间关系还不错，甚至称得上友好。

马兰到达之前，桌上就已经摆好了餐具。汉特家的女仆是个身材瘦小的女孩，怯生生的，为了这顿饭忙叨了很长时间。她在侍候鲁阿尔先生时害羞极了，小脸通红，摔了好几个盘子。马兰偶尔会纵容地捏捏她的鼻子，那是她浑身上下唯一出彩的地方。

学徒们靠墙站成一排，盯着来访的名人窃窃私语。年龄最小的学徒怕蟑螂怕得要死，鲁阿尔先生把他的同伴们变成了一群巨大的黑色蟑螂。小学徒尖叫着跳到了椅子上，一阵兵荒马乱。磨坊主汉特一边吐着烟圈，一边意味深长地笑着。看着这一幕，鲁阿尔先生心里乐开了花。

拉尔特·列吉阿尔不断扩大自己的势力范围，整个左岸都臣服于他之后，他开始打汉特的主意，剑指他的磨坊和贡品。磨坊主和马兰的奇怪友谊陷入了尴尬的境地。

大魔法师们像公狗一样互相撕咬。

磨坊主唉声叹气，向马兰抱怨自己受到了两方的觊觎和压迫。鲁阿尔先生奇迹般地与敌对双方维持着友谊，他充满鼓励地拍了拍汉特的肩膀，以一种庇护者的姿态笑了笑。

就这样，在一个春日的月夜，一把长猎刀插进了橡木餐桌的台面，两个人要开始打赌了。

第一部分 现　世

前所未有的赌约令磨坊主心浮气躁，他和刚从床上爬起来的众学徒以及穿着睡袍的女仆挤在桌子一边，鲁阿尔傲然立在另一边，说："二十个金币，磨坊主！我赌二十金，你呢？"

汉特咬了咬指甲，神秘地笑道："我想提高赌注，鲁阿尔先生。这件事儿可不容易。戏弄一个都难，更何况同时搞定两个。"

汉特可没白白抬高赌注，这事儿没白做！赌约的内容十分有趣，风险极大，因为鲁阿尔先生说了，说得清清楚楚、明明白白，他要去戏弄拉尔特和埃斯特，他要变成拉尔特的样子去找埃斯特，把水搅浑，让双方都别再打磨坊的主意，这可不是开玩笑。不过，众所周知，鲁阿尔先生是故弄玄虚和恶作剧的高手。

"这样！五十，别再斤斤计较、讨价还价了。"毫无疑问，他相信自己会成功。

磨坊主不再啃指甲，开始玩儿手指了。"鲁阿尔先生，您在玩儿火。不过就这样吧，我没意见。"

"就这么定咯？"鲁阿尔大声说道。

磨坊主伸出了手，他的手干干瘦瘦的，手指很短。年纪最大的学徒有些犹豫地分开了他们的手以示赌约成立，插着猎刀的餐桌在一旁做了见证。昏昏欲睡的女仆大声打了个嗝，鲁阿尔先生一阵哈哈大笑之后，化作一只毛色鲜艳、羽毛蓬乱的鸟，从半开的窗户飞了出去。

餐桌上长满了霉斑，猎刀留下的深色印痕直到现在都十分清晰。窗户碎了一地，半开的门有一部分插到地里。院子中央是一堆腐烂的空麻袋。

鲁阿尔转身走了。

被唤作蜥蜴的女人一脸悲伤，她弯下腰，凝视着白色餐布上的深色斑点。一个小男孩在摇篮里玩耍。他咿咿呀呀地笑着，试图抓住在他面前飘浮盘旋的彩色玩具球。窗帘拉开了一半，欢乐的春日阳光从窗外射入，彩球跳来跳去，闪耀着五颜六色的光。它们一会儿灵巧地躲开孩子的小手，一会儿又粘在他的掌心。婴儿笑了。

他的母亲轻轻抚平白布上的褶皱，小心翼翼地避开血迹。在她的注视下，深色的斑点慢慢变回了红色，发出均匀的光芒。

⚔

我们走在潮湿的沙地里，每一脚沙子都没到脚踝。海角在我们身后，船也从视线中消失了。一起消失的还有早饭、午饭、晚饭、可以遮风避雨的房间和沉重的旅行箱。我们轻装上阵，拉尔特一言不发地走在前方，我则吊在后面，得小跑着才能跟上他的步伐。

左边是海岸，右边是一眼望不到头的石岭。要过来只能坐船，或者飞行。我的鞋子湿透了。追上拉尔特后，我在他身边勉勉强强地跟着，不时还讨好地看一眼他那张沉得能挤出水来的脸。"主人，差不多该吃饭了。这舟车劳顿的，我忍忍就过去了，您得按时吃饭啊！"

"我为什么要拘着他？"拉尔特郁闷地自言自语。我的脚步顿了顿。

又过了一个小时，我终于明白了这条路永远不会有尽头。我们会一直顺着海岸往前走，右边被海水浸润的石墙永远不会消失。心情在绝望和认命之间跌宕起伏。拉尔特忽然止住动作，站在原地。我差点撞到他。

第一部分 现 世

拉尔特站在一块陡峭的岩壁面前,伸手在上面摸了摸,嘴里叽叽咕咕地说了几句话。"轰隆"!岩壁回应了一声,上面出现了一条垂直的裂缝。我往后面一蹦,跳到了齐膝深的海里。拉尔特转身对我勾了勾手指。

"我在这里等您吧,"我激动地说,"我不能拖累……"一股大浪拍到了我屁股上。我浑身湿透,脚下失去了平衡,向前跑了几步,倒在拉尔特脚边。他抓住我的衣领,把我推进了裂缝。

里面黑咕隆咚的,竟然出奇宽敞。拉尔特在一片漆黑中向前走去,我两只手紧紧拉住他,仿佛他是我最宝贵的财富。裂缝在我们身后隆隆响着合上了。

拉尔特的夜视能力十分出众,自信地拖着我朝他熟知的目的地前进。没过多久,黑暗中突然响起一阵诡异的开门声,周围顿时亮堂了起来。我们站在一个宽敞的大厅中央,这地方和拉尔特家的前厅有那么点儿像。这一点我很有发言权,毕竟我对他家了如指掌。

"奥尔文!"我的主人叫道,"奥尔文!"

没人回答。我缩成一团,湿衣服全都黏在身上。

不等人来请,我们(拉尔特走在前面,我远远地跟在后面)穿过一条长廊,进入了某个看着像客厅的房间。房间很大,有一半的地方都是空的,中间立着个东西,上面盖着厚厚的黑布。我猜那应该是一幅画。

"行吧。"主人说完揉揉鼻子,咬了咬嘴唇,用优美的慢动作拔出长剑。拉尔特上前一步,把盖在那东西上的布用剑尖挑了下来。我一声惊叹。

一面镜子。里面映照出了房间、拉尔特,我的一部分,以及某个黑头发的男人。这人我认识,他叫奥尔文,是主人的朋友,也有人称呼他先知奥尔文。我朝后退去。

"你好，拉尔特。"镜子里的奥尔文说，"对不起，我没有等你。每分每秒都非常宝贵，我必须揭开谜底。"

镜子里的他伸出手，手上挂着一条金链子，一块黄金质地的薄板吊在上面晃个不停。金板约摸有硬币大小，表面光滑，中心是繁复巧妙的镂空刻纹。

"这是先知护符。"影子继续说道，"我的护符，拉尔特。昨天它开始生锈了。难以置信。锈斑今天飞速扩大，始祖先知在《遗世书》中提到过，他说第三力量现世时就会这样。就是那个第三力量，你从来都不相信的那个。我的职责是提醒你，拉尔特，我已经提醒了。再见，我必须去弄清楚威胁我们的到底是什么，它现在在哪里。祝你一切顺利，我们需要顺利。再见。"

他的影像晃了一下，慢慢晕染开，消失掉了。镜子里只剩下房间和拉尔特的倒影。我不在，因为我明智地走开了。

主人走到镜前，仔细端详自己的镜像。接着他从口袋里掏出一把梳子，开始认真梳头。"唉，你……"他恍惚中喃喃自语道，"我发誓……混蛋，我不信……"

骨梳从他手中滑落，在马赛克地板上摔成了好几块。

曾经的鲁阿尔·伊力马兰涅恩会飞。

如今的鲁阿尔·伊力马兰涅恩无法相信大地会用如此巨力拉扯他。

它挖苦他，像风暴中脆弱的甲板一样在他脚下扭动。它不想屈服于他，不想松手。路时不时会从他磨坏的鞋底下溜走，腐烂的坑洞和树桩不断出现在本该是路的地方。鲁阿尔快崩溃了。

第一部分　现　世

夜色渐浓。低矮、扭曲的小树林从四面八方偷偷接近，包围了鲁阿尔。他最终还是迷路了。"太傻了，马兰。"他自言自语道，他的嘴唇已经干裂了，"汉特都比你聪明！"

咔嚓一声，他踩断了一根枯枝，倒在了一堆陈年的腐烂树叶上。

悬崖下、河岸边的金色沙滩多么温暖！两个半大孩子在沙地上爬来爬去，神情激动。他们中间的那块地方被平整过，一场蚂蚁大战正在上演。黑蚂蚁由蜥蜴指挥，年轻的马兰则指挥着红蚂蚁。

指挥官们将身子贴近地面，四肢爬行，向恭顺又悍不畏死的"士兵"无声地下达命令。一时间双方势均力敌，鲁阿尔的红蚂蚁大军突然无序后撤，转瞬间又以绝妙的机动攻击黑蚂蚁大军的侧翼，突破了胶着的前线，朝束手无策的蜥蜴冲去。

"啊啊啊！快停下！"

蚂蚁爬上了她裸露的黝黑手臂。她跳起来，像陀螺一样打转，试图甩掉那些疯狂的虫子。黑蚂蚁大军失去了控制，溃不成军。

马兰跪坐在地上，膝盖陷进沙里，脸上又挂着得胜之后的标志性微笑，每次恶作剧成功他都是这副表情。"喂，怎么说？你这次为什么会输呢？"

骂人的话都到了嘴边，她突然皱起眉，因为她感觉远处的悬崖上有人。"鲁阿尔，我觉得拉尔特在那儿。我们是不是该走了？"

他眯起眼睛。"为什么要走？"

"我们可是在他的地盘上，他应该不喜欢别人在他眼皮子底下用魔法吧？"

马兰伸了个懒腰，讥讽道："你不要转移重点！你要是想投降，不想玩了，你就直说。一直憋着不能出全力我也难受。你连三十只蚂蚁都操纵不了！"

女孩爆发了："你炫耀的时候可是用了全力，太用力了！亲你自己的蚂蚁去吧！"

他好笑地皱皱鼻子，拉长声音说："哦，那我想亲的还是你……"

接下来的好几分钟里，他们在不久前还是战场的那片空地上，像两条小狗一样大笑、玩闹，满嘴都是发烫的沙子。

"马兰，你为什么这么自大？"蜥蜴说，"就好像你无所不能似的。"他们并排躺着，热得浑身没劲儿。

"我是无所不能啊！"男孩像身子底下安了弹簧一样蹦了起来，"你想要什么，说！"

"一座蚂蚁金字塔。"女孩睡眼惺忪地咕哝道，"一圈蚂蚁在周围跳舞，最顶上还有一只蚂蚁挥舞白旗……"

"就这?!"

蜥蜴尖叫着跳了起来，因为忽然间附近所有的蚂蚁都聚集在了她刚刚搁手肘的地方。

棕色蚂蚁、红色蚂蚁、黑色蚂蚁，它们忘记了手头的事情，着急忙慌地满足少年魔法师任性的要求。少女半张着嘴看着。"这，马兰，我只是开个玩笑……"

蚂蚁们已经开始转圈跳舞了，金字塔越堆越高。鲁阿尔·伊力马兰涅恩憋得满脸通红，在旁边手舞足蹈，嘴唇不停翕动，手指在空中划来划去。他蹲下身说："来，小白旗！来来！"

挥白旗这个环节总是出问题。

终于，一只棕色蚂蚁拖着片雏菊花瓣，无精打采地爬到了金字塔顶。蜥蜴不以为然地撇了撇嘴，马兰欢呼着跳了起来。

　　"唔，真不错，孩子。"有人在他身后说了一句。

　　鲁阿尔转过身，一个百闻却未得一见的人站在了他面前——大魔法师拉尔特·列吉阿尔。蜥蜴黝黑皮肤上的血色褪尽了，她用力拉住鲁阿尔的衣袖。他看也不看就把手抽了出来。

　　"你是谁家的孩子？"拉尔特轻声问。

　　"没谁。"马兰小心翼翼地回答，"就我自己。怎么了？"

　　"没什么。"魔法师耸耸肩，"我只是想知道你的老师是谁。"

　　"我没有老师……"

　　"为什么不说实话？"拉尔特很惊讶。

　　"他没撒谎。"蜥蜴急忙插话，"他是自学的。我们这就走。"她用尽全力拉着鲁阿尔。

　　拉尔特微微侧过头，视线绕过少女再次转向鲁阿尔。"你就没有想过，人不可能一辈子玩儿蚂蚁吗？"

　　马兰皱眉看他。

　　"孩子，在这个世界上还有其他……魔法师，你会有盟友，会有敌人。当然了，前提是你愿意。"魔法师补充道，说完突然变成了一只巨大的秃鹫，嘶声大叫着腾空而起。

　　鲁阿尔愣了一下，扒开蜥蜴的手指，变成了一只猎鹰。

　　不知过了多久，两只猛禽飞到了可怕的高度，呼吸都因为周围呼啸的寒风而变得困难。一只小沙鸥在河岸上空疾飞，厉声尖叫，然而它没法飞得更高了。

　　秃鹫像石头一样猛地坠下，爪子一碰到沙子，就变成了拉尔特·列吉阿尔先生。猎鹰随后降落，变成了精疲力竭，上气不接下气的马兰。一大一小两名魔法师你看着我，我看着你，对视了许久。

"走吧。"拉尔特终于开口说,"你可以叫我拉尔特。"

"马兰。"鲁阿尔伸出手,回答道。

蜥蜴站在冰凉的沙地里看着他们离开,沙子没过了她的脚踝。

鲁阿尔抬起头,发现蜥蜴依旧躲在丑陋的深色树干后面,眼含责备地看着他。他甩手给了自己一个耳光,力量虽然不大,却还是打散了眼前的幻觉。他靠着树干想站起来。纤细的歌声在他耳边响起,时远时近,时有时无,纠缠不休。大地拉扯着他,不让他爬起来。

他忽然看见了火。

火光出现在很遥远的地方,模模糊糊的,起初他还以为是幻觉。可是那团火一直没有消失,它不断闪烁,散发出平和、温暖又友善的光芒。鲁阿尔踉踉跄跄地朝它走去。他向前迈着步,就像一只被灯火吸引的飞蛾。火光中似乎透着些怜悯,人与火之间的距离渐渐缩短了。

鲁阿尔加快了步伐,尽管他脚步虚浮,却没再摔倒。锋利的树枝划破了他的衣衫。小小的一团火变成了熊熊燃烧的篝火。鲁阿尔茫然地来到了宽阔的十字路口。

火堆位于十字路口中央,片片火星飘向天空。旁边不远处,两个蹲在地上的人影在火光中不断起伏。

鲁阿尔迈步上前,打算求他们收留自己。这两个人在挖地,谁也没空搭理他,只是皱着眉看了他一眼,立即继续手头又苦又脏的工作。一人用铁锹凿土,另一人用大铁铲把土翻到一边。干活的时候两个人都一言不发。

第一部分　现　世

鲁阿尔没等别人邀请，自己走到篝火边，坐在了洒满灰烬的温暖地面上。

木柴噼啪作响。其中一人时不时会离开那个不断扩大的黑色坑洞，过来给火堆添柴。每次加柴之后，火势都会微微减弱，旋即又疯狂而猛烈地燃烧起来。

鲁阿尔盯着火堆。被唤作蜥蜴的女人从火中看着鲁阿尔。

旁边的奇怪声响驱散了幻觉，不知是呻吟还是喘息。

鲁阿尔艰难地站起身，绕过火堆。

除了两个工人和一个不速之客，十字路口还有一个人。那是个岁数很大的老头，筋疲力尽、满脸憔悴，躺在一堆凌乱的破布上。老头已经神志不清了，他凹陷的双眼半睁着，对近旁的火堆毫无反应，也没看见走到他身边的鲁阿尔。被火光映得发黑的嘴唇不停翕动着。

鲁阿尔在他身边坐下。

老人似乎快要死了。在他含糊不清的呓语中，鲁阿尔只听得懂个别的词。老人时而央求旁人阻止某人，时而又在绝望中低语："快锁门。"鲁阿尔一直试图稳住他晃来晃去、满是白发的头。

黎明时分，坑已经很宽很深了。垂死的老头清醒了过来，伸手去抓一个丢在破布堆里的水壶。在鲁阿尔的帮助下，他喝饱了水。

老人比了个手势表示感谢。鲁阿尔点点头。曙光已至，篝火仍在熊熊燃烧。借着黎明时分混杂的光线，老人终于看清了他的脸。

老人乌黑的双唇微微张开，不停地痉挛着。将死之人的脸本就可怕，受到惊吓之后扭曲得更为恐怖。"守门人！"老人嘴里喊着，试图用颤抖的手遮住脸，"守门人！"

鲁阿尔退到一边。

老人身体前倾，几乎是坐了起来，眼睛一眨不眨地盯着鲁阿尔。他喘得像个风箱，接着又浑身颤抖着躺下了。惊惧的表情凝固在了发黑的脸上。

一直在挖坑的两个人仿佛收到了命令，扔下铁锹和铁铲，郑重其事地朝老人走去。六神无主的鲁阿尔拔腿就跑。

光秃秃的岩石被抛在了身后，去年才长出来的硬草被我们踩得嚓嚓直响。有时我们还不得不在长满尖刺的灌木丛中穿行。

我们在奥尔文家稍事休息，烤了烤火，养足了精神。实不相瞒，我连做梦都在休息和吃饭。

下一个目的地是座城堡，它立在我们面前已经一个小时了。似乎晚餐和过夜的房间就在城堡里等着我们。我们朝城堡行进，而它似乎在阴险地后退。

我们走到大路上的时候已经快入夜了。路上有被压实的车辙，走在上面轻松不少。我追上拉尔特，天真发问："主人，难道因为一个金子做的小玩意儿，我们的海上旅行就不继续了？"

他沉默了很久，久到我已经不指望听到回答了。不过，他最终还是回答了我的问题："指南针也是个小玩意儿，可是如果指针开始疯狂转圈，你不会预言也知道有问题。"

天几乎完全黑了。该死的城堡不想被人接近。我很焦虑，不是因为拉尔特说的话，而是因为他的语气。他没有和往常一样只是抱怨，而是很认真地在讲话。我沉默了一阵，可是不说话更难受，于是我打起精神问道："主人，什么是第三力量啊？"

他扫了我一眼，转过脸去。"应该就是个传说。"

"那您为什么这么担心？"

"因为这是个很恐怖的传说。"

我真的被吓到了。和刚才一样，不是因为他说的话，而是因为他没有像往常一样对我大声呵斥，也没有嘲笑我。他和我平等对话，说明是真的有大事发生。

"行吧。"拉尔特轻轻一脚踢飞了路上的一块扁平小石头。石头在空中划出道弧线，悬停在我们面前。它燃烧起来，变成了一盏浮灯，像火炬一样照亮了前方的路。

"你说得对，我很担心。"我的主人仿佛什么事都没发生一样继续说道，"正如你所知，奥尔文是个先知。的确，先知们都有些不正常。始祖先知是他们的精神导师，假设此人真的存在过。他写了《遗世书》，假设真的是他写的。除了《遗世书》，他还留下了一个饰品，就是所谓的先知护符。唔，饰品肯定是存在的，你今天才见过。黄金做的东西当然不会生锈。除非有什么非常特殊的理由。"

主人沉默了，可我知道他不会沉默太久。即使我是个聋哑人，他也会开口，因为他只不过是把心里的推测都说出来了而已。

"特殊的理由……"拉尔特顿了顿，继续道，"始祖先知，此人有可能真实存在过，也有可能是被杜撰出来的。他在自己的《遗世书》中，如果真的是他所写，指明了护符生锈的原因，还将它命名为第三力量……"

"如果真的是他所写。"我应声虫似的重复了一句。

他认真地看着我。"嗯啊。"

该死的城堡终于不再玩追逐游戏，开始朝我们靠近，不过速度着实很慢。

"为什么是'第三'呢?"我轻声问。

"你看,世界上有人是魔法师,也有人不是魔法师。你同不同意魔法师是一种力量?"

飘在前面的那盏灯迸射出了耀眼到让人无法直视的光芒。

"我同意。"我用双手捂住脸轻声说。

"那么,不是魔法师的人也是一种力量。"他说着,把火光调到了正常的亮度,"英明的统治者和高尚的英雄建立伟大的功业。国王坐在王座上公正治国。魔法师在洞穴里施放咒语。我和你在这里走路。一切都是平衡的,大家都习以为常。可是奥尔文遵从始祖先知的意见,认为还有与这两方无关的第三力量。据说这个神秘的第三力量想统治世界,它的统治会给生者带来无尽的磨难和痛苦。它到底是什么,它会从哪里来,《遗世书》里没有答案。不过认为它存在的这种想法本身就让我很厌恶。"

"主人,"我吃惊地说,"马可能是公的,也可能是母的。病人可以是死的,也可以是活的。您在哪里看到过第三个选项?"

他没有回答。

夜幕降临了。巨大的城堡里没有一丝光亮,拉尔特的浮灯也似乎受到了影响,灯光变得晦暗不明。我们面前是一条坡度很陡的上山路。道路两侧隐隐约约可以看到深色的矮柱,材质应该是石头的。我们放慢了脚步。

"这些东西还挺有意思。"拉尔特嘟囔道。

柱子沿路排列,每根柱子平坦的顶端都盘着一条石蛇。它们太丑了,无论光线有多暗,对着我们的蛇脸都异常清晰。

"哎哟天哪!"我有些神经质地笑着说。话音刚落,我就听到了可怕的嘶嘶声。它们全都睁开了眼睛。

第一部分　现　世

近旁的石蛇最先睁开眼睛，它们几乎包围了我们。紧接着，路前方的石蛇就像睡醒了一样，也把眼睛睁开了。再后来，剩下的石蛇全都次第睁开了眼睛。

一连串正在燃烧的红色煤炭。不对，应该是两串，左右两边各一串。

我鼓足了全部勇气才没有落荒而逃，蹲下来躲到了主人背后。

"真是个愉快的会面。"拉尔特的发音很不清晰。

"我们走吧，主人。"我蹲着央求道，"您看它们的眼神！"它们的目光令人反胃。

"都到这儿了，继续。"拉尔特的声音毫无变化，"跟紧了！"

我们继续往前走去。我之所以还迈得动步子，是因为我死死闭上了眼睛，过了这一段才睁开。

城堡遮住了半边黑色的天空，颜色比天空还要深沉。

"到了。"拉尔特说。

吊桥被放了下来。桥下的沟里还有点儿水，泛着油光。拉尔特突然弯腰捡起块石头，手一挥把它扔到了桥上。石头重重跌在木板上，木板立即爆燃起来。那块石头被火焰包裹着，像颗球一样蹦跳着掉进了水沟。刺啦一声，一切都消失了，只剩下那座空荡荡的桥。

"妈的。"拉尔特嫌恶地说。

"机关是不是太多了？"我提问时浑身都在发抖，"要不我们换个地方过夜吧？"

一阵冷风吹过，温度低得和冬天的风也差不多了。

"不可能就这么走了。"拉尔特咬牙说道，"行吧……"

他激动地一口气念了一大堆我完全听不懂的音节。他刚开口，桥就像生气的猫一样紧张地拱了起来。没过多久它就耷拉了下去，瞬间失去了伪装，显露出年久失修的真面目。我骂骂咧咧地跟在拉尔特身后朝它走去。

我们经过一扇穿墙而建的长拱门，来到了荒凉的内院。成群的蝙蝠迎面飞过。城堡的门上全是尖刺，就像一张龇牙大嘴，看着就不舒服。

"主人，"我呻吟着说道，"您确定我们在这里有饭吃，而不是被当饭吃？"

拉尔特极尽轻蔑地哼了一声。仿佛是为了回应他，龇牙大嘴一阵咆哮："是谁，胆敢惊扰山丘之主，黑堡大魔法师？！"

吼声平息后，拉尔特转头看我。"谁是主人？你听明白了吗？是黑堡'大魔法师'还是'黑堡'大魔法师？"

"是谁？！"又是一声咆哮，终于把蝙蝠吓跑了。

"是我。"拉尔特疲倦地说，"鄙人拉尔特·列吉阿尔，想和您聊几句。"

一片寂静，只剩下我的心脏在嗓子眼儿里跳动的声音。

"呃。"那个声音忽然弱了下去，之前的嚣张气焰几乎完全消失。

"嗯？"我的主人轻声反问。

门唰的一声敞开了，态度简直称得上急切。

有"大魔法师""黑堡之主"等称号的主人站在楼梯上迎接我们。他一手拿着火炬，一手捏着睡袍前面的两片衣襟。

"天哪，拉尔特先生！"他慌慌张张地喊道。

"想见你一面可真不容易，乌尚。"我的主人轻声道，"你花了多少年才收集到了这堆废品？"

大魔法师眨巴着眼睛。拉尔特不等他回答，一把推开他，弯

第一部分　现　世

腰穿过低矮的拱门。

宴会厅的窗户镶嵌着彩色玻璃，厅里陈列着不少甲胄，墙上挂着一大堆武器。四个壁炉散发着柔和的温度。一张巨大的橡木桌子占据了一半空间，拉尔特和我坐在桌旁。大魔法师一直在道歉，说这里太乱了，饭菜也不够精致。他换下了睡袍，穿上了皱皱巴巴的黑色罩衫，硕大的肚子被衣服的褶皱掩盖起来。

"太俗气了，乌尚。"我的主人说着，扔掉了一块被啃完的骨头，"而且，我发誓，这堆怪物不符合你的气质。把酱汁给我，达米尔。"

大魔法师紧张地笑了笑。

"这些东西都没什么实际价值。"拉尔特继续评论，"这是什么，橄榄？"他看了一个盘子一眼。

外面天气很糟糕。我们听着呼啸的风声，眯着眼看着壁炉里的火焰。终于，大魔法师开始不耐烦了。"请问……很高兴见到您，拉尔特大人，我斗胆说一句，亲爱的拉尔特，我忘了问，这个，您来的目的……"

拉尔特饶有兴致地看着他，并没有要出声的意思。

"呃，我必须告诉您，亲爱的拉尔特，如果您打算让我臣服，那么我已经准备好立即接受仆从的身份了，没有任何异议。"

"你可是奥尔文的仆从。"我的主人冷冷地提醒他。

大魔法师一时愣了，嗫吧了几下嘴，最后嗫嚅道："奥尔文离开了……我以为，您的来访，就，就是后续……"

拉尔特推开盘子。"这样啊……那如果奥尔文回来了呢？"

大魔法师缩成了一团。

"我们都很清楚，拉尔特先生，他不会回来了。奥尔文，他非常勇敢。他相信了那本疯狂的书之后，一直在谈论第三力量……"

拉尔特向前倾身。"什么是第三力量，乌尚？"

"我不知道，拉尔特先生。我觉得这些一直困扰奥尔文的东西都是胡说八道。"

"你是说，你觉得奥尔文疯了？"

"是，啊不。拉尔特先生，您别这样看着我。我魔力低微，在您面前我毫无抵抗之力。可我是个实诚的人……"

"实诚？！乌尚，你说，如果再出现一个比我更强大的人，你还是会这么快就主动臣服于他吗？"

大魔法师嘴角一抽。"我的蛇和蝙蝠保护不了我。我的城堡老了，我自己又很弱。我能怎么办呢，拉尔特先生？"

拉尔特叹了口气，转过脸去。大魔法师重重靠回椅背，一双肩膀哆嗦个不停。

一片寂静。狂风在窗外呼啸而过，木柴在壁炉里噼啪作响。拉尔特凝视着跃动的火焰。

"是我的错，乌尚。"最后他开口道，"抱歉。我们的房间在哪儿？"

大魔法师的脸微微一亮。"我已经吩咐他们备好了房间。我还能为您做些什么，拉尔特先生？"

"备马吧。我们要回去了。"

第二部分

漂　泊

第二部分 漂 泊

客栈名叫"盾与矛",尽管来这儿的客人手里既没拿过矛,也没拿过盾。本地最好战的人是乌戈尔,一个装了木制假腿的退役士兵。在很长一段时间里,客栈老板的妻子雷加拉尔大娘比他战斗力还强,可她去世已经三年了,从那以后老雷加拉尔就和侄女一起生活。住店的人很少,每天晚上在餐厅吃饭的人却很多。如果不是因为店主有让人赊账的习惯,他早就富得流油了。

天色还早,刚开始上客。老乌戈尔是他家的常客,已经坐在了吧台旁边,这是他惯常坐的位置。他坐在那儿大声地招呼着每一位新来的客人。雷加拉尔在厨房里把盘子弄得哗哗响,他年轻的侄女用小托盘端着一杯杯啤酒跑来跑去。

"啊!"武夫乌戈尔哑着声音说,"老古董克洛特!是时候喝一点儿了!"或者,"看看,威尔来了!"一分钟过后,"啊哈,克洛古斯到了!今天这日子真不错,是不?丽娜,来点儿啤酒!"

面色红润、满脸雀斑的丽娜把盖满白色泡沫的巨大琥珀色杯子甩到了他面前。他习惯性地拍了拍女孩的脸颊。

老板出来招呼了一遍客人后又回到了灶边。餐厅里座无虚席。大家都在聊天,一片嘈杂。收成好坏是他们最主要的话题,间或提心吊胆地讨论一下附近出现盗匪的传言。醉醺醺的乌戈尔叫丽娜过去，口齿不清地评论了几个适婚的男人，她红着脸听他说着。这时门砰的一声被推开了。

"啊这是……"乌戈尔习惯性地开口，转过脸后却愣住了。他竟然不认识那个站在门口的人，这可是件稀罕事。

仿佛一首和谐的歌曲里走了个音，聚在一起的客人们渐渐沉默了，大家都把目光转向了门口。

来人很年轻，穿着朴素，一身尘土，肩上挎着个背囊，垂下的手里攥着顶宽檐帽。坐在厅里的人谁都没见过他。

"瞧瞧，这个。"乌戈尔终于打破了尴尬的沉默，"进来吧，年轻的先生，这儿都是好人。丽娜！"

餐厅里复又喧闹起来，不过声音比之前要低一些。女孩让客人在仅剩的那张空闲的小桌边就座。那人把背囊放在身边，把帽子扣到头上，疲倦地伸直了双腿。

人们从各个方向打量他，好奇的目光扫过露出脚趾的靴子、旧夹克和带着破洞的背囊。大家都不愿意直视陌生人的脸，似乎觉得这么做很尴尬。

丽娜什么也没问，将一盘烤羊肉和一杯啤酒放在了客人面前。

"谢谢你，可爱的姑娘。"陌生人说。

丽娜回到吧台旁边，心里不停回味他说的话。

大家仔仔细细观察、研究、琢磨完外来人士身上的每一个细节，又开始继续之前的话题。丽娜去厨房找客栈老板。

"老爹，"她习惯这么称呼自家舅舅，"那边来了个陌生人。穿得不怎么样，长得倒是挺贵气。我给他端菜，他竟然叫我'可爱的姑娘'。"

第二部分 漂 泊

"唔,那他能付账吗?"店主问道,好奇心驱使他朝餐厅走去。

陌生人把盘子里的东西吃得干干净净,心情显然好了很多。他面向丽娜站起来,突然彬彬有礼地鞠了一躬,弄得她都不好意思了。

"亲爱的姑娘,是您救了我,否则我就要饿死了。请不要怀疑我对您的感激之情。"他郑重其事地说完这些话,从干瘪的钱袋里抖出几枚铜币。

哟呵。老乌戈尔心想。

真会说话!丽娜心想。

这兜比脸都干净。店主想了想,毅然上前道:"请问,这位先生,您是新来的吧?是什么风把您吹到我们这个偏僻又不起眼的地方来啦?"

陌生人突然笑得露出了两排闪亮的牙齿,答道:"很高兴您对我的来历感兴趣,善良的客栈老板。我是一个旅人、著名的蝴蝶猎人,不过我不介意偶尔做点工,砍柴、挑水、照顾孩子、缝衣服、做木工、吹拉弹唱什么的……不需要吗?"他向沉默的客人们投去询问的目光。

有人惊讶地哼了一声。客栈老板忽然后退一步,盯着客人猛瞧。接着他冲丽娜使了个眼色,从桌上拿了个玻璃瓶塞,像戴单片眼镜一样把瓶塞嵌进了眼眶。"不可能吧!"店主高兴地大声叫道。他兴奋地用手掌拍击膝盖,原地跳起舞来。"鲁阿尔·伊力马兰涅恩先生本人!"他大睁着双眼,瓶塞掉了下来。陌生人脸上的笑容僵住了。

"你们看到了吗!"雷加拉尔激动得都快哭了,"他在我这里,在这里!"

客栈里一片寂静，人们都非常惊讶和好奇。

"您不记得我了吗，鲁阿尔先生？三年前！在溪流镇的集市上！我们一起玩了地滚球。当时有个学生，还有个糖果商人，就这么几个人！您记得吗？丽娜！"他猛地转头看着侄女，"快来认识一下真正的大魔法师！"

"魔法师"这个词一出口，所有人都来了精神，嘴里兴奋地大喊大叫，站起身爬到椅子上，试图从神秘来客身上看出点什么新东西。

"您认不出我了吗，鲁阿尔先生？"客栈老板快哭了，"您一整晚都在招待我们，学生倒在了桌子底下。您创造了奇迹，记得吗？还记得夜间戍卫队的人当时被吓得多惨吗？"

他激动得满脸通红，朝着兴奋的看客们说："大伙儿，那场景简直难以想象，想忘都忘不了呐！戍卫队的人太粗鲁了，说我们是泼皮无赖，你们想想！他们甚至想把我们抓起来，但是鲁阿尔先生……"

店主笑得浑身都在发抖。"鲁阿尔先，先生，一挥手就把他们全变成了酒瓶儿，自己变成了个起瓶器。太好笑了！那些可怜虫吓得要死。恢复人形后头也不回，撒腿就跑。鲁阿尔先生把他们的腿变，变成了……"

店主最后笑岔了气。围观的众人看来也不是第一次听他说起这个故事。气氛更活跃了。

"是啊，朋友……"奇怪的客人喃喃道，"其实变得也不是很成功，事实上，问题是……"

"哦！"笑了一阵，店主做出了一副在耳语的样子，但声音仍旧震耳欲聋，"您旅行的时候不想让人认出来，我懂！对不住，这里都是好人，他们很好，都是自己人！这是丽娜，我的外甥女。"

"行吧。"青年皱着眉说道,然后站起身,抓起背囊向前走去。

丽娜圆瞪着双眼极其热情地看着他,已经很久很久没人这么看着鲁阿尔·伊力马兰涅恩了。"您真的……是魔法师?真正的魔法师?是吗?"

他喘了口气,答道:"当然……"他看向女孩的目光没有变化,补了一句,"当然,我认出您来了,我的朋友雷加拉尔。"

各地同鲁阿尔·伊力马兰涅恩打过交道的人没有一万也有数千。他性子骄傲,有时甚至目空一切,可他也能和那些摊贩、裁缝、学生打成一片。所有人都崇拜他。

有一次在穆尔城,他和人打了个赌,把一只白老鼠变成了歌剧演员,在当地剧院的舞台上唱了一整晚。到了午夜时分,演员一下子变回原形钻进了耗子洞。所有人哈哈大笑。

同一天,他醉醺醺地让市政厅塔楼上的钟学会了说话。那座钟虽然是个男低音,可是嗓门巨大,脾气还十分糟糕,给居民们带来了很多不便。

在湿林村,鲁阿尔先生同村长发生了口角,一怒之下把他变成了一头骡子。等想把村长变回来时,他已经混进了骡子堆里。于是鲁阿尔先生一挥手,把离得最近的那头骡子变成了村长。村民们完全没发现村长被掉了包。

店主记忆中的恶作剧只是沧海一粟。不过雷加拉尔这单纯的人能把这件事记一辈子也不足为奇。

他们围着鲁阿尔,问他各种各样的问题,趁他不备在他身上摸来摸去。有人不信他是魔法师,有人和别人争论传言真伪,有人甚至暗示想亲眼见证类似的奇迹。客栈老板冲那些不相信自己的人喊道：他，雷加拉尔，见证过奇迹！他可不会像某些人一样去冒险激怒鲁阿尔先生，不会有好果子吃！众人如潮水般退开了。老板把鲁阿尔拉进了自己房间，继续庆祝魔法师的到来。不时有人好奇地探头进来看两眼。宽大的橡木桌上摆满了食物和饮品。

到了后半夜，客人们早已离开，丽娜静静地倚在角落里的一个箱子上。老板捏着鲁阿尔的手，费尽唇舌，热情地劝他："留下来吧，鲁阿尔先生。我向您保证，亲爱的先生，我们真的需要您。要是突然发生干旱，或来场洪水，有人生病或者受伤，留下来吧！您就把这儿当成自己家。我们会感谢您，不会冒犯您的。我向您保证。"

鲁阿尔呆呆地看着地板，翻来覆去地重复同样的话："我要去做一件不……不寻常的事。这件事很重要，我得上路了。"

丽娜在角落里睡眼惺忪地看着他，目光中渗透着爱意。

这么多个日日夜夜，鲁阿尔·伊力马兰涅恩第一次睡在了羽绒床上。他醉得人事不省。晚餐极其丰盛，桌上的酒液像河水一样汹涌流淌，还有让人抵受不住的热烈崇拜，这些都让他深深沉醉。经历了艰难的岁月，他非常怀念曾经得到的关注。马兰睡着的时候，干裂的嘴唇上还挂着幸福的微笑。

他的头昏昏沉沉的。干净的床单散发出青草的香味，窗外的天空开始泛白，星辰逐渐熄灭。马兰静静地、深深地叹了口气，合上疲惫的双眼，翻身侧躺，把脸埋进胳膊里。

……毫无知觉的双手、木头膝盖、湿衣服上的味道……苍蝇在本该是脸的地方爬来爬去……门开着，潮湿阴冷的感觉包裹着

第二部分　漂　泊

抽筋的双腿。貂皮大衣，那烦人的貂皮大衣沉得像铅块，挂在手指上直往下坠……

鲁阿尔一下子坐了起来，浑身是汗，颤抖着大口喘气，可怕的记忆险些把他压垮。

太阳渐渐升起。

一天晚上，拉尔特坐在大键琴边。

这是一件古老而优雅的乐器，大师制作，易碎的艺术品，弹奏出的乐音极其美妙。然而拉尔特并不会弹琴。他可以让大键琴自己弹自己，这样书房里就会上演一场听觉盛宴。

主人今天来了兴致，估计想浪漫一下。他点燃蜡烛，随便翻出本乐谱放到架子上，坐上转椅，若有所思地敲敲这里，敲敲那里，专注地倾听各种乱七八糟的刺耳噪音。

噪音清晰地传到了书房旁边的客厅里，我正在那儿用天鹅绒擦拭一套可供一百零四人用的黄金餐具。

客厅的天花板是拱形的，十分宽敞。中央放着一张桌子，客厅的光线有些弱，桌子另外一端都不太看得见。墙上是列吉阿尔家族祖祖辈辈的画像，画像中的人们轻蔑地眯起眼睛。他们看上去和拉尔特长得一模一样，尤其是拉尔特打牌输得一塌糊涂之后的神态，和他们简直如出一辙。狭窄的窗户被红色的天鹅绒窗帘遮挡得严严实实，窗帘又厚又重，缀着金色流苏。这些流苏似乎也是彼此独立的生命：它们就像河底的水草一样抽搐、颤抖，摆出各种复杂的姿势。有一次我甚至亲眼看到流苏抓苍蝇，还把它吃掉了。

大键琴被拉尔特折磨得不停惨叫。我心不在焉地用抹布擦拭

45

盘子上镶嵌的暗淡镜面。洗好的餐具被放回了柜子，它们在里面轻轻地调整姿势，想让自己待得舒服些。

拉尔特同时按下了好几个键。我在镜面上的倒影痛苦地皱起了眉。我觉得好玩儿，吐了吐舌头，然后做了个心烦的表情。拉尔特的脸上经常就是这种表情，能维持几个小时不变。我学得很是传神。

我有些开心，又学起了拉尔特坐在大键琴边阴着脸沉思时的表情。我哈哈大笑了几声，又立即充满威胁地拧起眉头。这里有点小瑕疵，因为拉尔特是高低眉。我把盘子凑到面前，努力做个鬼脸，看一眼，蹦一下。通过镜子，我看到在我身后的客厅深处出现了一个黑色的人影。

我环顾四周，一个人都没有。昏暗的灯光只能照到离我最近的那些拉尔特的祖先画像。

我等自己不再发抖之后，决定再看看镜子。

那个人影再次出现在了镜子里，他已经往前走了很长一段。

我大喊一声。拉尔特停了片刻，继续弹琴。我猛地冲出客厅，一把将门关上。

我把灯忘在了客厅里。幸运的是，我的主人不停弹琴，让我不至于在黑暗中迷失方向。

我一头扎进书房后，稍微冷静了一些。拉尔特随意地看了看我，大键琴发出了一声长长的尖锐颤音。乐谱架两侧点着蜡烛，大堆大堆的魔法书闪烁着金光。

"主……"我刚开口就又看见了那个人影，这次是在大键琴被擦得发亮的琴盖上。我张着嘴僵住了。

"为什么你没有上报？"拉尔特问。他猛地合上乐谱，转过来面对我，开口道："为什么你没上报有客人来访？"

第二部分 漂泊

我没吭气，我一个音都发不出来。

"你好，拉尔特。"来人在我身后说道。

我的主人站起身来。"你好，奥尔文。"他叹了口气说，"我本来都不抱希望能再见到你了。"

奥尔文是先知，习惯了坐得笔直，还总是摩挲指尖。拉尔特则以最自由的姿势倒在他钟爱的扶手椅里。

"它生锈了，拉尔特。"奥尔文第二十五遍重复了这句话。他的声音很紧张，听着可怜兮兮的，就好像得了什么绝症似的。

"你没搞到任何新消息。"我的主人无情地说。

"你不相信我。"

"不，我相信。特别信。你看我都没有出海去岛上，而是在这里等你的消息。不过我感觉我白等了。"

"我有消息给你，拉尔特！"奥尔文几乎是在喊了。

拉尔特挑起眉："'它生锈了。'这就是你想说的？"

奥尔文身体前倾，搓手指的速度比刚才快了一倍。"你不信我，拉尔特。你会后悔的。预言已经折磨我三天了。它就在我里面，着急要出来。"

奥尔文跳了起来。我在微微打开的门后看见了这一幕，小心翼翼地往后靠了靠。

"点火，拉尔特！"奥尔文激动地提出要求，"我要预言！"

"现在？"我的主人嗓音发苦。

"就是现在！"客人坚定地说。

拉尔特把桌布从书房里的矮圆桌上掀了下来。桌面雕刻着若隐若现的符号。三支粗大的蜡烛庄严地立在桌子正中。

他们把我忘了。我躲到了拉尔特的扶手椅后面。

奥尔文开始浑身发抖，就像害了热病一样，抖得越来越厉害。他的眼睛似乎聚不了焦，手指以非常奇怪的方式缠在一起又松开。

拉尔特瞟了一眼蜡烛，三支蜡烛同时燃烧起来。过了一会儿，它们的火焰产生了奇怪的弯曲，在桌子中心处的上方汇集到了一起。

奥尔文双手颤抖着从衬衫里拽出了个东西，是那个倒霉的护符。我睁大眼睛看了又看，发现护符一半是金色，另外一半变成了棕色，生锈了。

蜡烛像各类典礼上的篝火一样燃烧起来，在墙上投下翩翩起舞的影子。

"来吧。"我的主人说。

奥尔文似乎用尽了全身的力气，把护符举到面前，透过上面特殊的镂空刻纹看着火焰。破碎的光芒映在他脸上。拉尔特抑扬顿挫地念了段咒语。蜡烛爆燃出蓝光。奥尔文嘴里发出一阵低低的、类似金属碰撞的声音，然后他快速而清晰地说道："灾祸将至，啊，灾祸将至！绿色的平原，绿色平原上的旅人。火焰，看着我的眼睛！你注定承受悲哀和痛苦。脚下的大地会将你吞噬入腹。它站在门口，从窗外窥伺。求你了，别开门！火焰，看着我的眼睛！天空被剥了皮……绿色平原上的旅人在哪里？森林将根系伸向太阳留下的破洞！它就在你家门口，它的气息……看着我的眼睛。我看见了。我看见了！它的气息在我们中间。看啊，清水化为黑血……看啊，刀锋流淌着泪。迷雾的绞索缠上死人的脖颈。它的气息在我们中间。在我们中间。它……它……它即将降临！"

第二部分　漂　泊

奥尔文突然闭嘴，猛吸了一口气，又吐了出来。"问吧。"

"它是什么？"我的主人立即发问。

"第三力量。"奥尔文瞬间回答道。我浑身一冷。

"它想要干什么？"拉尔特继续问。

"脚下的大地会将你吞噬入腹……"

"我知道。"拉尔特不耐烦地打断他，"它站在门口，它想干什么？"

"它在寻找。"奥尔文忽然顿了一下，"守门人……"

"为什么？"

"为了开门……"

"什么门？"

"开门……天空被剥了皮……看啊，清水化为黑血……"

拉尔特果断制止了他，不让他再描述那些可怕的场景。"谁是守门人？"

奥尔文张嘴喘着气，"他在……他不是……他，不是魔法师的魔法师……"

"什么意思？"

"他……"奥尔文刚要开口，却突然沉默了。

"说啊！"拉尔特大喊。

蜡烛瞬间全部熄灭。房间沉入了黑暗。预言似乎结束了。

⚔

雷加拉尔家客栈的后院里阳光明媚，空无一人。鲁阿尔·伊力马兰涅恩躺在围栏阴影下的草地上。一只鹰在正午的天空中安静地翱翔。鲁阿尔张开双臂躺着，困意阵阵袭来。他觉得在天空中翱翔的是他，马兰，老鹰则张开翅膀，躺在篱笆阴影下的碧绿草地上。

"你小声点儿!别把人吵醒了!"

鲁阿尔浑身一抖,醒了过来。

不久前围栏影子还能覆盖他的腿,现在已经缩短到了膝盖。老鹰不见了。围栏那边的人兴致高涨,兴奋地窃窃私语,圆圆的眼睛透过围栏的孔隙不住往这边偷看。

"哎呀安静点儿!"吵醒了鲁阿尔的人又重复了一遍。

一只小手抓住了围栏上沿,接着一个黑色的小东西直接砸到了鲁阿尔胸口。鲁阿尔悄悄看了一眼,在他的衬衫上躺着一只硕大的青铜色甲虫。甲虫又惊又怕,举起爪子开始装死。围栏那边传来了一声压抑的欢呼。

啊哈。鲁阿尔心想。

他在心里默数到五,和之前一样睁眼躺着。为了不吓到观众,他慢慢抬起头,双眼微微睁开,装出一副睡眼惺忪的样子四处张望。围栏后面的人屏住了呼吸。

"谁在叫我?"魔法师先生意味深长地大声询问。甲虫从他胸口滚落,掉进了草丛。贴在孔隙边上的小眼睛不停眨巴着。

鲁阿尔止住了动作,装出一副倾听的样子。过了一会儿,他突然怒气冲冲地大喊一声,双膝跪地,趴在了甲虫掉落的地方。

"说话啊!"他紧张地嘟囔道,"说话,甲虫先生!"

他伸出两根手指小心翼翼地将那只倒霉的虫子拈了起来,放在掌心。甲虫决定继续装死。

快动一动,我的朋友。鲁阿尔开心地想。他把甲虫放到耳边说:"什么?大声点儿!"

"妈呀!"围栏那边的人一不小心,没控制好音量,"魔法师,天哪,魔法师!"

鲁阿尔立即皱起眉。

"什么？这也太可恨了！你是说，他们抓住你，把你塞进了一个闷热的口袋？！"

街上传来一阵惊恐的脚步声。显然，甲虫能说的坏话不少。鲁阿尔勉强忍住笑，透过围栏往那边看了看。大概有六个孩子站在街对面，你挤我我挤你，都想躲到别人身后，随时准备逃跑。

"我们走！"鲁阿尔对手心里攥着的甲虫大声提议道，"你想去哪儿我就带你去哪儿。带路吧！"

鲁阿尔大步流星地朝门口走去。他捧着一只甲虫，顺着村子的主街往前走。住在附近的小姑娘、大姑娘甚至成熟的少妇都争先恐后地跑到前院给花浇水，到院子里晾衣服。脑子没那么灵光的，或者还没想好要做什么的女人干脆就这么挤在窗户边，连窗棂都要挤破了。

孩子们吊在后面一路小跑，人数几乎翻了一倍。

村口路边有一棵倒伏的老树，行进的队伍在树边停了下来。甲虫被放在了腐烂的树干上，它立即钻进了某条缝隙，消失了。鲁阿尔在它离开时还同它道了别。看到这一幕，孩子们惊呆了。他们完全忘记了先前的警惕，走了过来。鲁阿尔转过身，孩子们吓得尖叫着躲到一边。

又过了半个小时，大家全都坐在树干上，平静地聊着天。

"您能够和所有的，所有的动物说话？"一个长着雀斑，名叫费尔蒂的男孩兴奋地问，他应该是这帮孩子的头儿。

鲁阿尔用力点头。

"您出过海吗？"另一个男孩问，他的脸颊上有一道抓痕。

"你觉得呢？"鲁阿尔认真地回答道，"我像个连海都没出过的魔法师吗？"

"不像。"那孩子有些不好意思。

"还有,是不是,"一个名叫芬迪的瘦小少年加入了谈话,"是不是真的有狗头人啊?"

"是的。"鲁阿尔证实道,"不过在很遥远的地方。"

"那龙呢?您骑在龙身上飞过吗?"

"不能骑着龙飞,"鲁阿尔脱口而出,"龙这种生物可怕又嗜血,还特别阴险。它们的视线会把人变成石头,嘴里吐出的火焰能把一切都烧成灰烬!"

孩子们警惕地环顾四周,想要确定附近没有龙。

"也就是说,它们是无敌的?"胆小的芬迪小声问道。

鲁阿尔嘴角一咧,得意洋洋地笑了。"有人一生都在和龙战斗!有一次我……"鲁阿尔的脑子里忽然迸发了无数灵感。

孩子们尖叫着,惊恐地闭上了眼睛。听到最吓人之处,芬迪甚至用手捂住了耳朵。鲁阿尔告诉大家自己打败了怪物,故事结束。所有人都隔了一会儿才回过神来,被可怕的冒险故事吓得手麻脚软。

"那……巨人呢?"不知疲倦的费尔蒂屏住呼吸问道。

"我也遇到过巨人。"鲁阿尔开心地说。

"别说了!"芬迪惊恐地尖叫起来。

鲁阿尔笑着把手搭在他肩上。"没什么好怕的!如果担心遇到巨人,身上带点烟草就行了,他们受不了烟草的味道。"

"哟呵……"

"要说谁比较危险,"鲁阿尔敛起笑容,继续道,"那就是咱们的亲爱的魔法师们了。很多魔法师残忍又善妒。他们害怕竞争,会不惜一切消灭对手。从前,有两个强大的魔法师,他们比邻而居,彼此为敌。碰巧当地又出现了第三个魔法师,他年轻、开朗，那两个魔法师的魔力都比不上他。他们想了又想怎么解决这个年轻的对手，为此他们甚至暂时放下了彼此的敌意。俩人想出了一条诡计，他们突然袭击了那个年轻人，把他变成了一座石狮子。"

鲁阿尔喘了口气。他想起了插在桌上的长猎刀。"伊力马兰涅恩和汉特打赌。伊力马兰涅恩会让拉尔特先生和埃斯特先生不再觊觎汉特的磨坊，伊力马兰涅恩保留使用魔法和计谋的权利……来打个赌！"

"然后呢？"脸颊带伤的男孩小声问道。

"然后啊……"鲁阿尔拖长了音调，"然后，年轻的魔法师摆脱了咒语的禁锢，狠狠报复了那些人。虽然他们可怜巴巴地乞求饶恕，他还是报了仇。"

听众们大气都不敢出。鲁阿尔愤怒地揉了揉鼻梁，试图摆脱那段不开心的回忆：巴利塔扎尔·埃斯特眯起了眼睛，他的眼神没有一丝温度，传递出无尽的威压。"马兰，你两边下注？首鼠两端？像在集市上斗鸡一样让两个老蠢货打来打去，你在一边拍手叫好？"

鲁阿尔摇摇头。孩子们有些不耐烦，坐在树干上动来动去，不知道为什么魔法师先生忽然不说话了。

鲁阿尔竭力控制住情绪，抬头望天。老鹰又悬在了天顶。

"村里谁家养了芦花鸡？"鲁阿尔突然忧心忡忡地问道。

男孩们不知所云，面面相觑。

"我们家。"脸上有伤的男孩拖长了声音，"还有克洛库斯叔叔家……"

"告诉你妈妈，让她注意，老鹰早就盯好了，一不留神就会把鸡抓走。"

"您会读老鹰的心?!"名叫帕奇的男孩惊讶道,他是面包师的儿子。

"当然。"鲁阿尔点头称是,"只不过周围不能太吵……"

"都别说话了!"费尔蒂喊道。

随之而来的寂静中,他们忽然听到了一声绝望的嚎哭。哭声里夹杂着另一个人一连串的漫骂。房门被砰的一声关上,某个沉甸甸的东西掉落在地,滚进了村边那户人家庭院的最深处。

"是尼尔。"芬迪吃惊地说,"他主人又打他了!"

鲁阿尔一脚踢开大门。鞋匠惊讶地转过身。

"放开孩子!"鲁阿尔的语气非常强硬。

鞋匠拿着皮带的手有些迟疑地放了下来。一个披头散发的男孩从木桩后探出头,两只眼睛哭得通红。

站在门口的魔法师大为吃惊。"鞋匠,我要把你变成耗子。"

"啊,这个……"大汉被吓得连话都不会说了。

"如果你再动那个孩子,我肯定会这么做!"

腰带从颤抖的手中滑落。孩子们全都冲了过来。

"是我就给他变了!"费尔蒂极其愤怒。

其他人也激动地不停嚷嚷。

"把他变成老鼠!"帕奇强烈支持,"魔法师先生,您可不知道,他每天都无缘无故打尼尔!"

"现在他不会了。"鲁阿尔承诺。

"要是……"有人叹了口气,还热切地补充道,"如果能把学校里的老师也……"

所有人都叹了口气,这个主意听起来真是绝妙。

"您会在我们这儿待到秋天吗?"芬迪小心翼翼地问。

第二部分　漂　泊

"我要走了。"鲁阿尔遗憾地说,"后天就出发,或者再过两天。"

他站在一群男孩中,就像风浪里的一叶孤帆。

"如果我送您点儿东西呢?"费尔蒂厚着脸皮讨价还价。

鲁阿尔笑了。"说说看,你要给我什么?"

"哨子。"费尔蒂在口袋里翻找,"啊,还有个马蹄铁。"

看得出来,这份礼物几乎已经是他的半副身家了。

"嗯……"鲁阿尔思考着,挑起了眉。

"如果我也送您些东西呢?"帕奇怯生生地插了句。

"还有我……"

"还有我……"

他们爽快地从口袋里掏出钉子、哨子和彩色玻璃,还有一条青蛙腿、一块打了洞的光滑卵石、一根生锈的表链和一只活蜥蜴。

鲁阿尔的脸色突然沉了下来。"别这样,以后都别这么干了。给我!"

他小心地将蜥蜴放在摊开的手掌中。他们对视了几秒后,鲁阿尔弯下腰,将它放到了路边的草丛中。孩子们毕恭毕敬地盯着他。

"不要碰蜥蜴。"鲁阿尔低声说,"永远不要碰。不要有这个念头。"

所有人都点头表示同意。

"谢谢你们的礼物。"鲁阿尔继续说着,转身朝村子走去,"很遗憾,我什么都不要。无论如何我都必须离开。"他突然对着眼里噙满泪水的芬迪眨了眨眼睛。

芬迪吸着鼻子转过身,把手伸进衣袋,掏出了个似乎很贵重的东西。"这是个水晶球。"他看着鲁阿尔的眼睛低声说，"收下吧，魔法师先生。不为什么，我就是想送给您，收下吧！"

芬迪张开了紧握的手，阳光在大玻璃球中不住闪动，的确很漂亮。

"蠢货，人家不会要的。"鲁阿尔背后有人大声说。

鲁阿尔本想把拿着玻璃球的手推开，看见男孩的眼神之后却没有这么做。

"收下吧。"芬迪又重复了一遍。

"谢谢。"马兰叹了口气。

客栈到了。丽娜站在门口，用手捂着眼睛。

"谢谢。"鲁阿尔又说了一遍，机械地把玻璃球揣进了口袋，微笑着朝丽娜走去。

她没再看他。她盯着街道尽头，变了脸色。

"起来起来！大伙儿！出事了！"

各家的窗户和门都打开了。

"强盗打过来了！"

有人在鲁阿尔身后大喊一声。一名郊区农场的年轻工人气喘吁吁地跑到客栈。他惊恐的脸上全是汗水和烟灰。

"那帮强盗，他们把农场烧了。就快到了……"他上气不接下气地说。

"苍天啊……"丽娜惊恐地喃喃道。

"给我点儿水。"报信的人大喘了一口气。

水来了，他喝了个够。客栈门前的街道上很快就挤满了惊慌失措的人群。母亲们惊慌地喊着自家孩子的名字。芬迪、费尔蒂、帕奇等人消失在人群中。有人哭了。雷加拉尔拿着炒勺跳到了大门前的台阶上，红色的酱汁滴了一地。

"我们得藏起来,到地窖里去……"雷加拉尔的邻居是间铺子的老板,他嘴唇苍白地嘟囔着。

"他们要把我们都烧死。"他的妻子,一个体弱多病的老妇人低声哀号道。

"抄家伙!干他们!"老乌戈尔忽然大吼。好几个人立马嘘他。

"闭嘴吧你。"

"别说话了,武夫。"

"去拿斧头啊……"老兵没有放弃,"我谷仓里还有一把弩!"

"嚯,他还有一把弩……别去拿!你这样会让大家都没命!"村长带着哭腔喊道。此人又胖又蠢,早就没有了丝毫威信。

"去林子里,快!"瘦高的学徒一蹦而起。

"别了,还是给点钱算了……"

"给钱,怎么给……看啊,烟!"

所有人都抬起头来。黑色的烟团带来了恐慌。人们丧失了理智,四处乱窜。丽娜和刚才一样,一动不动地站在门前的台阶上,木然开口:"农场着火了……一群畜生。"

"祈祷吧。"鞋匠说。一个膀大腰圆的男人,逢人就说,"咱们一起祈祷吧。"

"安静!"雷加拉尔忽然大吼一声,"都别说话!让那些傻老娘们儿都住嘴。我们这儿有魔法师,他会保护我们!"

所有人都看着鲁阿尔。

鲁阿尔站在台阶下面,后背靠墙,满脑子只有一个念头:真应该大清早就走,走了就没事了。

一时间谁也没说话。过了一会儿,人们开始低声交谈起来。

"魔法师……"

"大法师……"

"……救救我们……"

"魔法师……"

之前还惊慌失措的人们集体松了口气。和恐惧一样，希望也来得十分突然。

鲁阿尔环顾四周，似乎正在忍受巨大的痛苦。

"您会保护我们吧，鲁阿尔先生？"丽娜一脸惨白，哑着嗓子问道。

鲁阿尔动了动干裂的嘴唇。"我，"他的声音非常奇怪，"我。"在全村人的注视下，他忽然脸色大变，就像身上着了火似的。人们向后退去。"当然。"鲁阿尔机械地说。

说完，他穿过人群。他的目光始终盯着盘旋在田野上空的黑色烟团。

强盗们并不着急。他们排成一列，沿着村道前进。这支队伍由二十来个吃饱喝足、身强力壮的暴徒组成。烧农场只是顺手，主菜还在后面。

村里一片死寂，他们丝毫也不惊讶。令他们吃惊的是有一个人正顺着村道朝他们迎面走来。他们可以骑马绕过去，也可以直接从他身上踩过去，还可以坐在马上一刀把他劈死。

刚开始抽穗的麦田沙沙作响。明媚的天空中嵌入了一团团黑烟。那人一直向前迈步，神色泰然自若。

首领骑着马跑在最前面，手搭凉棚朝前张望。首领平时做事很果断，今天却不知为何有些疑虑，心想这人手无寸铁，我们全副武装，他就这么若无其事地走过来？有问题。他勒住了马。

"怎么了？"一个部下在他背后问道。

第二部分　漂　泊

　　首领看着不怎么强势，实际坏到了骨子里。他哼了一声。匪徒和独行客之间的距离正迅速缩小。

　　马蹄扬起白色的烟尘。独行客踏步的节奏没有丝毫改变，仿佛他身后隐藏着巨大的力量。距离很近了，已经可以清楚地看到他的脸。首领凶狠地眯起眼睛，从刀鞘中拔出马刀。独行客径直看向他。首领心中莫名不安。独行客的表情令人恐惧，犀利的眼神蕴含着巨大的压力。

　　"怎么回事啊？"部下又问，话音中带着惊恐。强盗们都停了下来，挤作一团。

　　独行客一直走到离他们只有几米远的地方。他停下了脚步，脸上似乎戴着一副灰色面具，眼睛里涌动着无穷的力量。这种力量让强盗们陷入了恐慌。

　　"你想要干什么，混蛋？"首领喊道。

　　"滚。"男人冷冷地说。他还说了几个带着喉音的怪词，因为意义不明而显得格外不祥，"扎库拉克……克哈里！阿克霍罗伊！"

　　马群受惊了，发出阵阵嘶鸣。

　　"魔法师！"有人喊了一声。

　　"闭嘴！"首领咆哮道。他身后的众人开始交头接耳。"魔法师……法师……"

　　"我数到三。"陌生人的语气仍旧十分冷淡，"给你们时间滚！一！"。

　　强盗们更惊慌了。首领凶残地朝周围一望，差点没控制住自己的马。

　　"二。"陌生人平静地数着。

　　首领不信一个手无寸铁的人会挑衅他们。独行客身上看不出

59

有武器的样子,他肯定有什么秘密手段,否则怎么会给人如此冰冷的感觉?

"二点五。"古怪的独行客又一次开口。

惊慌变成了恐慌。强盗们感觉陌生人的眼中燃烧着不祥的火焰。

"三!"这一声像鞭子一样劈头盖脸抽了过来。可怕的男人掌心燃起火焰。他从衣袋里掏出了一团发出耀眼光芒的东西,像太阳,又像球状闪电。他将光团举过头顶,眼神中充满威胁。

首领退却了。他喜欢轻松狩猎,害怕魔法。他将马刀收回刀鞘,拨转马头匆匆离去。其他人也跟在他身后离开了。

独行客的目光一直尾随着他们。他眼睛里的光芒消失了,满脸是汗。人们从村子里跑出来,风带来了他们欢乐的呼喊。

鲁阿尔·伊力马兰涅恩目不转睛地看着太阳,在路上坐了下来。一个玻璃球从他汗湿的手上掉落。是芬迪给他的礼物。

玻璃球掉在地上,淹没于尘埃。

离此地很远很远的地方,一个黑发女人目不转睛地盯着白色餐布上的血滴。

血滴燃烧又熄灭,就像火堆中即将燃尽的炭。

马车一遇到坑就有些晃。对于长途旅行来说,这辆马车太奢华了。内里全包着丝绸和天鹅绒,外面奢侈地镀了金。闪闪的金光一里地开外都看得见。

马车宽宽大大,金光灿然,拉车的六匹黑马膘肥身健。我也不知道为什么拉尔特非要用这样的马车。按照他的要求,这还只是最低配置。

我一身华服端坐在马车里。我这辈子都没穿过这么漂亮的黑色天鹅绒套装。身边的空位上放着一顶礼帽和一把剑,礼帽上有一丛翎毛,剑则插在昂贵的剑鞘里。

拉尔特穿着仆人制服坐在前面赶车。他严令我不准叫他主人或者提他名字。从这一刻起,我就是四处旅行的魔法师,而他是我的仆人。

和先知奥尔文见了印象深刻的一面后又过了一天,我们就这副打扮动身上路了。

最初的一个星期里,我还挺喜欢这种互换身份的游戏。再往后就无聊了,无聊得难以忍受。

只要我们在旅馆小住或遇到其他旅行者,拉尔特就会化身世界上最健谈的仆人。有一次,他让一个农妇和他坐在一起,整天都在对她献殷勤。我坐在马车里,边吃手指边听他们扯淡。他们把所有的花都聊了一遍,还聊了各种唇形和各色瞳仁,八卦了她所有的朋友。他俩还一致认为这个世界上并不存在魔法师,都是人编的故事。女人下车时,他还在她身后挥手道别。我把上半身探出去,冷冷地问他玩这种互换身份的游戏到底是图什么。拉尔特平静地命令我闭嘴,一路上像个死人一样再没说过一句话。

每次住店我们都会把如下剧本演一遍:我钻进最好的房间,坐着一动不动,满心忐忑与好奇。拉尔特就像一台吸力巨大的水泵,从店主、仆人和住客们嘴里抽出所有的新闻、逸事和流言。作为回报,他慷慨地分享自己那魔力高强的主人的故事。我们四处旅行的消息就像水面上的波纹一样扩散开。我开始莫名焦虑。

马车忽然一蹦,我的头撞到了车顶。拉尔特用力拿鞭子抽马，想早点到下一家旅馆。我们穿过田野，四下无人。一路上颠来晃去，灰尘漫天，又闷又热。我累得要死，可是一想到客栈就十分反感。

"主人！"我从车窗探出头来大喊，"主人！"

他勒住马，我冒着被甩下车的风险爬到他身边。他沉默地给我腾了个位置。

"我们这是在寻找第三力量吗？"我厚着脸皮问道。

他张开嘴想训我，却又忍住了，只是狠狠地给了马一鞭子。

"气息在我们中间，"他咬着牙轻声说，"我是说，'它的气息在我们中间'。"

鲁阿尔天还没亮就悄悄离开了，没有同任何人道别。和昨天一样，今天太阳照常升起。和昨天一样，今天也是个晴天。牧场上成群的牛羊，以及看守它们的狗全都趴在沾满露水的草地上。它们感受着清晨阳光的温暖，完全忽视了这个陌生男人。

前方是一片幽暗的森林。不知为何鲁阿尔特别想躲进去。他的步子迈得越来越快。昨天的一切在他眼前不断重复。

从农场过来报信的那人正在飞奔，嘴张着却没有声音。丽娜面如土色，脸上溢出了滴滴汗珠。酱汁从勺子上滴下……

首领骑着黑色的高头大马逐渐逼近，几乎挡住了全部视线……巨大的马蹄差点踩到一个手无寸铁的可怜人……与其当众承认自己失去了魔力，不如直接去死。我生是魔法师，死也是魔法师。

鲁阿尔放慢了速度，从口袋里掏出玻璃球。他把它托在掌心，眯眼看着里面晃动的阳光。太疯狂了，简直难以置信。他竟

第二部分 漂 泊

然靠蛮横的态度和小孩的玩具吓跑了一群强盗。

鲁阿尔把玻璃球收了起来。他发现自己已经在这片森林里走了很久。身旁全是参天大树，毫无人迹。一束束阳光照在鲁阿尔身上，他的内心深处忽然生发出对奇迹的无限渴望。昨天的一切不可能只是偶然。不可能。

鲁阿尔充满希望地开始尝试召唤曾经拥有的力量。他想刮起一阵风，摇晃静默的树冠。周围的空气纹丝不动，沉默回应。他呼唤沿着树干爬行的鸟，它丝毫不理会他的叫声，消失在横七竖八的树枝中。

鲁阿尔没再继续尝试。他变成了废人，永远失去了与生俱来的魔力。长久以来一直被他竭力压制的抑郁忽然爆发。他双腿一软，跌坐在了草地上。

年迈的占星师栖身高塔，一生都在厚重石墙和尖拱高窗之内收集魔法书，却从未成功施放过哪怕是一句咒语。

老人有一个图书馆，里面全是年代久远、价值连城的鸿篇巨著，还有一堆用来制造解毒药剂的蒸馏瓶，一架观星用的望远镜。老人只缺一样东西——魔力。

"真厉害！"他说着，看向鲁阿尔的眼神中充满了羡慕。

鲁阿尔漫不经心地翻看着书页，悄悄动了动嘴。木桶里那株已经枯死的植物突然不可思议地开花了，结出了很像野苹果的果实。果实又瞬间化作金币，在石头地板上滚来滚去，嗡嗡作响，最后组成了一幅星图。老人震惊地晃着脑袋，感叹道："真是难以置信……"

马兰喜欢去占星师的塔楼。他喜欢这个老头儿，喜欢他的所有书，喜欢他的望远镜和木桶里的花。马兰每次到访占星师都很开心，认为这是莫大的荣耀。

"告诉我，鲁阿尔。"某天占星师有些窘迫地问道，"你是什么时候意识到自己是个魔法师的？"

马兰思考了一下。他并非在某个时刻突然发现自己拥有魔力。他只是在小时候的某一天明白了自己和别人不一样。

他当时只有六岁。春日里寒冷多雨，一辆装满东西的板车卡在了泥里。推车的是个中年煤矿工人，他和那匹瘦马一起不断努力，徒劳地想把车轮从泥浆中解放出来。

"你在干什么？"小鲁阿尔惊讶地问他。

那人皱起眉看了这傻孩子一眼，没有回答。

鲁阿尔绕过马车，在马的面前停住脚步。它有些紧张地看着他。他踮起脚尖，伸手去抓缰绳，开口道："来，走吧……"

马向前迈步，登时就将马车拉到了坚硬的路面，毫不费力。

马兰一辈子都记得矿工看他的眼神。这种眼神是老占星师绝对无法理解的。

森林无穷无尽，越往里走，树林越是葱茏茂密。鲁阿尔走了好几个小时。刚开始还有鸟儿在他头顶上欢快地叽叽喳喳，后来它们消失了，取而代之的是一片寂静，偶尔还会传来一阵松涛翻卷的声音，啄木鸟制造的笃笃声夹杂其中。猎人的号角此起彼伏，逐渐接近。他的步子迈得有条不紊、漫不经心。走路的时候头也不抬，浑身放松。无所谓了。

嘶哑的号角声在附近响起。一队骑兵忽然突破重重树枝的阻拦，冲上马路。鲁阿尔停下脚步，给他们让路。不料他们猛地掉转马头，挥舞着长矛包围了鲁阿尔。

"你干什么的？"

第二部分 漂 泊

"一个旅人。"鲁阿尔小心地回答。

"流浪汉。"一个猎兵给他定了性。

"偷猎的!"另一个人发表了不同意见。

又有一名骑兵不紧不慢地靠到一旁,看样子应该是位贵族。

"又来一个无耻的泥腿子!"他不屑道,"喂,混蛋,你知道破坏了我家的森林是什么下场吗?"

鲁阿尔的嘴里一阵发苦:苍天啊,这也可以。

六根锋利的长矛指着他的胸膛。猎兵们龇牙笑着。

"老爷的领地神圣不可侵犯。"他胡诌了一句,缩成一团,等着挨打。

贵族皱起了眉,斥问道:"混蛋,你知道我是谁吗?"

鲁阿尔可怜兮兮地笑了笑,喘口气说:"您是一位强大的领主,阁下。而我……我只是一个卑微的……预言家。我怎么会认不出……老爷您呢?"

长矛形成的包围圈稍稍松了一些,不过随时有可能再度收紧。

"别耍花招!预言家哪有你这样的?"

"老天,帮帮我!"鲁阿尔祷告了一句,突然换上了很有说服力的语气,飞快说道,"我是占卜师、巫医、驱魔人、预言家,听说了……老爷的……困境,前来为您效劳。"鲁阿尔被自己的话吓到了,说完就闭了嘴。

贵族突然紧张地向前倾身,打量着猎物的脸,有些迟疑地开口问道:"你听说我遇到了什么困难,流浪汉?"

鲁阿尔发现他瞪得溜圆的双眼中充满警惕,知道自己的话正中红心。得救了。他绞尽脑汁帮助自己脱困。

"老爷您自己更清楚。"他看着猎兵们,意味深长地说。

贵族动摇了。鲁阿尔站在原地,等他做决定。
"你,和我们走一趟。"贵族甩出一句话,掉转了马头。

公爵的城堡富丽堂皇,同时还具备了狩猎博物馆和香水店的特征。墙上的武器旁边挂着六只鹿头,鹿的眼睛珠子泛出玻璃光泽。鹿头之间挂着些木版画,画的主角是可爱的牧羊女,几只鸽子在她们头顶的树枝上甜蜜亲吻。靠近壁炉的小桌上摆满了瓶子,时不时飘来一阵浓烈的香水味,鲁阿尔被这气味熏得直恶心。

他被人用绳子绑在马鞍上走了很长一段路,有时走,有时跑,后来又在臭气熏天的仆人房里等待召见。等待的时间十分漫长,可是又没法逃跑。现在他正动作不太自然地洗着一副扑克,脑子里疯狂思考脱身的办法,却毫无头绪。

公爵坐在对面的扶手椅上,背后正上方挂着猎来的野猪头,猪嘴里的獠牙野蛮地支棱着。野猪和他看着就像两兄弟。

鲁阿尔还没想好怎么摆脱目前的困境,手心里全是汗。绝望之中,他把牌扔在了桌上。"这副牌不怎么样,阁下。它被满月的光芒照射过。"

公爵哼了一声,没有表示反对,示意男仆再拿来一副牌。

公爵的脸和野猪在鲁阿尔眼中合二为一。不能再拖了,他颤声说道:"尊贵的阁下,您面临着许多难题和危险……"

公爵的眉皱得更紧了。

"好战的邻居将埋尸在阁下的领地……"

公爵不为所动。不对。鲁阿尔慌张地想。牌七零八落地散在桌上。梅花Q嚣张地眯起眼睛,红桃J的笑容似乎带着嘲弄和挖苦。

"阁下的财政最近一段时间不太宽裕……"

公爵仍旧没有任何表情。鲁阿尔不安地吞了口唾沫,擦了擦额头的汗,绝望地四处看了看。

他看见了它。

梳妆台上的装饰品,一个小小的黄金蜥蜴雕像,两只眼睛绿莹莹的,鲁阿尔甚至感觉它在看自己。

回过神后,他连忙继续道:"然而主要的问题。主要的麻烦不是这些。有件事儿已经让阁下您无暇他顾……"

话音刚落,他立即感到公爵那双凶恶的小眼睛里似乎闪过了一丝兴趣。鲁阿尔受到鼓舞,开始搜肠刮肚,希望能找到点什么能自证是预言家的东西,以免被绞死。

"这个问题令您日日夜夜不得安眠……"

说对了,公爵眨了眨眼睛。他眨眼的速度飞快,似乎不想让人发现,这个动作放在他身上显得十分突兀。眨眼之后,他全身前倾,应该是想在鲁阿尔再开口之前截住他的话头。

"日日夜夜……"鲁阿尔判断不出正确的方向,于是意味深长地重复了一遍。

公爵脸红了!他脸上这片潮红来得十分突然,似乎非常纠结和痛苦,有点像个站在卧室门边的新嫁娘。他红着脸靠回椅背,皱起眉试图收敛情绪。

鲁阿尔明白了。他揭开了谜底,得救了。纸牌在他手中上下翻飞,宛如车轮上快速旋转的辐条。

"我知道!"他大声说道,"我知道,阁下做过太多尝试,付出了太多努力,可是您汹涌的爱意到最后总是以痛苦和失望收场!我知道,夫人非常不满,她的话刺痛了您的心!我知道,夫妻之事本来应该……"

"嘘！"公爵急忙让他住口，唾沫星子喷得到处都是。他双手颤抖着，把牌从桌子上扫了下去，似乎在害怕它们会透露出更多的信息。

鲁阿尔精疲力竭地靠在椅背上，艰难地笑了笑，找回了一些大魔法师的感觉。

公爵一蹦而起，差点把野猪头从墙上撞下来。他扑在桌上，鲁阿尔甚至能感觉到他呼出的气息。"这是绝密，预言家！我把妻子关了起来。找了个又聋又哑的老太婆伺候她。我的妻子讨厌我，预言家！当我……我要……想要……我正在努力……该死，她就开始挖苦我！"

公爵激动起来，在书房里乱转。鲁阿尔看着他，挠了挠鼻梁。筋疲力尽的公爵跌回椅子里，浑身散发着绝望的气息。他头顶上方的野猪看上去也不如之前凶猛，表情似乎有一些沮丧。

"所以，我的出现很及时。"鲁阿尔顿了一下，话音铿锵有力。

心中的屈辱让公爵的脸笼罩上了一层阴云，看向鲁阿尔的眼神意味不明。"开个价吧，你想要多少，法师……多少钱都行……如果卡牌将我的伤心事告诉了你，那它们肯定知道解决问题的办法！"

"它们知道。"鲁阿尔含蓄地笑了笑。这个危险的蠢货终于落入了陷阱，未来一段时间之内将任由他摆布。"卡牌知道很多事情。"鲁阿尔站了起来，不想浪费自己赢得的时间，"我们先谈谈报酬。"

公爵点了点头，鲁阿尔飞快扫了一眼梳妆台，突然开始担心黄金蜥蜴像只是自己的幻觉。事实证明它是真的，碧绿的眼睛一直注视着他。他想摸又不敢摸它优雅拱起的脊背，只是小心翼翼

第二部分　漂　泊

地将它从一堆散乱的臭瓶子里解放出来,让它轻轻地、平静地趴在自己掌心。"这就是我的报酬。"鲁阿尔说。

贵族哼了一声。

第二天一大早城堡就热闹起来了。

男仆、洗衣工、饲马员、马车夫、厨师和学徒,还有管家和十几个女仆,大家都放下了日常的工作,忙得团团转。

来历不明却靠神秘手段赢得了公爵信任的巫医是这一切的始作俑者。军需长是见过大世面的,听到他下的命令后还是出了一身冷汗。

"找一打或两打老鼠来。"巫医认真而专注地解释道,"老鼠右爪的小指有一种力量,可不是所有人都知道,哦,不是所有人!"

鲁阿尔得意洋洋地环视了一圈聚集在一起的仆人们,继续说道:"接下来就是布谷鸟蛋。去找啊,你们怎么无所事事,这可是公爵的命令!"他发现这帮人有些搞不清状况,所以申斥了他们,"最壮实的狗戴过的项圈,"他一根一根掰着手指,"绞盘上的锈……"

人们窃窃私语,不明所以。他们不知道主人到底怎么了,也不懂这个自称巫医的人要干什么。

鲁阿尔十根手指都数不过来了。"死马身上的马掌钉……不,种马不合适。要自然死亡的母马。去找啊!啊,去年死的?钉子是好的吧?太好了,拿过来!"鲁阿尔在人群中发现了一个猎兵,昨天绑他的就是这个人。他用手指戳着猎兵的胸口,亲切地发布命令:"就你了,去吧!随便取一块马蹄铁就可以,不过母马的尸体需要你自己挖,东西也得你自己交给公爵阁下,朋友,别想耍花招，不然……"

猎兵脸色苍白，踉踉跄跄地走了。鲁阿尔带着慈父般的微笑目送他远去，继续说道："十二个处女的卷发。再找口用来报丧的钟，从上面解根绳子过来。对了，"鲁阿尔对管家说，"派个人去墓地，我需要溺水者坟墓里的蓟草。"

管家在他耳边低语了几句，鲁阿尔轻蔑地挑眉："不可能找不到这种墓。实在不行就现场淹死一个。快去完成任务，我的朋友。"鲁阿尔满怀信任地看着管家的眼睛。

"必须在太阳接触地平线之前把魔药配好。"他焦急地对满怀希望的公爵强调道，"在太阳完全落山之前必须完成所有仪式。这可是爱的秘药，每一步的时间都要非常精确，再往后嘛，阁下，您就等着享受吧。"

鲁阿尔当然也期望得到一些回报。有的人可以很轻易地原谅别人对自己的羞辱和恐吓，但他不是这种人。

"收集褐毛鸡的粪，还有烧焦的羽毛和螳螂幼虫……"他冲管家下命令的语气里带着复仇的满足感。公爵紧张地缩着身子，秘药的成分逐步公开，他的脸色越来越难看。他和巫医单独待在一起时有些瑟缩地表达了抗议，可是鲁阿尔温柔地回答道："哦，尊敬的阁下，您会得偿所愿的！"

太阳落山之前，公爵书房里的香水味终于输给了另一种浓烈又刺鼻的气味。那股味道闻起来给人的感觉，就像是听到了一头小猪被屠宰前最后的惨叫。公爵的嗅觉很灵敏，被熏得捂住了鼻子。

"时候到了！"马兰宣布，"药好了。完成仪式后，阁下您就尽情享受美妙的春宵吧！"

公爵痛苦地咳嗽起来。

第二部分 漂泊

城堡内院里人山人海,所有人都兴致勃勃。一名厨师学徒在塔楼值班,负责报告太阳相对于地平线的位置。厨房里的炉子熄灭了,仆人房里空无一人,就连吊桥上的守卫都离开了岗哨,和其他人一起瞪大眼睛盯着公爵的窗户。

公爵夫人的身影出现在了卧室的阳台上。

她的丈夫,城堡的主人正在为即将到来的欢愉之夜做准备。公爵浑身上下只系了一根墓地挂钟上的绳子,绳子上缀着十二个处女的卷发编成的流苏,涨得通红的粗脖子上戴着狗项圈。他赤着双脚,踩着石头地板向前迈步。倒霉的丈夫一只手端着饮料,液体表面飘着烧焦的羽毛,另一只手则紧紧捏住了通红的鼻子。

"望神保佑……"他痛苦地低声说。

"时间到了!"塔楼上负责观察的厨师学徒大喊道,"太阳落山了!"

"是时候了!"鲁阿尔兴奋地低声说,"仪式开始!重复我说的话,一定要大声点儿!您念咒的声音越大效果越好。嗯,您明白的,开始吧!"

从公爵的卧房中忽然传来声嘶力竭的叫喊,院子里的众人又惊又怕,全都蹲到了地上。

"巴——拉——哈——拉!蒙里啊——呜——呜!"

女人们长吁短叹,男人们窃窃私语。他们并不知道公爵精心掩藏的秘密,然而这并不妨碍他们发挥最天马行空的想象。公爵一会儿咆哮,一会儿尖叫,甚至都破音了。

"哈——扎——弗德拉!霍——卓——弗德罗!"

在他嚎叫的短暂间隙,塔上的厨师学徒终于抓住机会插上一句:"行了!太阳已经落山了!"

嚎叫戛然而止。

"快喝!"鲁阿尔大喊一声,手腕一翻将死马的马掌钉扔进杯里,"一口气喝完,去她身边吧!"

刚喝了一口,公爵的眼珠就恨不得从眶里蹦出来,因此他并没有看到巫医大仇得报的满意笑容。

杯子里只剩了根钉子。公爵咳嗽了几声,躬下身子。他抬头看向鲁阿尔,看到了对方一脸的关注和同情。

"去吧,不过您要记住,每走一步,都要从流苏上拔下一根处女的头发。千万注意,步子不能踏错,头发也不能拔多了。阁下,出发吧!"

公爵踉踉跄跄地走向楼梯,边走边数头发。鲁阿尔凝神倾听他逐渐远去的脚步和专注的低语。

等公爵走远,鲁阿尔一头扎到窗边。他的出现在人群中引起一阵喧哗。马兰也不低头,径直看向玫瑰色的夕阳,对着那亮丽的天光发表了一番声调极其夸张的演讲。

"哦,天神啊!请赐福尊贵的公爵,请恩赐他爱的能力,让他能宠爱公爵夫人,宠爱他希望宠爱的任何女人!请将他早已失去的能力赐还予他!天神啊,请降下神恩!一个身康体健的男儿不能人道,多么苦痛,多么悲伤!"

他一开口,所有人都愣住了,直到他说完,大家才纷纷惊呼出声。鲁阿尔半身探出窗外,伸手指着公爵夫人的阳台。"公爵的力量即将恢复!大愿终于得偿!"

人群对他报以热烈的欢呼。大家聚集在楼下,勾肩搭背,抬起头,对着高高的阳台指指点点。

鲁阿尔深吸一口气,悄然离开了窗边。虽然他白天设法研究了楼梯和走廊的分布,在匆匆出逃的过程中还是差点迷路。

公爵在城堡深处某个地方向前走着,边走边扔十二个处女的

第二部分　漂　泊

头发。

马厩里的马无人看管，不停在原地跺着马蹄。马兰慌慌张张牵出了一匹套着鞍的黑马。

吊桥被升上去了。鲁阿尔抓住生锈的绞盘把手，转动的时候特别费劲，总是卡住。

吊桥缓缓下降，黑色桥面和墙壁之间的开口越来越大。鲁阿尔竭尽全力转着把手。

吊桥终于跨过护城河，打通了救赎之路。

公爵应该已经把妻子揽进了怀中。

鲁阿尔跳上马背。

公爵颜面尽失，大声咒骂。仆人们抑制不住地发笑。公爵夫人极尽讽刺和挖苦之能。鲁阿尔忙着逃跑，没听到这些。他不知道追捕他的队伍已经整装待发，也不知道公爵发布了一大堆可怕的命令。他在黑暗的森林里全速前进，内兜里藏着一只黄金蜥蜴，这是对他辛勤工作的奖励。

卡拉特是这趟旅程中第一个勉强称得上大城市的地方。狭窄的街面铺着漂亮的鹅卵石，作坊和商店外面挂着精巧的标牌，市民们神情傲慢，就连最落魄的流浪汉看外乡人的眼神都带着优越感。

我们照例找了最好的旅店住下。这是栋华美、宏伟的石头建筑，为我们准备的套间也很是奢侈。我高深的魔力折服了店主，他亲自带领我们参观房间，帮着提行李，同时还完美维持住了自己的仪态尊严。

店主隆重地邀请我在贵宾册上签名，我遂了他的心愿，在格子纸上潦草地涂了一句：携仆周游的大魔法师达米尔。

店主带上门离开后，心情不错的拉尔特一挥手就把我奢华的被子扔到了床上。

"终于……"他咕哝着伸直了腿，长靴脏兮兮的全是尘土。

的确，我们之前住过太多恶心的客栈和脏乱差的旅店。

我走到窗前，酒店对面就是市政厅，巨大的塔钟显示已经四点半了，楼下是卡拉特城的主广场。午后的阳光倾泻而下。商人们在揽客，衣着体面的市民们规行矩步，街头的流浪儿四处闲逛。窗户下方，一个漂亮的卖花女轻轻跺着脚。感觉到我的目光之后，她抬起头，红红的脸蛋儿十分俏丽迷人。我满心甜蜜的悸动，想到自己正穿着黑色镶金的法师袍，于是矜持地对她笑了笑。她有些站不住，跟跄了几步，转过身去，又悄悄回头看我。

是啊，这是一座城市，一个充满机遇的地方。

"我们不能浪费时间，"拉尔特在我身后说，"半小时后你会收到一封邀请函。"

我转脸看着他，心开始怦怦直跳，不过我有经验，什么都没问。

拉尔特翘起二郎腿，说："你将受邀参加市长举办的晚会，庆祝一位著名的旅人访问这里。你猜得出是谁吗？"

我张开了嘴。这，是不是有点过了。

"全城的名流都会到场，"拉尔特继续说道，"还有几个行会的会长，戍卫长之类的，他们的妻子和女儿也在。先知会你一声，他们肯定要给你说媒，答不答应在你。"

我十分茫然，只能傻笑。

"再有就是，"拉尔特伸了个懒腰坐下了，"去的人里还有些富商巨贾。可能有人要贿赂你。"

我实在没忍住，犹犹豫豫问出了声："他们图什么呢？"

拉尔特烦躁地摇摇头。

"闭嘴。总之有原因。我讲这些不是为了要听你那些愚蠢的问题。行了，现场除了你没有别的魔法师。当然了，你的力量相当强大，这一点我来负责。你的任务是偷偷告诉所有人，告诉他们你知道一个秘密，一个其他人闻所未闻的秘密。去宣传，去炫耀，去吸引别人的注意。你现在的身份是个诱饵。"

"诱饵？"我颤抖了一下，反问道。

拉尔特皱起眉头，不耐烦地说："打个比方而已。我需要制造谣言，需要大家对你感兴趣。说实话，早就应该有人对你感兴趣了！"

他在房间里走来走去，边走边搓手，一副大事不妙的样子。"应该有迹象才对。它会现身的，早就该出现了，不然就是奥尔文脑子有病！"

"主人，"我小心翼翼地问道，"我们还在寻找第三力量吗？"

他停下脚步，顿了顿之后说："有人知道那是什么东西。我们就是在寻求指点，要搞清楚怎么才能找到这个人。"

五点的钟声淹没了他最后说的话，轻轻的敲门声在钟声平息后响起。"魔法师先生，有您的信。"

"邀请函来了。"拉尔特轻声说。

的确是一封邀请函：粉红的信纸，精美的设计，缭绕的香气——上面应该抹了香膏。纸面右上角画着长矛、山峰和咧嘴的狮群，这些可怕又强大的元素组成了卡拉特市徽。华丽的边框内是洋洋洒洒一大篇文字，以最谦逊的措辞邀请魔法师先生参加市长举办的晚会，八点在市政厅。

我们八点半到达了指定地点。

我穿着考究的天鹅绒长袍走在前面,一脸庄重。拉尔特穿着简单的深色外衣跟在我身后。市政厅入口处的卫兵们向我们鞠躬,浑身的铁甲嘎吱作响。

接下来的半小时里,我听到了各色表忠的宣言。女士们对我屈膝行礼,优雅微笑,她们的硬衬裙在我身上蹭来蹭去。枝形吊灯里的蜡烛散发出匀称的亮光,仆人们四处奔忙。我在衣香鬓影中漫步,与这帮叽叽喳喳的女人们握手,还亲吻了一些人的手,我也不知道我的选择是否符合需求。市长是个秃顶的矮子,一直点头又微笑,微笑又点头。拉尔特则早就消失了。

我的视线穿过隔壁大厅半开的门,看到了一张摆满了各式菜肴的长桌,内心雀跃地等待宴会开场。

市长并没有立即邀请来宾入席,衣饰华丽的人群悄悄聚集在了旁边的议事大厅里。这里应该是卡拉特长老会开会的地方。市长把他惯用的扶手椅摆在了一个略高的台子上,其余人则在长长的木凳上就座。

我的座位在市长身边,坐定后我突然想起了拉尔特交代的任务,惊恐地意识到自己什么都没做。自从进入市政厅,我就没说过一句完整的话。我四处观察,想找个人告诉他我知道一个可怕的秘密,然而就在此时,市长起身摇了摇铃铛。

"亲爱的市民们,我们整个社会的中坚力量齐聚一堂,欢迎一位尊贵的来宾,他的来访……"

中坚力量们突然齐声惊叹,因为我身下的椅子晃了晃,高悬在了半空。

拉尔特!我在心中默念他的名字,汗流浃背,手指全力抠住扶手。

第二部分 漂 泊

中坚力量们一阵错愕之后，开始鼓掌喝彩。市长的掌声尤其突出。

"是啊，先生们！达米尔先生这样的魔法师很少莅临我们这里。尽管我们的城市并不差，哦，不差！上个月金库收到了皮匠坊交的税，桶匠铺上上个月偿还了借款。这些钱，一半用来修缮了西城墙，四分之一花在了狂欢节的烟花上，剩下的钱……"

我疯狂地转动眼珠寻找拉尔特，未果。宾客们窃窃私语，动来动去，不过没人表现出明显的不耐烦，也没人注意到我的椅子在半空中摇来晃去。市长一直口若悬河、滔滔不绝。大厅里越来越闷。女士们挥动扇子的动作愈发坚定。考究的天鹅绒长袍像一整块石膏一样紧紧地裹住了我。

"市民们，我希望我已经表达出了足够的谦逊和诚意……"市长低声说道。

午饭早就吃过了，晚饭还没开始，我的心口突然一阵难受，后背发麻，抠在扶手上的手指开始痉挛。口干舌燥想喝水，这是目前最大的麻烦，因为我的那杯水放在了市长面前的桌上，我够不着。我一边用舌头在干涩的嘴里乱搅，一边忧郁地想：拉尔特的命令完不成了，因为这位既有诚意又谦逊的市长永远不会闭嘴。

我看见了主人。

拉尔特站在旁边的过道上，半边身子被天鹅绒窗帘挡住，正兴致勃勃地同一个女人聊天。女人端着一托盘冷饮，所以我猜她是个服务员。我看到拉尔特从托盘上拿出一只细高脚杯，噘嘴品尝里面闪闪发光的金色液体。愤怒的泪水涌上了我的眼眶。

拉尔特好像听到有人在叫他，向周围看了看，友好地向市长点了点头。市长似乎呛着了，开始咳嗽，中断了讲话。所有人都

77

关切地看着这位舌灿莲花的城市之父,看着他努力想要继续发言,看着他只能挤出可怜的嘶嘶声。

市长终于不再坚持,嗔怪地看了看众人,大手一挥,那动作就像是在赶苍蝇。这手势是一个信号。

中坚力量们掀翻长椅,冲向出口,朝着早就备好的酒菜奔去。我的椅子轰隆一声掉落在地。我一边揉着僵硬的双腿,一边一瘸一拐地跟在大家后面。

我走到桌边时已经没有空位了。所有人都在舞刀弄叉,大吃大嚼,努力歼灭那一桌子精致的菜肴。市长坐在长桌一端,我走过去,故作神秘地说:"哦,保守可怕的秘密可真是困难。"

市长把头埋在盘子,瞟了我一眼,嘟起他那肥厚圆润的嘴唇,说话时还嚼个不停。"吃,吃啊,魔法师、师先生!"

我在旁边徘徊了一会儿,然而市长显然认为已经无话可说,于是哼哼着继续胡吃海塞去了,没再搭理我。又磨蹭了一会儿,我开始按顺时针的方向围着长桌绕圈。

宴会达到了高潮。我不断与宾客们交谈却基本是在对牛弹琴,一无所获。总有端着盘子的仆人朝我撞过来,我得不停躲避他们,终于一脚没踩稳,双手乱挥,奇迹般地倒在了一片淡粉色的衬裙上。

我抬起头——穿着紧身胸衣的娇躯,再往上——圆润的裸肩,再往上——神色惊讶的金发女郎,小小的脸蛋儿粉嫩可爱。这一跤是今晚我收获的第一份成功。

道歉之后,我们愉快地交谈了一会儿。我向她抱怨,告诉她魔法师肩负着沉重的责任,因为我必须保守秘密。我抓住机会多次亲吻她戴满戒指、白嫩馨香的小手。她忽然愤怒地大喊了一声,迅速忘记了我的存在,因为她旁边那个穿着绿色天鹅绒长裙

第二部分　漂　泊

的女胖子从她盘里叉走了很大一块肉。我想继续和她聊天，她却不再理我，因为这位美女不得不以加倍的专注捍卫自己盘子里的战利品。

这件事让我彻底没了信心。大家都在开怀宴饮，我却饿得脚步踉跄，实在没力气之后，我失魂落魄地退到了一旁。

拉尔特出现在了大厅门口，他正在啃鸡腿。女人的笑声和裙摆的窸窣声沿着走廊渐渐远去。

"真不错。"拉尔特说完，往墙角扔了根骨头。

我快哭出来了。

大雨倾盆，冷若秋至。马路又湿又滑。从公爵马厩里骑出来的黑马已经筋疲力尽，马蹄也沾满泥水，几乎迈不动步子。黑马和鲁阿尔一样，曾经有过那么一段风光的岁月。

离开城堡，鲁阿尔为了迷惑追兵，在林子里一通乱转后才疾驰而去。他慌不择路地奔走了一整夜，第二天还飞奔了半天，只在人和马都极度缺水时才会在路边的水井旁停一下。不过最后他还是不得不停下来休息，因为人和马全脱力了。

丢了大脸的公爵和野猪实在过于相似，鲁阿尔特别着急，想和狂怒的野猪保持安全距离。在潮湿的草垛子里过了一夜，让马喘了口气后，他又继续上路了，或者更准确地说，又开始继续逃亡。

雨从黎明开始，一直下到傍晚。黑马在湿滑的坑洞上绊了一下，腿瘸了。

在此之前，鲁阿尔一直试图避开有人烟的地方，担心居民们将自己交给公爵。现在他显然已经无处可去。马跛得越来越厉

79

害，他也两天没吃什么东西了，好在城堡被远远抛在了身后。鲁阿尔希望追兵已经失去了他的踪迹，再说公爵的领地也是有边界的。

正因如此，当一间围着栅栏，显得舒适闲逸的小庄园显现在雨幕中时，鲁阿尔并没有像之前一样变换路线。黑马看见房子也振作了一些。鲁阿尔充满鼓励地拍了拍它的脖子，径直朝厚重的大门走去。

大门从里面上了锁。鲁阿尔的手都要拍烂了，门上那扇小窗户才微微打开，一只惺忪的蓝眼睛在里面眨了眨，问道："干吗的？"

"请收留一个诚实善良的旅人，让他歇一晚吧。"鲁阿尔说话时尽量表现得诚实和善良。

那人将他从头到脚看了一遍，轻蔑地眯了眯眼，语气中透着不悦："你出多少？"

如果不算那个慎重地藏在怀里的黄金雕塑，鲁阿尔可以说是身无分文。于是他恳切地笑了笑，提出："我能干活儿抵房钱。"

眼睛眨了眨，小窗毫不客气地关上了。

"等一下！"鲁阿尔吓坏了，连忙喊道，"等等，我们谈谈行不行？"

小窗再次打开，蓝眼睛的主人咬牙切齿地说："在菜市场才讨价还价，泥腿子！我家主人可不养流浪汉！"

"你去叫一下主人吧。"鲁阿尔快速说了一句。

"行吧，"那人阴沉地答应道，"请你到时候直接滚。喂，你站开点儿！"

鲁阿尔想拦住他，不让他关窗户，结果手指被狠狠夹了一下。

第二部分 漂 泊

黑马在鲁阿尔身后不停踏步。

"不太妙啊!"鲁阿尔疲惫地对它说。

雨下得更大了。夜色转浓。鲁阿尔把脸靠在小窗上,希望靠听觉判断那人是不是已经走了。雨声淹没了所有的声响,大门关得严丝合缝。宅子四周的围栏很高,上面还有锋利的尖刺。

鲁阿尔绝望地再次敲响了大门。

令他惊讶的是,没过一会儿院子里就传来了说话声,其中一人的声音他刚听过。小窗打开了,一只目光锐利的棕色眼睛盯着鲁阿尔的脸。

"放狗了啊!"嘶哑的男低声说道。

鲁阿尔的马终于坚持不住了,上前发出一声凄厉的嘶鸣。

棕色眼睛不再看鲁阿尔,盯上了这匹浑身湿透的瘸腿骏马。眼睛微微一眯,审视地问道:"你的马?"

鲁阿尔点头。

"哪儿偷的呀?"门后的人又问了一句。

"不是我偷……"鲁阿尔浑身冰凉,本想开口回应,结果那人打断了他:"把马交出来,你就能在这儿过夜,不然就放狗咬你。"

鲁阿尔慌忙摇头,一迭声说不行,这样不行。

"那你滚吧。"那人扔出一句,小窗又关上了一半。

鲁阿尔和马面面相觑。

"您等等,"鲁阿尔嘶哑地说道,"就这样吧,我同意。"

那人早就知道他会同意,立马拉开小窗,接着门闩嘎吱一响,门也开了。"这就对了嘛,马反正是偷来的,还瘸了腿,有什么舍不得。"

鲁阿尔没有做声。

81

蓝色眼睛是个长着雀斑的瘦弱青年，正拿着块草席挡雨。棕色眼睛是庄园的主人，年龄不详、身材矮胖。他喊了一声，又出来个小工，是个十五岁左右的少年。少年诧异地瞟了鲁阿尔一眼，从他手中接过缰绳，牵着马朝院子深处走去。黑暗中隐藏着各种附属建筑。这家人的产业应该不小，日子过得挺红火。

主人又打量了一遍鲁阿尔，想到了什么，哼了一声，然后命令雀斑男："带他走，传我的话，给他吃的，就这样。"然后又换了种语气，"不准提马的事儿，不然我扒了你的皮。"

青年浑身一颤，主人若无其事继续道："看着点儿，要是手脚不干净……"

"我不是小偷。"鲁阿尔说道。

主人又哼了一声。"行了，走吧你……"

鲁阿尔跟在一脸不情愿的青年身后穿过了宽阔的庭院。青年阴着脸咕哝了几句，拉起草席遮住了头。

终于到了地方，青年拉开了沉重的门，不耐烦地朝里一指。一股热气从门后冒了出来。鲁阿尔跨过门槛，这里干燥又温暖，对他而言简直就是天堂。

炉火熊熊燃烧，一个年纪不小、体格健壮、穿戴整洁的胖妇人在灶边忙碌。她听到嘎吱的门响，转过身，双手叉腰，询问地看着那个长着雀斑的男孩。他含含糊糊地说："这人来这儿过夜，主人说了给他弄点儿吃的。"

"怎么可能连口吃的都不给人家。"胖妇人和蔼地回应，"不过他得把脚擦一下，浑身都是泥。"说完她冲着鲁阿尔指了指墙边的长凳。青年出去了，出去的时候嘴里还小声骂骂咧咧的。

鲁阿尔在门口用抹布擦了脚，走到厨房另一边，在指定的位置上坐好。他的膝盖几乎不能弯曲,背部疼痛难忍,胃饿得不停痉挛,可他还是觉得很幸福,因为他可以一动不动地坐着,背靠着温暖的木墙,看着眼前的火焰。

"你从哪儿来啊?"厨娘打量了他一会儿,好奇地问。

鲁阿尔张开了干裂的嘴唇,回答道:"我从穆尔来。"

厨娘惊呼一声:"从穆尔来的?!哎哟你知道穆尔在哪儿,我们又在哪儿嘛!"

鲁阿尔艰难地笑了笑。"我做好了跑到天边的准备,我做得到……"

胖女人把已经洗好的一篮蔬菜放到一边。"你在逃跑,是不是?"

"是的,"鲁阿尔深吸了一口气,"我在逃避不幸的爱情!"

厨娘一下子来了兴致,绕过宽大的桌子在长凳边缘坐下,嘴里翻来覆去地念叨:"原来是这样,啊是这样……"

鲁阿尔摇了摇头,表示自己暂时还没有敞开心扉的打算。女人忽然反应过来。"啊你浑身都湿透了,等一下……"

过了几分钟她回来了,一手拿着套干衣服,一手拿着双靴子。"来来,试试……你穿应该合适……"

衣服不新,但是洗得很干净,缝补得也很用心。鲁阿尔换衣服的时候,胖女人转过身去不看他。她的动作真是恰好,给了他机会把黄金蜥蜴藏了起来。

"我干的全是女主人的活儿。"女人絮絮叨叨,"缝衣服、洗衣服、补衣服,基本上啥都做,人手不够。你去烤火吧,暖暖身子。晚饭就别有什么期待了,午饭还剩了点儿汤。主人不喜欢浪费。"

鲁阿尔穿上了靴子,有点儿大。

"是啊，"女人继续道，"我那口子骨架比你大些，个子倒是和你差不多，不过他腿壮实……"

"没关系，"鲁阿尔感谢地说，"谢谢。"

所有人都在一间陈设简单的大饭厅用餐。工人、仆人和主人全家都坐在一张桌上。主人坐在桌首，在他锐利眼神的注视下，所有人依次坐好，缩成一团：一个十二岁左右的男孩，这是主人的儿子；一个金发梳得顺滑的漂亮女孩，这是主人的女儿；然后是厨娘和十几个工人，都是些年轻的壮汉。桌尾加了个凳子给鲁阿尔。他穿着农夫们常穿的那种衣服，料子很厚实，和其他人坐在一起丝毫不显突兀。

大家都一动不动，直到主人动嘴喝下第一口玉米粥。紧接着就是一阵急促的敲击声，所有人都抢着从桌子中间的盘子里捞最好的腌猪油。

鲁阿尔已经在厨房里吃了些东西，他心不在焉地嚼着面包，注视着吃饭的众人。

厨娘隔一会儿就要热切地看他一眼，如果她没在吃饭，可能就要寻找机会偷偷塞面包给他。之前在大门口对鲁阿尔不客气的那个长着雀斑的蓝眼睛小伙子努力回避他的视线。其他人有时会带着适度的好奇偷看他几眼。把公爵的黑马牵去马棚的年轻人对他十分感兴趣。主人的儿子显然已经厌倦了父亲的存在。他弯着腰坐在那里，不情愿地用勺子在盘子里刨来刨去。一顿饭的工夫，主人的女儿和坐在对面的黑发圆脸小伙子对视了五次，后者被粥呛到了两次。

主人哼了一声，推开盘子。众人急忙起身，迟到的人慌忙把吃了一半的面包塞进嘴里。鲁阿尔也站了起来。主人的女儿最后

第二部分　漂泊

又看了黑发青年一眼,她弟弟大声打了个嗝儿,厨娘意味深长地冲鲁阿尔使了个眼色。

仆役们在一间低矮的长条形仓库里过夜,地上铺了干草,大家裹着毯子就这么躺在上面。鲁阿尔被安排在靠近出口的地方,那里铺的干草最少,潮气不断从门下的缝隙往里渗。没过多久,这帮壮汉就都睡着了,呼噜声此起彼伏,毕竟他们干的都是力气活儿。

鲁阿尔躺着,睁眼看着漆黑的天花板。他在想象公爵的模样:戴着狗项圈,赤身裸体飞奔出卧室,迎面撞见一群仆人,大家先是沉默,尔后脸上浮现出深切的同情。鲁阿尔吊起嘴角,笑得很残酷:都是公爵自作自受,他威胁了马兰,还下令把曾经的魔法师拴在马鞍上。真是令人愉悦又公平的复仇。

他把手伸进怀里,手掌轻轻碰了碰黄金蜥蜴,触感十分好。你可以作证,鲁阿尔心想,我永远都不会宽恕别人,也不会求人宽恕。

他的思绪闪回到今天,想起自己损失了一匹马。当然,一匹腿受伤的马不可能如他所愿立即继续前行,可马也是资产。不能原谅发起掠夺性交易的人。他翻了个身,想起了主人的女儿。

雨懒洋洋地打在仓库的木板屋顶上。

鲁阿尔坐起身。仆役们全在酣睡。鲁阿尔轻轻爬起来,走进渐弱的雨中。

整座庄园一片漆黑,只有厨房还有一扇小窗透着光亮,主人的房间也没有熄灯。鲁阿尔随意走了几步,顿住了。附近的木桩边隐约出现了某个穿着白衬衫的人影。鲁阿尔立即察觉那里不止一个人,旁边有人在和他交谈。鲁阿尔的眼睛早已习惯了黑暗,他认出了那一头梳得很顺滑的金发,喜不自胜。

85

恋人们在道别。不一会儿，鲁阿尔支棱起的耳朵听到了一个羞怯的吻，女孩轻轻跑进屋去，黑发男子——对，就是他——偷偷溜到仓库门口，朝四周看了看，潜入了黑暗。鲁阿尔小心翼翼地躲到了木桩后面。

少女穿过庭院，她本想去大门那边，又犹豫了一下，转身朝厨房走去。鲁阿尔开心又兴奋地跟在她身后。厨房门被小心关上，鲁阿尔数到二十，也走了进去。

炉子里的煤还在燃烧。大桌上点着盏油灯。厨娘正用毛巾擦拭一堆洗过的盘子，主人的女儿坐在靠墙的长凳上和她说话，声音激动。两个人都受到了惊吓，转身看着鲁阿尔。

"呃，是你啊，"少女松了口气，"我还以为是我父亲。"

胖女人笑得很开心。"既然来了，行啊，进来吧，流浪汉。"

主人的女儿挪了个位置，鲁阿尔坐在了旁边。他觉得女孩身上有一股牛奶的味道。

胖女人狡黠一笑，会意地对鲁阿尔点了点头，开口道："睡不着吗，小伙子？爱情来了是逃不掉的，真的。"

少女落寞地叹了口气。鲁阿尔·伊力马兰涅恩开始讲述自己的故事。他的用词非常简单，但是很有感染力。他讲的故事里有浓烈的爱恋，秘密的婚约，以及强逼女儿另嫁的冷酷父亲。两名听众听得十分入神，厨娘差点把一个早就干了的盘子擦出洞来，女孩则因为同病相怜揉皱了连衣裙的下摆。宾客们在婚礼上纵情歌舞，被抛弃的男人自怨自艾，年轻的新娘想结束自己的生命……听到这里，俩人的眼眶里都盈满了泪水。等鲁阿尔把故事讲完，她们的泪水夺眶而出。

"会不会是，她父亲认为你们身份差距太大？"少女一边抽泣一边问。

第二部分　漂　泊

鲁阿尔悲伤地笑了笑："我想，他只是害怕。当时我已经是个很有名的先知了……"

"什么？"两名听众异口同声地反问道。

鲁阿尔笑得更伤心了些，拉过少女的一只手，将她的手掌心翻过来朝上。"原来如此！"他大叫一声，手上用力，不让她把手抽回去，"你也一样在为爱受苦啊！"

厨娘一声惊呼，女孩立即问道："您是从哪儿知道的？"

鲁阿尔尽可能悲伤地笑了笑。"我看到了很多其他人看不到的东西。我看到你的爱人在附近，但你们不能在一起。我明白了，你们之间有障碍。我看到了一个吻，就在前不久，是的！哦，多么温柔的吻啊！"

少女的脸一直红到了耳根，一把抽回了自己的手。厨娘呆立着，双眼圆瞪，嘴巴张得老大。如果不是门忽然打开，脸黑如锅底的主人站在门口，都不知道这一幕会如何结束。

"狗东西！喂，快去睡觉！"他冲着女儿大喊。她跳起来，弯着腰跑走了。

"你又在这里干什么？"主人对着鲁阿尔继续道，"滚！"

鲁阿尔没有同他争辩，而是学着女孩的样子跑了。离开时，他听到主人在斥责厨娘。

天还没亮仆役们就起床了，大家都睡眼惺忪、一脸不耐。他们走出仓库，看着灰蒙蒙的天空，有一搭没一搭地斗着嘴。仓库里腾出了不少温暖的空位，鲁阿尔爬了过去，又睡了两个来小时。

太阳终于驱散了乌云，顺着缝隙钻进仓库，鲁阿尔醒了。他满足地笑了笑，伸个懒腰，甩掉稻草，走了出来。

令他惊讶的是仆役们并没有做分内的工作，而是围在门廊周围大声嚷嚷。他视线一转，看到了台阶上的主人。主人也看到了鲁阿尔，神色不善地咧嘴一笑。"喂，你，过来……"

鲁阿尔走了过去。仆役们都离他远远的，就像他是个得了鼠疫的病人。

"你怎么的，"主人带着威胁轻声说，"不知道还有王法吗？不知道不能在借宿的地方偷东西吗？"

"怎么回事？"鲁阿尔一阵心悸，也轻声问道。

主人从台阶上走下来，猛地一把抓住了鲁阿尔的衣襟。"不知道吗，混蛋？架子上之前放着两个铜币！"

他呼出的气体直接喷到了鲁阿尔脸上，浊重难闻。小眼睛里射出的精光仿佛要把眼前的牺牲品刺个对穿。

"您弄错了吧，"鲁阿尔努力保持镇定，"我根本没见过什么铜币！"

主人用力推了他一下，他差点撞到身后的几个人。

"啊哈，你个小偷！我现在就把你吊死在路边的大树底下，大家还要感谢我！"

他一把抓住鲁阿尔的肩膀，粗暴地晃了晃，往外一甩。鲁阿尔被台阶绊倒，扑到地上。黄金雕像刺进了他的胸口，一阵疼痛。

"给我搜！"主人命令道。

致命的危险笼罩着黄金蜥蜴。搜身的人动作很麻利，先在鲁阿尔身上乱摸一通，接着又把手伸进了他怀里。

鲁阿尔跳了起来，推开挡在前面的两个人，着急忙慌地往外冲去，没跑几步就被人压着摔倒在地。一根绳子套住了他的脖子。

"我的天哪！你们在干什么！"一个女人忽然紧张地尖叫起来，"小偷不是他，他不是小偷！"

仆役们停下了动作，不过抓着鲁阿尔的手并没有松开。

"他是先知。"厨娘哭诉道，"主人啊，您先问问咱家这帮人啊。您自己的人偷了东西，还要怪别人。"

仆役们很吃惊，让鲁阿尔站了起来。

"我身上连个口袋都没有。"他嘴唇哆嗦着说。

主人站在台阶上不屑地蹙眉，挥手把在自己身边激动耳语的女儿赶开。厨娘在旁边捂着心口说："他当然没有口袋了，他穿着我男人的衣服，我男人不喜欢衣服上有口袋。"

鲁阿尔的心跳非常剧烈，胸口起起伏伏，不断碰到潜伏在怀里的蜥蜴。

"先知，"主人愤怒地说，"钱自己跑了，是不是？它们长腿了？还先知，放条狗咬不死你。赶紧的，先知，看看是谁偷了钱！"

厨娘高兴地点点头。仆役们七嘴八舌喧哗起来，鲁阿尔揉了揉碰伤的手，冲旁边说了一句："随便吧……"

十二个满满的酒杯摆在一张大桌上。仆役们沿着墙排成一排，神情激动，吵闹异常。鲁阿尔比较熟悉的那个雀斑男人一直在嘻嘻发笑。黑头发的俊朗青年不停在裤子上擦着汗湿的手心。他现在非常紧张，因为主人的女儿坐在桌子的另一边，一动不动地盯着他。

"这儿有十二个杯子，"鲁阿尔说得中气十足，"里面的水被下了咒。听我指示，所有人都把杯子拿到手上，我也拿一杯，这样就不会有疑问了。"

"我也拿一杯,就这样吧。"厨娘温和地沉声说道。

"我一念咒语,"鲁阿尔继续道,"小偷手中的杯子就会裂开。谁的杯子裂了,谁就是偷拿两个铜币的人,这就是证据,因为咒语不会说谎。明白了吗?"

雀斑男紧张地大笑出声,周围的人都扑过来打他。黑发男子面无血色,不停揉搓着颤抖的双手。

"嗯。"主人慢吞吞地挤出一声。

"开始!"鲁阿尔说,率先从桌上拿了一杯水。厨娘跟着他拿了第二杯。

仆役们面面相觑,踌躇了一会儿,还是依次去拿了杯子。桌上的杯子很快就被拿完了。

主人的女儿一直盯着黑发青年。他捂住眼睛,勉强让自己的手不再颤抖。

周遭鸦雀无声,空气里都弥漫着紧张的气氛。鲁阿尔在一片寂静中开口:"日夜轮转,桑田沧海!真相终将大白!"

他声音不大,却把每个词都拖得很长,似乎有种不祥的味道。"真相即将揭晓,就在这一……"

他的声音渐渐低了下去,变成了呢喃。大家拿着杯子的手都开始颤抖。"在这一刻!"

最后几个字如鞭子般猛击而出。主人的女儿一声尖叫,随后又安静下来。所有人都看着黑发青年。水从他的手中滴落。滴答、滴答……英俊青年手里的杯子裂开了,裂缝延伸到了杯底。

"啊,天啊……"厨娘轻声说。

"原来如此,"主人的声音很轻,几乎是亲昵了,"原来如此,我的朋友巴尔特。"

"我没偷!"黑发男子痛苦地喊道。他被压到门上。主人的女儿放声大哭,跑了出去,差点撞倒自己浑身发抖的弟弟。

"我的神啊。"厨娘跟在她身后跑出去了。

鲁阿尔背靠在墙上,从杯子里喝了一口水,呛着了。黑发男子被团团围住,众人完全不理会他的眼泪和辩白,将他拖进内院。鲁阿尔仿佛上了发条一样,麻木地跟了过去。青年的衣服被扒光,有人抽了他一鞭子。主人将不断挣扎的儿子抓在身边,赞许地喊道:"躲什么躲,看着,你也好好上一课。"

四个人分别抓住黑发男子的手和脚,把他按在草地上。一个彪形大汉拿着鞭子,挥舞的动作很狂暴。鲁阿尔想走,可他的腿不听使唤。主人兴奋地说:"敢偷东西,活该!抽他!给我抽!"

"松手!别打了!"主人的女儿从台阶上冲了下来。她被及时赶到的厨娘一把搂住,拖进了屋里。少女尖叫道:"不,他不会的!"

主人皱着眉转过身。

厨娘把女孩拖进屋里,劝她的时候自己也簌簌掉眼泪。屋里传来一声绝望的尖叫:"禽兽!"

鲁阿尔的头开始发晕。他靠墙站着,不停啃咬自己的手,舌尖尝到了血的味道。

鞭影狂舞。四个抓着巴尔特的人已经不再用力。其他人都挤在一起,表情僵硬,脸色惨白。

"爸爸!"主人的儿子突然叫起来,仿佛一头被射伤的小兽,"爸爸,对不起!放开巴尔特吧!别打了!"他跪在父亲面前,两枚铜币从他手中滑落,滚进了草丛。

一片寂静,皮鞭不再尖啸,巴尔特也不再呻吟,只有男孩在号啕大哭。"他没有偷……是我……对不起……"

主人麻木地看着他,嘴唇无声地翕动着。

除了那个趴在草地上生死未知的年轻人，其他人全都看向鲁阿尔，他蜷在墙下，缩成一团。

所有人都扑过来揍他。

他们用鞭子疯狂抽他，厨娘哭着用棍子打他的背。"哈！去死吧！不要脸的先知，阴险的小人！"

主人用靴子踢他肚子。"弄不死你，混蛋！弄不死你，狗东西！"

所有的仆役一起冲上去打他，拽他头发，朝他脸上吐口水，直到鲁阿尔失去知觉。

半死不活的他被扔进了一条冰冷的水沟，水流中的寒气让他清醒了过来。醒来时他听见有人在说话。

"这人，难不成过去了？"

"大概吧，先知……"

"你把他按到水里去，以防万一。"

"我可不想脏了手。"

声音渐渐远去。鲁阿尔的手抽动了一下，摸到了怀里的小布包，它没被拿走真是个奇迹。

马兰躺在路边的水沟里，一只被石头碾压过的蚯蚓在眼前扭动。蚯蚓全身都是环，黏糊糊的，透过粉红色的皮肤能看到它深紫色的内脏。

鲁阿尔被脏水呛着了，感觉自己也是条被碾压过的虫子，卑微、渺小，可怜地抽搐着，等待着死亡降临。

"亲爱的，这个，"从市政厅回来后的第二天，拉尔特说，

第二部分 漂 泊

"我再次验证了,只要一做正事,你就发挥不了任何作用。所以今天你就去房间里等着吧。"

我无话可说,只能伤心地看着他收收拣拣。他往钱袋里塞了一把金币,出门去城里寻找神秘的第三力量了。关门时拉尔特对我说:"就算旅馆着火了你也不准出门!"

他的脚步声从楼梯上消失了。我感觉自己被关进了监牢,周围奢华和舒适的陈设全都透出苦涩的意味。

对面塔楼上的钟敲响了十一点。我在各个房间晃悠了一阵,坐到窗台上观察路人。在我眼里,他们都非常陌生、毫无价值、愚蠢、傲慢。一个有魅力的女人也没有,看她们还不如看死了的黄鼠狼。我痛苦地叹了口气,开始思念家乡,思念那个让我赊账的客栈老板,思念以为我是魔法师学徒的可爱丹娜。一只苍蝇在玻璃上爬来爬去,我残忍地结果了它。

我正沮丧呢,突然有人敲门,我当场愣住。又是一阵敲门声,尽管敲门的人没怎么用力,声音却很清楚。

我很害怕,因为拉尔特不在场,假扮魔法师的难度完全不同。他不在时害怕的是我,承担风险的也是我。我怕得想找个地方躲起来。

敲门声又响了起来。我稍稍整理了下自己,朝门口走去,边走边试着堆砌出一副足以让人信服的、属于魔法师的神态。

"您想要干什么?"我一开门就大喊。

离我两步远的地方站着个小可爱,矢车菊蓝的眼睛惊恐地眨巴着,帽子和围裙都是服务员的制式。我"哎哟"一声。

"魔法师先生,"可人儿的声音细细小小的,微微发着抖,"对不起,打扫卫生……抱歉……"说完她想屈膝行礼,结果一不小心直接跪在了地上。

我难以置信自己的好运，回到了房间。可人儿稍微振作了一点儿，拖着一桶水和一把长柄刷子走了进来。

她应该已经满十六了，却只有我肩膀那么高，我其实个头一般。有几缕红褐色的头发从浆洗干净的帽子底下钻了出来。小小的脸颊丰满又红润，仿佛写满了"决心"二字，看着有些滑稽，似乎为魔法师打扫房间这个任务充满了艰险。

老天垂怜，开始抚慰在市长晚宴上任务失败的我。

小可爱开始工作了。她从桶里取出一块滴着水的抹布，巧妙地缠到刷子上，再放到椅子下面，我立即爬到椅子上坐着。矢车菊蓝的眼睛低低垂下，不敢看我。

"你叫什么名字啊？"我漫不经心地问。

"米莲娜。"小可爱有些羞涩地回答。

我的心情愈发舒畅。小可爱拿着抹布在地上爬来爬去，袖子挽到手肘，露出细白的手臂，帽子滑到额头，可爱的红褐色发髻从后颈边跳了出来。

她活儿干得不怎么样。这些都是我日常的工作，她速度不如我快，也不如我擦得干净。我拼命克制住了上手教她的冲动。她直起身，用手背拂开挡住眼睛的那几缕不听话的发丝，和我对视一眼之后闹了个大红脸。

"魔法师先生，劳驾，"她嗫嚅道，"叫一下您的仆人，窗帘架子……"她忽然住了嘴。

"怎么了，姑娘？"我语带鼓励地反问。

"擦……窗帘架子，"她轻声说，"太高了，我够不着……"

我明白了，她是想擦窗帘架子上的灰，对于她来说架子称得上是高耸入云。

"我那个游手好闲的仆人不在，"我遗憾地说，"你看，我今

第二部分 漂 泊

天交代了他一项很重要的任务。怎么办呢?"

她咬了咬嘴唇,果断地甩甩头,爬上了窗台。

就算她的手再长一半,她踮起脚也就刚好能够到窗帘架。我观察了一会儿她颤悠悠的杂技动作,从她身后爬上去,搂住她的腰,将她举了起来。

她轻得就像一岁的小奶猫,我甚至能摸到紧身胸衣下温暖的肋骨。她惊得一抖,很快又平静下来,吊在半空一动不动。又过了一分钟,她终于动手把一撮白灰扫落到了我的头上。

我小心翼翼地将她放在窗台上。她看也不看直接跳回地面,冲向水桶,似乎在寻求它的庇护。

"这不就做完了嘛。"我温柔地说。

矢车菊蓝的眼睛睁得大大的,围裙下的单薄胸膛剧烈颤动。

"魔法师这个群体很奇怪,米莲娜。"我朝她走去,边走边说,"他们总是不得不出门旅行,和怪物战斗,帮助其他人……那么,你需要帮助吗?"

她朝后退了一步,把抹布攥在胸前,就像白旗一样。我笑了起来,笑容充满了智慧,又有些疲惫。

"我的孩子,魔法师并不像他们看上去那样。看着我。你看,我年轻吧?可我已经见识过了你永远都无法想象的事情。把抹布放下吧。我已经功勋无数,现在的我只想平静生活。把抹布放到地板上。我只想安安静静的,身旁能有个炉子,炉子里的火噼啪作响,还有一个温柔的朋友在身边……把抹布扔了,快!"

她的嘴唇又干又热。抹布掉在地上,拍出一丛水花。

"哦,魔法师先生。"小可爱颤抖着躲来躲去,轻声说,"我在贵客们面前总会害羞。我从来没见过魔法师……不,我知道自己的身份,魔法师先生!我只是个服务员,我害怕身份高贵

95

的人!"

"不要害怕,我的孩子,我对敌人绝不手软,但是你,你不一样……"

我把她扛在肩上朝卧室走去,房门嘎吱一响。

这儿是拉尔特的主场,他无处不在,总能及时出现。看到我慌乱的表情后,他的脸上浮现出了意味深长的微笑。

米莲娜喘着气,调整着自己的帽子。

"我没有妨碍到您吧,我的老爷?"拉尔特关切地问道。

我含糊不清地咕哝了几句,小可爱突然回过神来。

"啊,仆人先生!我还没收拾您的房间呢!"

她拿起桶、抹布和刷子,消失在了仆人房。拉尔特看着她离开的目光中带着探究,哼了一声,不疾不徐地跟了上去。我则继续站在客厅中间的那摊水里。

米莲娜没再回来。抹布在地板上擦拭的声音也很快消失了。我走到仆人房门口的帘子边偷听。一个熟悉的轻柔嗓音在兴奋地述说:"我当时说,我害怕身份高贵的人,特别是魔法师!"

"你不害怕仆人吗?"拉尔特认真地问道。

"仆人,不怕……"小可爱有些难为情地回答。

一阵安静。忽然,一道细细的声音含含糊糊地请求着什么,"不要"这两个字说得倒是很清楚,还说了好几次。我咬紧了牙关。

帘子后面有重物倒地。女孩一声惊呼,瞬间又开始央求,然后沉默了。拉尔特在轻声抚慰她。

塔楼上的钟响了。

我发现我的脚湿透了,转身走到旁边,不想听他们那些震撼人心的热情低语。

第二部分 漂　泊

　　就在这时，我听到了一种和眼前的场景格格不入的怪声，声音不大，但是很清晰、很恐怖，类似毒蛇吐芯。拉尔特大叫一声，听上去像是受到了惊吓，我竟不知道他还能发出这样的叫喊。我冲过去一把拽开帘子。

　　米莲娜，娇小的、笨拙的米莲娜，穿着睡裙站在房间中央，头发披散在肩上。她两只眼睛瞪得像铜铃，面目全非。嘴半张着，唇舌一动不动。陌生的嗓音从她喉咙里传出，低沉又清晰："它……它在窥伺……在寻找，拉尔特……它的气息在我们中间，在我们中间……它需要守门人……"

　　我深吸了一口气，想用尽全力大叫。拉尔特预判了我的意图，赶紧伸手捂住我的嘴。

　　米莲娜的嘴唇一动不动，却一直在说话，间或夹杂着些嘶嘶声和奇怪的气泡音："它在游荡……它就在门口……在守望……已经不需要等待太久了……锈斑，锈斑！你记住，拉尔特！火焰，看着我的眼睛。太阳不知所终，只余撕裂的孔洞。看啊，刀锋流淌着泪，它，它……"

　　米莲娜断断续续地呼了口气，抽搐了一下，摔倒在地。我和拉尔特都赶紧冲到她身边。

　　她只是睡着了，睡得很沉很香甜，就像个孩子。

　　"这是预兆，"拉尔特一脸苍白，轻声说，"是预兆。"

第三部分

试 炼

第三部分 试 炼

仲夏已过，秋天正迈动脚步悄悄前来，波澜不惊。

他的腿恢复了一些，可以在感到疲劳之前走更远的路。

白天，太阳惊讶地瞪大眼睛盯着这个陌生的男人，他意志坚韧，走在尘土飞扬、长满杂草的无尽道路上。他没有目标和希望，走只是为了走。夜晚，星星冷漠地看着他四处寻找栖身之处。找不到就幕天席地。太阳和星星偶尔会隐匿在乌云之中，电闪雷鸣，大雨倾盆。可是这个人向前的脚步不会停歇，他没有目标，没有希望。似乎没有任何理由可以让他停下来，哪怕是只停下一段时间。

他走过了古老的森林，走过了稀疏的灌木，走过了一望无际的平坦草原。路在这里似乎拐了个弯，远处隐约出现了几座山，然而路再次果断地转变了方向，山的影子出现在侧边的某个地方，很快就完全消失了。

住在森林里的人都长得很精壮，不信任外来者。草原上的居民则更愿意收留旅人过夜，允许他们做工抵饭钱，还经常在这些人上路前给他们些吃食。经过路边的水井时，他会直接从井里打水喝。如果井里没水，对水的渴望就会让他暂时忘记心中的烦闷。草原令他备感压抑。他一直觉得有道目光在窥视他。这种感觉有时会特别明显，以至于他习惯了在入睡前将一件破外套罩在头上。

路上再次出现稀疏的灌木丛时，他的呼吸舒畅了好一阵子。然而就在某一刻，一股隐隐约约的不安涌上心头。

一天晚上，他在空旷的原野中找到了一棵孤独的树。他在这棵树下点燃了篝火。

木柴在火中噼啪作响，它们应该烧不了太久。鲁阿尔头顶悬着一根被暴风雨折断的巨大枯枝，不过他现在没力气再折腾了。之前挨的那顿打差点要了他的命，伤处一直隐隐作痛。

他盯着篝火，想起了小屋里的火炉，一个悲伤的女人坐在桌边，她摇晃着婴儿床，看着一方沾着血的白布片。他茫然地将手伸进怀里掏出一个包裹。一小块邋遢的破布掉进了黑暗中。

黄金蜥蜴碧绿的眼睛与他无神的双眼遥遥相对。火光在优美弯曲的脊背上翩翩起舞。

我输了，鲁阿尔·伊力马兰涅恩告诉自己。我输了，尘埃落定、不可逆转。我永远无法回到你身边，永远不能为自己所遭受的一切复仇。

似乎有一阵风拂过头顶的树冠，伸向天空的枝条微微颤抖。某种陌生、黏腻又阴暗的东西在鲁阿尔的灵魂深处汹涌翻滚，压得他喘不过气。鲁阿尔心里忽然出现了不可名状的感觉。他甚至幻听了！他清楚地听到有人在叫自己的名字，在呼唤他。他在附近走了一圈，四处查看却一无所获。耳边的声音消失了。

篝火就快要熄灭。鲁阿尔手头没有任何东西能够维持垂死的火焰。他坐在那里，呆愣地看着木柴变成灰烬。蜥蜴在一旁陪着他。

第三部分　试　炼

有一会儿天实在太暗，暗得蜥蜴的眼睛都失去了光泽。过了不久，月亮升起来了，碧绿的双眼再次闪烁出没有温度的光芒。

够了，鲁阿尔想。这一切从头到尾都荒谬至极。身为魔法师的马兰已经死了，只有凡人马兰同身为魔法师的马兰在死亡世界合二为一，这个世界才能重归和谐。

他费力地起身，身侧的伤处又开始隐隐作痛。没什么，他轻松地想，痛不了太久了。

在远处的某个地方，在森林和连绵的山丘之后，一个女人在黑暗中醒来。她忽然感到一阵突如其来的恐惧，起身冲向熟睡的孩子，孩子平静地吸了吸鼻子，拳头贴在自己圆圆的小脸蛋上。恐惧爬进漆黑的窗，穿过敞开的门，充塞在她的心中。这种感觉异常强烈，几乎令她窒息。女人站在小床边，听着婴儿的呼吸声，嘴唇默默开合，反复念叨同一个词。

鲁阿尔的腰带很短，却很结实。他把它摘下来，借着月光观察身旁的那棵树。有两根树枝的位置比较低，一根已经断了，另一根还在生长，很粗壮，花点儿力气就能够到。

鲁阿尔累了，然而一想到自己再也不用做那些不想做的事，他就振作了一些。他踮起脚尖，把腰带的一端扔过树枝。他又想，不应该让黄金蜥蜴自生自灭，于是回到了已经熄灭的篝火边，摸到之前掉在地上的破布，把黄金蜥蜴包了起来。现在只需要在树根处挖个洞，把宝贝藏起来不让人发现就好。

鲁阿尔绕树一周，想找个合适的地方。一道黑影突然从树干中分离出来。在他面前大约三步开外站着一头大狼，鲁阿尔惊得差点没拿稳手里的小包裹。

"不，"鲁阿尔控制着自己的声音，对它说，"你来得有点儿早。走开。等会儿再来。"

狼在原地踟蹰不决。鲁阿尔回头看了看篝火，已经一点火星都没有了。

"这样，"他对狼说，"我现在很忙，在做一件很严肃的事情，不希望被人看见。你在这儿对我们双方都有影响。"

回应他的是一声哀伤的呜咽。鲁阿尔睁大眼睛看着狼。狼也看着他，似乎在胆怯地请求庇护。

"听着，你……"鲁阿尔说。

狼犹豫着朝他走了几步。鲁阿尔扬起手，狼向后一跃，发出一声凄厉的吠叫。原来是一条狗。

"哎呀，你……"鲁阿尔骂出声来。

他转身朝挂在树枝上的腰带走去，狗站起来跟在他身后。

鲁阿尔抓住腰带，将它固定在树枝上，拽了一下，很牢固。他回头一看，那条狗又在三步之外。鲁阿尔咬紧牙关，开始做绳套。他猛地转过身，狗依然站在那里。

"别看了。"鲁阿尔请求道。

大狗的身子晃了晃。鲁阿尔再次扬起手，它往回一跳，却不打算离开。鲁阿尔烦躁地丢开绳套，它像悬崖上的秋千一样摇晃着。鲁阿尔吐了口唾沫，又回到已经熄灭的火堆旁。狗胆怯地走到他身边，将毛茸茸的身体贴在他温暖的腿上。

晴朗的早晨。草原上的村庄。集市开始了。成捆的蔬菜熠熠发光，吊在碎布拼接成的棚子下面，如同彩色项链似的，几乎要把木头支架压倒了。摊贩们大声吆喝，把货品拿在手里挥来挥去，拽着路人的衣服向他们推销。孩子们在大人们腿边跑来跑去，趁人不备偷拿摊子上的东西。西瓜南瓜堆成了绿色和金黄色的小山。有人随着响亮的笛音翩翩起舞，嘴里还发出有节奏的叫喊，有人在一旁晃动巨大的铃鼓。有人在大声争吵，互相指责，用语精妙、滔滔不绝。乞丐们吸着鼻子伸手要钱，身上挂着的破烂布条飘逸非常。

集市上的货物琳琅满目：被宰杀后挂在钩子上的猪、成捆的烟熏香肠、堆在一起的白糖、腌猪油和一桶桶黄色的酸奶油。鲁阿尔从中穿过，一只长得和狼差不多的灰色大狗跟在他身后，低着头，耳朵也耷拉着，步子迈得有些勉强。人和狗都饿得要命。

一个矮个子农民正喘着粗气从板车上卸货，扛着一袋袋面粉穿过棚子。鲁阿尔嘴唇干裂，提议道："让我帮您吧……"

那人瞟了他一眼，哼了一声，点点头表示同意。

麻袋塞得很满，在背上蹭来蹭去，一直往下坠，老是想从发麻的手中挣脱出来。鲁阿尔想起了汉特磨坊里的那些学徒，他们的工作也是这些。

洒满了面粉的板车终于被搬空了。鲁阿尔弯下身子站在矮个儿农民面前。那人又咕哝了一声，在亚麻袋子里摸出了一块面包和一块奶酪。"给……"

鲁阿尔接了过来。

不远处还停着辆空板车，两个身材丰满、衣着鲜艳的年轻妇女正坐在车下面的麦秆上吃面包圈。鲁阿尔胆怯地走近，站了一会儿，问她们自己可否坐在旁边。俩人冲他和善地点点头。

垫在身下的金黄麦秆还带着香气。干面包入口即化，奶酪则简直就是人间美味了。大狗走了过来，看着鲁阿尔的眼神里溢满了悲伤，仿佛它什么都懂。鲁阿尔叹了口气，给它也掰了一块。

"外面来的？"一个女人问道。这是个肤色黝黑，面色红润的

Привратник
守门人

热心肠。

鲁阿尔点了点头,吃得津津有味。

不同的人从旁经过,有人的鞋保养得宜,有人的鞋破了洞,更多的人没穿鞋,一双双赤脚晒得黢黑。鲁阿尔躺在车下,尽管板车上有不少缝隙,八月的灼热阳光还是被隔绝开来。狗把鲁阿尔给的面包吃得一干二净,趴在了车轮边。

"你的狗?"另一个女人问道,她面色红润,还生着雀斑,"看这壮的,真可怕!"

鲁阿尔摇了摇头。"流浪狗。"

第一个女人吃完面包圈,从某个地方掏出一把烤坚果。她咔嚓咔嚓地吃着,缓缓问道:"喂,有啥新鲜事儿啊?"

"哪儿的啊?"鲁阿尔没太明白。

"全世界啊。你不是到处旅行吗?"

"是在到处走。"鲁阿尔想了想,回答道。

"啊,看见什么了?"

鲁阿尔的思维有些卡壳。他痛苦地揉了揉鼻梁,挤出几句:"到处去都是人,生命也是,到处……"

女人们失去了对他的兴趣。

鲁阿尔痛苦地坐着,试图回忆曾经发表过的精彩演讲,以前的他讲话总能让人听得如痴如醉。一只绿色的麦椿象爬过轮子的木边。

轰隆一声,有人把空桶甩到了他们用来遮阴的板车上。灰尘和稻草簌簌洒落,年轻女人们齐声大骂,回应她们的是一个厚重、和善的男低音。鲁阿尔知道自己是时候离开了。

"喂,旅行者,你,"黑发女人忽然问,"你听说过狼人吗,知道吗?"

鲁阿尔惊讶道:"狼人?"

黑发女人双手一拍。"看啊,这片儿所有人都在聊狼人,他竟然还睁大眼睛觉得惊讶!"

"哎呀,狼人,这么大的狼!"长着雀斑的女人耐着性子解释道,"有时候又是人,你分不出来,有时候是长得可壮实的狼,会吃人。已经吃了十来个人了,追都追不到。"

男人又把第二个桶重重砸在了板车上,这个桶似乎只装了一半。

黑发女人口齿伶俐地咒骂着,从车底下爬了出去。鲁阿尔对长着雀斑的女人点了点头,跟着她爬了出来。狗在他爬出来后跳了起来,摇着尾巴。

"你这是黏上我了。"鲁阿尔对它说。

集市上又乱又吵。羊在圈里疯狂叫唤,农民们把装着燕麦的袋子挂在马脖子上,马顺从地把脸埋在袋子里,死鱼的鳞片在滑腻腻的货摊上闪闪发光。鲁阿尔希望能找个地方赚点钱。狗紧紧跟在他身后,拥挤的人群顺着一排肉铺把他们带到了最里边。

这里发生了点小状况:屠夫们的血腥王国深处忽然出现了一群体形硕大的狗,它们吃了一肚子没人要的猪下水。鲁阿尔的狗发出了类似"啊"的一声,一屁股坐在地上,就好像腿支撑不住身体的重量似的。紧接着,那群狗发出了极其刺耳的吠叫,朝外来者发动了攻击,攻击又迅速转化成了追逐。

鲁阿尔呆在原地,无助地四处张望了一会儿,发现自己无力改变现状。狗叫声迅速消失,又短暂靠近,然后又淹没在了集市的喧嚣中。鲁阿尔感觉自己的内心陷入了难以忍受的孤独。屠夫们的斧头砍在木墩上不断发出沉闷的撞击声。

"混蛋,别挡道!"

鲁阿尔被狠狠推到一边。他试图稳住脚步，却撞到了某人的后背。那人身形晃了晃，稳住了。鲁阿尔抓住了撑起碎布棚子的木柱。

"抱歉。"鲁阿尔轻声说。

被他撞到的那个人又瘦又矮，看穿着应该是从城里来的。棚布在他瘦削黝黑的脸上投下了斑驳的阴影，细长又促狭的绿色眼睛放射出快乐的光芒。

"没什么，"陌生人轻声回答，"这种地方挤来挤去很正常。"

鲁阿尔看了他一会儿，难为情地垂下了目光。

摊主不知从哪里冒了出来，冲他们喊道："喂，靠边儿，别挡着货！"

陌生人无所谓地笑了笑，转身走了。鲁阿尔出于自己都不清楚的原因，跟在了他身后。

"外地来的？"陌生人问他。

"大概吧，我是个旅人。"鲁阿尔回答道。

那人点了点头。

"您看着也……不像这里的人。"隔了一会儿，鲁阿尔说出了自己的猜测。

"我是个做生意的，"陌生人主动解释道，"到处跑，打听价格……"

他们在一列列摊铺之间慢慢踱步。太阳挂在天顶，市场上人声鼎沸。

"这里什么都有，"商人说，"但是贵族老爷们喜欢的异域风物还不够多。您觉得呢？"

鲁阿尔耸了耸肩。

"斯文。"商人做了自我介绍，然后对鲁阿尔伸出一只纤细的手掌。鲁阿尔机械地同他握了握手,觉得应该自我介绍一下。"鲁阿尔。"

"我是个北方人,鲁阿尔。"斯文不紧不慢地继续说道,"这片草原很富饶,又很单调。您不想找个地方坐坐吗?"

他们找到了一个用来堆东西的小木屋,坐在了阴凉处的几个麻袋上。两个十几岁的女孩同样也坐在这片阴影里,她们手里都拿着篮子,头上裹着艳丽的方巾。

"您看着也是从北方来的。"斯文猜测道,舒服地伸直了疲惫的双腿,"您肯定能理解我。我想念森林,想念那里盘绕的树根,想念长满杂草的溪涧,想念浓密的榛树林和林间的湖泊。这里又干燥又无聊。草原就像个卖笑的女人,见风就躺。"

"连个遮阴的地方都没有。"鲁阿尔说。

"对对!"斯文兴奋地叫出声来,"就是!"

坐在麻袋上的姑娘们兴高采烈地聊着天,鲁阿尔听她们提到了狼人,竖起了耳朵。

"已经咬死了十个人了……"

"就算给我再多的好处我也不会一个人去田里晃悠!"

"我也不会去……"

斯文发现鲁阿尔在听姑娘们聊天,微微一笑。"她们在聊什么啊?"

"狼人。"鲁阿尔说,"似乎他们这儿都怕狼人。"

斯文耸了耸肩,难以置信大家会纠结这种奇怪的问题。"您看啊,他们害怕狼人。他们不怕热,不怕灰,不怕太阳晒,一个村就种一棵树,在树下挖一口井,有的井里连水都没有。这些人竟然怕狼人!"斯文从怀里掏出个水壶。鲁阿尔本能地咽了口唾沫。

"喝吧，鲁阿尔。"斯文把水壶递了过去，热情地说。

鲁阿尔试图伸手推拒，斯文直接将水壶塞到他手里。鲁阿尔没抵受住诱惑，举起了水壶。清凉的液体顺喉而下，强烈的快感让他的感官出现了片刻麻痹，思维陷入停滞，意志也受到了压制。他几乎喝光了水壶里的水，口渴的感觉终于缓解了。

"天啊，"他把水壶还回去的时候嗫嚅道，"我，好像喝得太多了。"

斯文既不生气也不伤心。"没事儿……我这些够了。"说完把水壶举到了唇边。

一个女人在木屋的另一侧尖叫，声音十分刺耳，惊得他呛住了。坐在旁边麻袋上的姑娘们像是被蜇了似的一蹦而起。集市上的喧嚣安静了一瞬，紧接着又爆发出慌乱和困惑的议论。

"哎哟。"旁边板车下面躺着的人说，"怎么了要叫这么大声？"

尖叫之后，女人激动又恐惧的哭诉接踵而至："在屋里，在屋里！它刚才想从背后攻击我！"

人们纷纷伸长了脖子，有人连生意都不做了，小跑到现场，好奇地喃喃自语："哎你这……老天……"

斯文清了清嗓子，不满地猜测道："她的钱包被划了，估计。"

一群人聚集在木屋的另一侧。

"咋了？谁干的？"

"狼人！"女人又是一声大叫。

斯文跳了起来，喉咙里发出了一种奇怪又压抑的声音，拿着水壶的手不停颤抖，鲁阿尔暗自揣测此人胆子应该不大。

坐在旁边的少女仿佛被风吹走了，消失得无影无踪。一个衣衫不整的家伙从附近的板车下面跳了出来，四处乱窜，把那些看热闹的人撞得东倒西歪。人们在木屋周围团团乱转，有人想跑远，有人想凑近。鲁阿尔和斯文所在的地方莫名其妙成了中心。

"都疯了，"斯文坚定地点点头，"我们也看看去，鲁阿尔？"
他的提议与他表现出来的怯懦有些矛盾。

女人的哭声中夹杂着其他人的话音。

"谁看见了，谁？"

"在屋里……"

"逮住了，终于！"

"闪开！哎呀都闪开！"

高亢的狗叫突然出现在了鼎沸的人声中，可能是鲁阿尔在肉铺旁边看到过的那群狗来了。

"来吧，鲁阿尔！"斯文很兴奋，而且似乎还很开心，"咱俩去看看当地人是怎么对付狼人的！"

鲁阿尔没说话，他正趴在木屋的墙上，透过上面一个相当大的圆孔朝里看。眼睛无法立即适应屋内的昏暗。里面横七竖八放着些木桶、麻袋和箱子，一个硕大的灰色生物蜷缩在角落里瑟瑟发抖。鲁阿尔的视线穿过飞扬的尘灰，看到了一只前爪和耷拉下来的、受了伤的耳朵。

"天……"鲁阿尔一个踉跄，嘟囔道，"我的狗。"

骚动还在继续。人们在木屋另一侧开起了会。

"放把火就完事儿了……"

"有病啊，放什么火！我两天的货还在里面呐！"

"它扑过去咬你的时候你那些货能起什么作用！"

"来吧，大伙儿，我们去弄点稻草。"

"还是去砍些柴拿过来吧……"

"谁会进去啊，啊？快去弄稻草！"

"要烧到旁边的！这片儿都要起火……"

"板车都推走！孩子们也带走！"

鲁阿尔跟在斯文身后，他们绕过木屋朝里面挤去。刚才发出尖叫的那个女人气喘吁吁地对看客们说："狼，哎呀好大一匹狼！毛都立起来了！那眼神啊，和人一模一样。我都惊呆了，它一下子就钻了进去……"

有人怀疑道："你没搞错吧？是不是做梦了？"

"还做梦呢！"女人喊道，"我记得它的脸，他之前用人形在这儿到处乱窜，后来变成了狼，獠牙长得都戳到了地上，还会笑呢！"

有人证实道："如果会笑，那的确是它没错……"

表示怀疑的那个人没有放弃。"能看一眼就好了，看看……"

"说什么胡话呢！你看，门都给堵上了，就是该这样。不然它转身变成人就跑了。"

众人纷纷惊叹出声。一个体格健壮，穿着亚麻围裙的男人站在木屋门口的麻袋旁边，他表情严肃地吩咐道："我们把周围都放上稻草。找人看着，别让它冲出来。这才是最要紧的，你的货算什么！"他对着木屋的主人喊道。后者十分胆小，绞着双手，差点哭出声来："这么干的话，旁边的房子都要烧起来，你们想想！不能这么干，大家都完蛋！"

斯文拽住鲁阿尔的衣袖。"这帮人真是果断。您怎么看，要烧吗？"

"烧谁？"鲁阿尔闷声问道。

斯文眨巴着狭长的绿色眼睛。"狼人啊，还有谁？"

有人已经在木屋周围铺稻草了。"狼，好大的狼！"最开始引

第三部分 试 炼

起大家关注的那个女人还在喋喋不休。木屋主人发现自己的货保不住,急得呜呜直哭。众人交头接耳。

鲁阿尔转过身朝人群外面挤去。他想离开,随便去哪儿都行,不想再次经历这种公开迫害的戏码。

有人高声喊叫,有人窃窃私语,有人鼓起勇气透过裂缝往里窥探,然后大叫一声跳到旁边。鲁阿尔加快了脚步。

木屋里突然传来一声绝望的哀嚎,那叫声让人浑身发凉。众人朝后退去,有人幸灾乐祸道:"你再叫啊,烧不死你!"

鲁阿尔停下了脚步。不,他心想,别再管闲事了,够了。

又一声哀嚎传来,沉闷、绝望,浸透着死亡的气息。人们一阵哄笑。鲁阿尔不自觉地开始后退,左推右挡,偏偏倒倒的,不停踩到别人的脚。不,千万别插手,随他们去吧。

一捆捆堆在一起的金色稻草使木屋看起来整洁又喜庆。人们扔过来的稻草越来越多。嚎叫停止了。

鲁阿尔最终还是用力朝前挤了过去,站到了穿着亚麻围裙的男人面前。那人惊讶地看着他。鲁阿尔转身看向众人。

男人、女人、小孩,有人一脸警惕,有人一脸惊惧,有人一脸愤怒……他们心如铁石。他们什么都不信。他们会把他暴打一顿,再烧掉木屋。天哪,为什么我要插手?才挨了打没几天吧?

"烧啊,傻子们,"鲁阿尔耐着性子大声说,"来啊,把自己的东西,自己的板车,自己的帐篷都点了。你们觉得狼人会原谅你们?它今天晚上就去找你们,明天早上大家会发现你们直挺挺地躺在床上,心窝都凉透了,脚底还被火烧过!"

"你在胡说八道些什么!"穿着围裙的人恼怒地问。

"我胡说八道?"鲁阿尔面向他,"你对狼人了解多少?你们知道狼人被激怒以后是什么样子吗,见过被打死的狼人吗?你们这辈子听过一句咒语没有？"

鲁阿尔的话充满了激情，很有说服力，话里话外似有深意。人们挤得更紧了，越吵越厉害，情绪愈发激动。

"咒语，他说。"

"对狼人下咒。"

"这是对的……"

"哎呀快烧啊，别听……"

木屋主人跑到鲁阿尔身边，一把抓住他的袖子。"我就说不能烧……我就说了不能烧！"

"你的货不会有事，"鲁阿尔漫不经心地说，"我会拯救你们，不让这个可怕的怪物对你们复仇。"

"滚一边儿去，骗子。"穿着亚麻围裙的男人说道。然而不知为何，他的声音听上去软绵绵的，没什么力度。

鲁阿尔举起双手，呼吁大家安静。

"现在，我，就当着你们的面放逐狼人，让他从哪儿来回哪儿去，回到深渊里！他现在披着张狗皮呢。你们会亲眼见证这一切！"

"太好了！"有人说。

斯文衣冠不整地跳到鲁阿尔面前。"听他的吧，大家！他可以！他放逐过狼人！他复活过死者，他能和风对话，和草交谈！听魔法师的！"

鲁阿尔觉得自己体内某个地方在抽痛，他忍住没有表现出来。他再次举起双手。"安静！安静两分钟！"

人群安静了一些。鲁阿尔转身面对木屋。"听魔法师的。"鲁阿尔的内心充满了对失败的恐惧。他咬着嘴唇，努力不去想农场少年巴尔特的脸。公爵……强盗……为什么又要再来一遍，为什么就做不到和其他人一样高高挂起?真是愚蠢又致命的游戏。人们站在他身后,群情激动。他无处可退。

"消失吧!"他声若洪钟。周围瞬间安静下来。

鲁阿尔深吸了一口气。

"放逐你……将你放逐到沼泽、迷雾、无底深渊,放逐到漆黑的无光之地……远离人的躯体、骨骼、血液,远离人的肉和心,远离人的血管、肝脏……以我之咒,将你放逐,将你锁入深渊!"

他的声音戛然而止。周围一直保持沉默的狗群忽然开始嚎叫。它们一边狂吠一边四散奔逃。人群陷入了恐慌,有人着急逃走,不断推搡其他人。这是怎么了,鲁阿尔想。

斯文在旁边高声叫道:"把口子打开!把袋子都拖走,快!"谁都不敢上前,他只能自己动手。

鲁阿尔冷漠地看着他挪动麻袋的动作,看着他用力将它们从门口拖走。鲁阿尔踢开了最后一个挡路的麻袋,打开嘎吱作响的矮门,一脚踏入黑暗。

两只不幸的、痛苦的眼睛从角落里看着他。

"过来。"鲁阿尔嘶哑地说。昏暗中他摸到了它的耳朵,湿漉漉的鼻子和颤抖的后颈。

"快跑,"鲁阿尔低声说,"离开这儿。快点儿……"

他拍了拍狗的后颈,然后毅然一把攥住那里的毛,将它拖到门口,阳光从半开的门缝中倾泻而入。

人群开始大叫。

"这就是它的皮囊,一条狗。"鲁阿尔说话时尽了全力,松开了手。

大狗蹲下片刻,发出震耳欲聋的叫声,径直朝不断后退的人群冲去。女人们尖叫，众犬狂吠。巨大的灰狗为了逃命夺路狂奔，瞬间消失在视线之外，其他的狗也紧随其后，大家都吓得不轻。斯文一言不发地走到鲁阿尔身边，笑容灿烂地握住了他的手，摇了摇头。

"谢谢，我饱了，"鲁阿尔轻声说着，把装着嫩肉排的盘子推到一边，"够了，够了。"

精心准备的丰盛大餐迟滞了他的动作，模糊了他的思维。成功驱逐狼人后，鲁阿尔收获了好几个崇拜者。他们同木屋主人一起设宴招待鲁阿尔。

斯文在近旁找了张桌子坐下，他吃得很少，却说个不停："太厉害了！太神奇了！这里的人都怕狼人，而他只用了十分钟就把狼人驱逐了！亲爱的大伙儿，这个人拯救了你们的货物和你们的生命。举重若轻，勇敢至极！太棒了，亲爱的鲁阿尔。老板，再给他拿点儿饼干。"

鲁阿尔摇头拒绝。他喝了一大口新酿的酒，对斯文感激地笑了笑。

没人听斯文说话的时候，他就把嘴凑到鲁阿尔耳边，憋着笑轻声问："太棒了，鲁阿尔！您什么时候想到这是条狗的？"又或者。"啊哈，受了伤的耳朵？好玩儿，真好玩儿！"

鲁阿尔习惯性地耸了耸肩，有些倨傲地说："别逗大家了，斯文。大白天的哪儿有什么狼人？"

斯文无声大笑，连眼泪花儿都笑出来了。

傍晚又热又闷。集市上的喧嚣逐渐沉寂，大家各自收摊，回村的马车在路上排成长龙。家离得远的就干脆围坐在火堆旁，准备在板车下面就地过夜。幸存的木屋上挂着把巨大的锁，它的主人一直和鲁阿尔道别,抓着他的手不停道谢。夜色渐深,星星开始闪烁。

"您现在去哪儿?"斯文正和鲁阿尔沿着空旷的大路闲逛,他问道,"您在哪儿过夜?"

"我不在这儿过夜,"鲁阿尔若有所思地回答道,"我要出发了,夜里走路不热。"

"是个坐不住的人。"斯文点头表示理解,"总想往前走,也不知道要去哪儿,就是想上路,就是想走,好像脚底发痒似的。是不是?"

"是啊。"鲁阿尔一脸惊讶地回答。

"我也总这样。"斯文说。

他们沉默地走了一会儿,穿过正在陷入沉睡的村庄,来到了通向远方的宽阔大路。蝉鸣响彻四野。

"我们有些地方挺像的,"斯文打破沉默,"有些相似,我们和其他人不一样。可能您没发现,鲁阿尔,我和别人不一样。我很快就明白了您也这样。我们有很多令人费解的行为。您刚才救了一条狗,这么做的目的是什么呢?"

鲁阿尔耸了耸肩。"我不想看到活物被公开处死,也讨厌刽子手。"

他们又沉默了。夜风中夹杂着各种药草的气味。银河在旅人们的头顶上蜿蜒伸展,散发出柔和的光芒。

"您也帮了我忙啊。"鲁阿尔说,"您这么做是为了什么呢?"

斯文大笑起来。"说不清楚!话说我自己也很好奇。我以前从来没有做过这样的事。"

一轮红月慢慢从地平线下爬了上来,好似一块燃烧的炭。斯文越来越兴奋,不停拿自己开玩笑,隔一会儿就友好地拍拍鲁阿尔的肩膀,嘴里哼着荒腔走板的曲子,绿色的眼睛熠熠发光。

月亮越升越高,又大又圆,笼罩上了一层色调不断变化的黄色光晕。不规则的斑点让它看上去就像一张冷漠的脸。斯文都快跳起舞来了。

"啊,亲爱的鲁阿尔!在深夜穿越空旷的草原,凝望月亮,友好地聊天,还有什么事情比这更美好呢?您真是个很适合聊天的人,您懂得倾听。像您这种有贵族精神的人可不多见。不过,是时候说再见了。我们以后不会再见面了。别了,亲爱的鲁阿尔。"

他停在路中央。鲁阿尔不解地环顾四周,周围没有建筑物,没有灯光。斯文看着他,咧嘴一笑。"认识您很高兴,我的朋友。"他舒服地打了个哈欠。在皎洁的月光下,鲁阿尔看见了迅速拉长的獠牙。

鲁阿尔一声大叫,僵在当地,再也发不出一点声音。斯文咧嘴一笑,狭长的双眼里闪烁着绿色的光芒,獠牙像骨矛一样反射着月光。商人一跃而起,在空中翻了个身,四爪落地。他的爪子是可怕的杀器。

他们面对面站着。一个是被吓得浑身无力、陷入绝望的人类,一个是狼人,天生的刽子手。

蝉鸣依旧。

极其漫长的一分钟过去了。狼人缓缓张开黑色的尖嘴,露出耸立的獠牙,肌肉发达的尾巴在身上抽了抽,缓缓转身,隐入了黑暗。

鲁阿尔站在路上,连动都没法动一下。

和米莲娜共同经历的可怕事件加速了我们离开卡拉特的步

第三部分　试　炼

伐。我们又开始呼吸道路上的尘土，在客栈和各种营地过夜。

我越来越不自由，越来越难受。我和任何人谈话时拉尔特都必须在场，他不允许我出门散步，也不让我与人结交。拉尔特的精神非常紧张，经常会克制不住情绪对我发火。有一次，他在昏暗的酒店走廊里撞到了一个沉重的衣架，竟然勃然大怒，把它扔到了窗外，最后找了两个壮汉才勉强把它拖了回来！

我们遇到比较大的村子就会停留一两天，每次主人都会找家破旅馆，把我锁在又小又脏的房间里。他是真的把我锁起来，不让我出门，也不让那些嘴里会冒预言的米莲娜进来找我。就好像奥尔文的疯癫行为是我的错，那些关于神秘"第三力量"的愚蠢笑话和故事都是我编造的！总之，这段旅途让我越来越压抑了。

我们终于来到了法列特。法列特比卡拉特大一倍，地位也比卡拉特重要，然而我喜欢卡拉特得多。那帮看热闹的人总是盯着我们的马车，酒店里的仆人们用胳膊肘推来推去，低声说："魔法师，法师！"这些乱糟糟的声音和场景都让我压力倍增，根本开心不起来。

在酒店的第一晚就发生了一件非常不愉快的事——巴利塔扎尔·埃斯特在壁炉的火焰中显形了。

出现的不是他本人，只有他那张愤愤不平的苦胆脸。我手里拿着火钳，惊叫着往后一跳，主人站起来的时候也掀翻了椅子。

"您这是什么意思，拉尔特?!"没有任何铺垫，埃斯特张嘴一哼，"您知道让马兰重获自由……"

拉尔特一声不吭，劈手从我手中夺过沉重的火钳，猛地刺进燃烧的木柴。埃斯特的脸一阵晃动，在低沉的嘶嘶声中逐渐消散了。

主人看似云淡风轻，却在房间里走了一整夜，弄得我也没法

守门人 Привратник

睡觉。

接下来一切照旧。

我被锁在房间里，不得不长时间独处，于是我开始摆纸牌阵，这几乎成了我唯一的乐趣。在漫长而沉闷的时光中，那副牌磨损得越来越厉害，以至于 Q 和 K 都难以区分。我不断变换它们的位置，心里琢磨为什么我会有这样的命运，我的主人想要什么，我是不是应该逃走。钥匙在锁孔里转动，拉尔特站在门边，无比激动，我很久都没见他这样了。

"终于来了点儿有价值的消息！"他高兴地几乎是喊了出来，"准备一下，魔法师先生，我们今天要去拜访一个重要人物！"他弄散了我的牌，我都要摆好了！牌阵可是很难摆好的！

一想到即将开始的冒险，我满心忧郁。黑色西装被我洗得干干净净。西装上面的锦缎有些磨损，个别地方支棱着凌乱的线头，都是被靴子和剑鞘磨的。我费劲穿衣服的时候，拉尔特在房间里走来走去，打着响指，说个不停（这才是他）！

"她是个商人，名下有好几家作坊，本地名流都追着她跑，求她施舍，市长欠她钱欠了很多年，市场上一半的货物是她的。最有意思的是，她这么个行走的金库，竟然会因为是个女魔法师而出名，没错，就是女魔法师！她养了只会调制魔药的猫，还有本书……"

他坐到桌上，干瘦的屁股碰翻了烛台。我一脸郁闷地听他讲话，边听边穿靴子。

"那本书！"拉尔特热切地重复着，"根据某些迹象，可以判断这是，你想想，是始祖先知《遗世书》最早的副本之一！"

天哪，又来了！

"您说过，实际上并没有这个人。"我提醒他。

第三部分 试 炼

他一跃而起。"这就是我们要搞明白的事情。书的真伪,这是其一。"他弯曲着修长的手指,"涉及第三力量的文本,这是其二,也是最重要的任务。你的工作就是讨那个老女人欢心,赞美她的魔法天赋,把书骗到手至少半小时。她很宝贝那本书,把它藏了起来,多少钱都不卖。不过你是会魔法的同行,她会给你看的。明白了吗?"

他笑着搓了搓手,我对着镜子把礼帽扣到头上,趁他转身时做了个鬼脸。

女商人的岁数其实并没有太大,她曾经应该是个美人,保养得宜,脸蛋白皙,一脸的权力欲,对权力的使用也的确毫无节制。接见我们的大厅布置得就像个"魔法师的巢穴":墙上挂着成捆的干草,天花板上吊着一只硕大的蟾蜍标本,笼子里养着一群蛇,壁炉里可能添加了某种香料,烟气氤氲。

女商人端坐在一张高背雕花圈椅上,裹着类似丝绸质地的斗篷。我吻了一下她香气逼人的胖手,作为回应,她戴着风帽对我温柔地点了一下头。一张天鹅绒面的凳子被递到了我面前,礼貌的攀谈开始了。

我不得不听她冗长的发言,关于以太的性质,草药的变形,从虚无中诞生虚无以及从虚无到其他存在形式的过渡,幻视和梦境,数字十五点五的意义,制作刺猬标本的技术等等。她时不时还要就特别重要的问题询问我的看法。拉尔特站在我身后掐我的背,特别痛。我在凳子上坐立不安,激动地重复着出发前背下来的句子:"夫人,您学识之渊博,素养之深厚真是令人肃然起敬,就连那些满头白发的魔法宗师都难以企及。"女商人满意地微笑着,兴致勃勃地继续自己的论述。

聊得正高兴，有人敲了敲门，一个瘦小的老头走了进来。我估计这人应该是管家。他先道了声歉，然后在女商人的耳边轻声说了几句，听完后她的脸瞬间涨成了紫红色。

"蠢货！"她大吼一声，和集市上卖货的女贩子一模一样，"五十就是五十，还有什么搅不清楚的？这群傻子如果还想要折扣，就让他们滚去沼泽地！"

管家又轻声说了几句，语速比之前还快，语气也更笃定。听完后，女魔法师整个人都气得鼓了起来，直接把一个侮辱性的手势怼到管家面前。"就这！就这么告诉他们！"

管家弓着身子离开了，女商人对我温柔一笑，轻声道歉："唉，先生，事情太多了，太多了……"

我们又开始客客气气地聊天，仿佛什么都没发生过。拉尔特不耐烦了，开始用指甲戳我的背，嘴里用轻得几乎听不见的气音说："书！书！"

女商人好不容易停下来想缓口气，没等她继续长篇大论，我抓住机会飞快插话："哦，夫人，出名的不仅是您的学养，还有您收藏的宝物呢。"

她志得意满地笑了笑。"那是自然，的确也是时候给您看点儿真东西了。"接着她拉长了脖子抑扬顿挫地叫了三声，"噩梦！噩梦！噩梦！"

我还在思索是什么把她吓成这样，门开了，一只脖子上挂着金链子的大黑猫走了进来。

"噩梦，我的朋友，过来，和我们的客人，达米尔法师认识一下！"女商人说话的声音十分甜腻。

黑猫一副吃饱喝足的样子，瞪着黄色的眼睛看了我一眼。拉尔特在我背上狠狠一掐，我一蹦而起。"啊，我很高兴，这个，我是说……"

"噩梦对一切奥秘了如指掌,"女商人没搭理我,继续道,"它能预见未来。"

猫蹭了蹭我的膝盖,又蹭了蹭拉尔特的腿。拉尔特把牙齿咬得咯吱直响,我连忙打断她:"那个,夫人,就算您的神猫声名显赫……"

拉尔特一声低吼。我惊恐地环顾四周,发现噩梦挂在他肩上,十八根指甲全都挠进了他的上衣。拉尔特一摆手,猫重重跳到地上,冷冷地看着他,一脸轻蔑。

女商人板起了脸。"您的仆人没调教好啊。"她话音冰冷,"他运气不错,噩梦聪明又温顺……"

猫为了证明自己的确聪明又温顺,抬起一条后腿,开始咬自己的尾巴。

"这个仆人才跟了我没几天。"我为了缓解尴尬,如此说道。

女商人对着拉尔特晃了晃手指。"过来,狗东西……"

拉尔特没办法,只能走过去。女商人对着他上看下看,问话的口气里带着责备:"难道您就找不到个好点儿的仆人?面相这么难看,手脚肯定不干净。"

拉尔特背对着我,很遗憾我看不到他的表情。

女士显然对拉尔特很不满,不再研究他,手一挥,指着房间深处的某个地方。"别傻不拉几站着了,去拿条毛毯过来。在那儿,椅子上。"

拉尔特瞥了我一眼,拿毯子去了。我从没见过拉尔特低声下气地为别人服务,眼前的景象让我喜出望外。

"无所事事只会让仆人堕落。"女商人教训道。噩梦爬到她腿上,发出震耳欲聋的咕噜声。

拉尔特把毯子递到女商人面前，她皱起眉，并不伸手。"蠢货，谁会这么递毯子？瞧瞧你走路的姿势，晃来晃去的，你以为你这是在林荫道上散步呢？拿回去，按规矩再递一遍！"

一阵安静。我不敢动弹，等着看拉尔特的反应。他站了一会儿，转过身慢腾腾地回到原来的位置。

我内心一阵舒爽，有种复仇的快感。我想起了此前所有的遭遇，想起了市政厅的晚宴，女孩米莲娜和散落一地的纸牌，心底升腾起难以抑制的渴望，想要成为拉尔特真正的主人。一秒钟，哪怕是一秒钟也行！

拉尔特这时绕到了我背后，烦躁地把毯子支到女商人面前。她更加不悦地皱起了眉。"谁教你的，混蛋？你怎么就敢直接把毯子塞过来，你应该鞠着躬递上来！再来一次！"

拉尔特看了我一眼，我颇有预见性地别过脸去，仿佛正在发生的一切和我毫无关系。拉尔特再次回到原位。我叹了口气，很随意地开口道（我发誓，我当时真的是鬼迷了心窍！）："夫人，感谢您好心帮助我调教仆人。"

拉尔特嘴里发出了奇怪的嘎吱声，可能是牙齿咬出来的声音。女商人冲我一点头，神色泰然雍容。拉尔特突然姿态优雅地行了个屈膝礼，深鞠一躬，把那该死的毯子向她递了过去。

"这不就对了。"女商人满意地说。

我忽然就害怕了。天哪，我很清楚拉尔特是个既骄傲又记仇的人。毫无疑问，他永远、永远、永远都不会原谅我这片刻的软弱，不会原谅曾经想羞辱他的我！

拉尔特低眉顺眼地回到了我身后。我感觉他的温顺中酝酿着风暴，其实我宁愿他狠狠掐我一把。

我得马上将功补过。接下来的五秒钟里我非常焦虑，一直都在想应该怎么做。

"书!"我终于喊了一声,跳了起来,"我的意思是,如果我能参详那本珍贵的书,看看您魔法图书馆里珍贵的明珠,这对于我而言将是莫大的荣幸,这本书可是广为人知……"

女商人轻轻一笑,挠了挠噩梦的耳朵。"哦,大家都这么想,所有人都知道它,都尊崇它,不过,也不是每一个人都能见到。"

"我将继续旅行,"我飞快地说,"我的马车能走多远,我就能把它的名声传多远。"

女商人眯起眼睛,砸巴了几下嘴,探询地看了我一眼,摇了摇铃。女仆进来了。

"把卢维叫来。"女商人命令道。

不一会儿卢维就到了,这是个穿着昂贵仆人制服的小白脸。

"叫库尼过来。"女主人对他说。

又过了一会儿,库尼来了,是个头发花白的小老头,穿着黑色的肥大外衫。

"把'它'拿来。"女商人轻声下令。

老头行了一礼,双手叠在胸前退了出去。我们屏住呼吸静静等待。他回来了,神情庄重地托着个黑色天鹅绒包裹。他把包裹放在桌上,离开了。

女商人吩咐拉尔特:"你,宝贝儿,走开点,就站在那儿,靠墙站着。不要看这边,你没什么可看的。"

我立即起身。"您看啊,夫人,我正在教他一些简单的东西,如果他也能看看的话会很有益处……可否也让他看看,就看一眼。"

女商人怀疑地抿了抿唇。拉尔特上前一步,目不转睛地盯着包裹。女商人充满仪式感地揭开了外面包着的天鹅绒。封面上的金色字迹闪烁着暗淡的光芒。

"看仔细咯!"女商人吹嘘道,"这可是真正的好东西!"

"可以翻一下吗?"我忐忑地问。

书散发出一股霉味儿,有些书页粘在了一起,有些已经烂了。我翻书的时候手在不停颤抖,拉尔特在我耳边重重地呼吸着。"往下……往下……往回翻……"

书里全是符文,我看不懂。偶尔还能翻到几张图。哎哟我得说一句,那些图可真是吓人!画的都是些被对半剖开的怪物,甚至还有怪物体内的结构。一些草图,乱七八糟的线条,各种大小不一的符号、素描……

"翻……"我的耳朵清晰地感受到了拉尔特的呼吸。

女商人无聊了,把书拉到自己面前。"达米尔先生,您看,有个地方很滑稽。"

她把我的手拿开,舔了舔手指,开始往回翻。"这儿,啊这里……您看!"

她翻出来的那页上全是普通的大写字母,不是符文。女商人用手指指着那些字母,一个音节一个音节地大声朗读:"……到,那,时,它,会,降,临,时,候,就,到,了……这儿看不懂写的啥……会,从,开,着,的,门,降,临……看不懂,有什么东西要降临……开……看,啊哈,守门人!"

她认出了一个很模糊的词之后特别开心。

"守,门,人,会,打,开……水,会,浓,稠,如……黑,血。有什么东西会泪流不止……火,炉,里,的,木,柴,都,值,得,羡,慕……从天空剥下……剥下了什么东西。它,会,降,临,守,门,人,会,成,为,它,的,仆,人,和,代,理,人……"

拉尔特听得全神贯注。我不停吞口水，舔嘴唇。女商人完全沉浸在了自己读到的内容里。

"生，者……绿，色，平，原，上，的，旅，人，注，定……啊，注定万劫不复！魔法师们，恸，哭吧，喊……喊叫吧，好像是这么写的。你们的命，运比……更可，怕……这儿又看不懂了。高，悬，头，顶，的……会，沸，腾……看不懂。吞，吃，入，腹……"

"火焰，看着我的眼睛……"我忽然轻声说。

他俩分别看了我一眼。女商人顿了顿，开口道："对对，差不多就是这样，是不是很可笑？"

拉尔特突然劈手将书从她手中夺走，开始快速浏览。他的动作过于蛮横，女商人一时竟然愣了。拉尔特直接将脸埋进了斑驳的书页，女商人匆忙把噩梦扔到地上，默默抢夺属于自己的珍宝。拉尔特力气更大，明显在这场较量中占据优势。

女商人在战斗中大变活人，端庄的女魔法师消失了，取而代之的是一个怒气冲天的市井贩子。

"还给我，你这个混蛋！"她大叫一声，终于恢复了说话的能力，"乡巴佬、废物，一辈子都只能给人端茶倒水的货！欸！欸！"她刚伸手拿起铃铛，拉尔特就把书放下了，若无其事地回到了我身后。

女商人双手叉腰，就像一朵蓄满了雨水的肿胀雷云。她咬牙切齿地说："要么当着我的面抽死这个狗东西，要么……"她说话的时候带着嘶嘶的气声，和蒸锅似的，麻烦大了。

"我会教训他的！"我带着哭腔大声说道，"我对老天发誓，我会抽他！等我回到城堡……"

女商人怎么都没法消气。这时我忽然有了个主意。"要不把他……吊死得了,您意下如何?"我兴奋地问。

拉尔特听到我绝妙的建议后表情有些古怪。女商人飞快地瞪了他一眼,态度忽然软化了。"那倒不用,"她缓和了语气,"抽几鞭子也就差不多了。"

拉尔特浑身一松。

女商人心理平衡了。情绪平复后,她的注意力又回到了书上。"您看,这儿的字体特别好看,用红墨水写的!"她又开始和学生一样努力拼读那些特别难发音的字母组合。

拉尔特一把扣住我的肩膀,痛死我了。他冲过去用手捂住那本魔法书。女商人瞪眼看着他。"这个不能读出来,"拉尔特的声音充满魅惑,"这个您千万不能读出来!"

"抽你了啊!"我预判了下女商人的反应,大叫出声,"抽你,抽你,抽你,抽你!"

"这很危险,"拉尔特提高了声音继续道,"如果您还要命,就应该放弃这本书的所有权!"

他猛地将书合上,夹在腋下,朝门口退了几步,嘴里单调地重复着:"放弃吧……放弃吧……"

"我抽死你!"我一声大吼。

女商人进入了某种恍惚的状态,拉尔特的暗示起了作用。她的眼神变得呆滞又涣散。

"放弃吧……"拉尔特吟唱着,忽然转头冲我咬牙切齿道:"你给我闭嘴!"接着又开始,"放弃吧……放弃吧……"

"我放弃……"女商人咕哝了一句。

就在这时,一件不可思议的事情发生了。拉尔特痛苦地一声尖叫,把书扔了出去。笼子里的蛇群盘旋扭动着,嘶嘶声不断,天花板上吊着的巨大蟾蜍标本晃个不停。女商人的眼睛机械地眨动着,主人扑到我身边,紧紧抓住我的胳膊。"快走!"

书冒烟了!

火舌从泛黄的书页中喷涌而出,纸张次第翻卷,恶臭的黄烟升到天花板。噩梦嚎叫着跑走了。女商人沙哑着嗓子吼个不停。

"走!"拉尔特大叫一声,把我拖到门口。

他拉着我跑下楼梯,把匆匆忙忙的仆人、受到惊吓的女清洁工和跑腿小工都甩在身后,合身撞向前门,打开门后又拖着我扑倒在街上。我们身后腾起一片白光,女商人家里着火了。

我们躲进看热闹的人群,噩梦从通风窗跳了出来,卢维和库尼神色慌张,相互责骂,仆人们提着水桶跑来跑去,女清洁工则完全不知所措。

"这是预兆,"拉尔特轻声说,"没把书弄到手,这书可真是……这是预兆!"

他似乎暂时把我忘了,谢天谢地。

村子不大,富足而整洁,到处都是低矮的篱笆,没有栅栏。绘有花朵和蜜蜂的各式陶罐挂在一根根长杆上晾晒着。当地人最骄傲的是两样东西,一是遍地的蜂箱,二是一种在陶器表面绘制琥珀色鲜花和蜜蜂的古老工艺。

收留鲁阿尔过夜的寡妇就像一只蜜蜂,暗金的头发、丰满的体形,忙忙叨叨的,竭尽全力取悦家里的不速之客。鲁阿尔歇在干草房里,女主人为他准备了一套干净的被褥。鲁阿尔躺着,透过屋顶看星星,手上抚摸着藏在怀里的黄金蜥蜴。

寡妇天没亮就从床上爬起来,烤了很多馅儿饼。她让鲁阿尔在餐桌边就座,慷慨地端上了新鲜牛奶和自家产的蜂蜜,然后自已坐到对面，手肘撑住桌子，瞪大了已经有些浑浊的深色眼睛看着鲁阿尔。

"别那么着急啊。"鲁阿尔都要走到门边了，她开口道。

他带着歉意笑了笑。"不行，我得走了。"

寡妇忧伤地摇摇头，送他到了门口。他记住了她的模样——一只悲伤、孤独的蜜蜂，用手掌遮住阳光，目送他远去。

在遥远的异地，另一个女人也死死盯着路。太阳同样在天空闪耀，风同样扬起尘埃，然而路上空空如也，她的期待也同样落了空。孩子怎么都安静不下来。哄他睡觉的时候，女人低声说了几个难以辨认的特殊词语，终于让孩子平静了片刻后，她再次走近窗前，盯着路看了又看。

路上空空如也，她的期待落空了。

鲁阿尔在村子里漫无目的地走着。长长的杆子上吊着绘有花朵和蜜蜂的土陶罐，罐身在阳光下闪闪发光。两个细长腿的姑娘不知从哪里跳了出来，同鲁阿尔打了个招呼，害羞地跑掉了。各家的菜园里都是弯腰劳作的身影。赤裸上身的工人们在修缮屋顶，手里的榔头上下翻飞。迎面走来的老妇人脸色阴沉，看到鲁阿尔后翻了个白眼。一个邋遢小孩在沙堆上乱跑，惊讶地盯着陌生人。毛色棕红的狗从门下方探出头来，懒洋洋地叫唤几声，打个喷嚏，消失了。鲁阿尔笑了。

他走过村口，穿过地里堆放的干草垛，穿过众人弯腰劳作的田野。前方出现了一条河，他沿着河岸走着。河水透明见底，懒洋洋的，几乎静止。一群小孩在河里捉鲫鱼。正午时分，他和小渔民们一起吃了饭，同他们分享了寡妇精心准备的馅饼。作为回

第三部分 试 炼

报，他得到了新鲜的奶酪、香喷喷的面包和花蜜。他叼着根草茎，眯起眼睛看着河湾处平静水面上发光的倒影，看着身姿有些笨重的蜻蜓们一动不动地悬停在水面，看着四处乱窜的水黾，看着以各种姿态浮在水面的彩色鱼漂。如果不是因为路上灰尘太大，他能一直在河岸上坐到傍晚。

过了晌午就变天了。铅色的云层迅速堆积，风暴来临前的宁静总是让人感到不祥。鲁阿尔加快了脚步。他看见几栋房子，似乎又到了一个陌生的村庄。忽然之间，周遭的宁静被打破了，绷紧的琴弦忽然断裂。

狂风呼啸而过，路边的树木前俯后仰，用尽全力想要遁走躲避。还没有收割的金色麦田一阵抽搐，没入了漆黑浓稠的阴影。绚丽的网状闪电划破天际，刹那间雷霆万钧。鲁阿尔微微弯腰朝前奔跑，漫天的冰冷雨幕穷追不舍，不断锤击他的后背，肆无忌惮，极尽挖苦之能事。鲁阿尔气喘吁吁地跑到一个盖着草席的干草堆旁边，像鼹鼠一样钻了进去。

闪电如鞭影，一道接着一道，雨滴从漆黑的天空中坠落，织出片片厚薄不均的帘幕，在天地间伸缩变幻。草堆里面没被雨淋湿。透过一个不规则的孔洞，鲁阿尔看到了一截马路和一角麦田。麦田本身的金黄渐渐褪去，染上了一层灰色。

天色愈发暗沉，暮色愈发浓重，仿佛正午黄昏。河对岸飘来的墨色云团踌躇了一会儿，冰雹暴射而出。

鲁阿尔安静地缩成一团，惊恐地观察着外面，冰珠在潮湿的路面上跳舞，小麦哆哆嗦嗦抖个不停，路边的牛蒡根根断裂，咔咔声不绝于耳。乌云很快就厌倦了这场游戏，精疲力竭后遁走了，一场小雨迅速取代了冰雹。雨没下多久也停了。太阳露出头来，仿佛刚才什么都没发生过，照亮了冰雹肆虐之后的一地

131

狼藉。

鲁阿尔从避难所爬了出去。细小的碎冰在阳光中逐渐融化，踩上去嘎吱作响。周遭的一切都被摧残得狠了，可怜兮兮的。

他朝着麦田的方向走去，感觉自己每一步都走在碎玻璃上。一只不知哪儿来的大乌鸦飞过他头顶，缩在垂头丧气的赤杨上，嘶哑地叫唤着。

小麦穗子全都断在了田里，谷子撒了一地。

"是他们施法在我们这儿下的冰雹！那帮巫师和术士！就问他们一句，为什么他们的地啥事儿没有，只有我们的田遭了灾！"

"就是这个问题！"人群齐声喊道。

"为什么乌云要绕过他们的土地？为什么我们就该饿死？"

"巫师！巫师！"人们愤怒大叫，脸上全是恨意。

村子中央的广场周围有一圈已经褪色了的、歪歪斜斜的围栏。围栏旁边的荨麻长势极好，都有一人高了。讲话的人站在广场中央的大桶上，此人圆鼓鼓的肚子上方绑了根皮带，把自己也打扮得像一只带箍的桶。蒙受了巨大损失的村民们聚集在他周围，挤来挤去，大声嚷嚷："巫师！蜂村人都是巫师！"

站在桶上那人举起一只手。"这一点难道我们以前不知道吗？我们过苦日子的时候，蜂村人不是在吃香喝辣吗？煤工的儿子不是被他们的蜜蜂狠狠蜇过才没命的吗？"

"就是！"一个女人尖声叫道，"我婆婆在他们那儿买了个陶罐，吃了用它盛过的东西就中毒了！"

"就不该买，"另一个女人回应道，"所有人都知道他们的罐子有毒！"

"巫师！"人群疯狂大叫。

鲁阿尔站在人群中,无措地环顾四周,不明白发生了什么。这些人脚上的鞋子松松垮垮,破破烂烂的衣袖带着脏毛边,袖子里伸出的拳头看着就饱经风霜。村子很大,人很穷,村民们毫无幸福感。他们对富裕的邻居早就心怀怨恨。暴风雨为漫长的指责、争吵和怨恨增添了新料。

愤怒在膨胀。

"我家婶子吃了他们的蜂蜜就瞎了!"一个又高又瘦的年轻男人在人群里转来转去,嘴里念叨着新的证据。

鲁阿尔没忍住开口了:"别胡说八道了!我今天才吃了他们的蜂蜜,你的脸盘子我看得一清二楚!"

人们转过脸看着他。"你谁啊,蜂村来的?"众人纷纷举起了拳头。

"我只是个旅行者。"鲁阿尔息事宁人地小声说道。那些人没再理会他。

系着腰带的男人从桶上爬了下来,一个满面泪痕的女人爬了上去,她身上的围裙曾经应该很漂亮,现在已经被紧张的双手扯破了。"我的孩子们……孩子……"她突然号啕大哭,说不下去了,从桶上爬了下去。鲁阿尔的心抽痛了一下。

一个身上挂着各种珠串的年轻女人又爬到了桶上。"听我说,各位邻居!我家菜园里一片完整的叶子都没留下!怎么办呢,啊?他们的地可是啥事儿没有,就淋了点儿小雨!咱还在等什么,等那帮臭不要脸的巫师再对我们下咒,让我们遭场火灾或者来场疫病啥的?收拾他们!"

"收拾他们!收拾他们!"众人高声叫喊着,满心满眼都是这个念头。

"收拾他们,"女人继续说,"我们要抢走他们的面包,这才公平！你看啊，他们那边只下了点儿小雨！"

鲁阿尔环顾四周，打量着其他人的表情。每个人都激动兴奋，每个人都在大喊大叫，每个人都有仇要报。鲁阿尔想起了收留他的寡妇，长腿的姑娘和打鱼的小孩。

就在这时，一个身材魁梧、满脸凝重的男子爬上木桶，大家高叫着欢迎他："说两句，铁匠！来啊，说两句！"

铁匠浓密的眉毛就像两把刷子，沉甸甸的目光看向每一个人。"还有什么可说。"他的声调高得出人意料，"我让我的人去给锻炉鼓风，入夜前我们会尽全力打造铁矛。不能赤手空拳去找术士的麻烦。你们家里那些不能用的镰刀什么的，都送到铁匠铺来，把它们铸成剑。我们可不是待宰的羔羊，不能坐以待毙！"

众人大吼。

"是啊！受够了！"

"没有铁矛我们就拿斧头过去！"

"收拾那帮蜂村人，收拾他们！"

有人猛地推了鲁阿尔一把。有人往前挤，有人朝后退，人群形成了一片旋涡，将鲁阿尔朝木桶卷去，把他的脸直接怼到了铁匠沉重的靴子跟前。

"必须收拾那帮巫师。"铁匠得出结论，"明天天一亮，咱们就在铁匠铺集合，领取武器，出击！不能光说不练，我们说什么那帮术士都不会搭理。明天早上来拿矛和剑！"

人们点着头，互相拍击肩膀，为即将到来的战斗打气鼓劲。桶是空的，鲁阿尔离它很近，发现桶顶全是脚踩的痕迹，桶身的板子是深色的，铁箍生着锈。如果他愿意，他伸手就能够到大桶。

"我女婿是那儿的人，"他背后有人轻声说，"他们不是什么巫师。他们也有孩子……"

另一个人打断了他:"我管别人家的孩子干什么?我只想把我家那五个养活……"

"收拾他们!收拾他们!"到处都在大喊。

鲁阿尔看着地面。迫害,他心想,一群人对另一群人的大迫害。我迫害过别人,我也被迫害过……

他又想起了陶罐斜斜的侧边,想起了那上面画着的鲜花和蜜蜂,想起了整整齐齐的一列列蜂箱……等他反应过来的时候,他已经站在了木桶上。两百来张脸瞬间转向他,警惕地皱着眉,轻蔑地撇着嘴。

"大家都冷静冷静,"鲁阿尔说,"他们怎么可能是巫师。我是一个旅人,我去过那儿,亲眼看过。你们自己也知道这不是他们的错!"

"滚!"有人喊了一声,引得十来个人跟风高叫。"滚!滚开,流浪汉!"

"快停下!"鲁阿尔大喊。好几个人抓住了他的腿。木桶一阵晃动。

"停……"鲁阿尔此时已经预见到一群拿着铁矛,满脸仇恨的暴徒冲进了寡妇的房子。蜂箱被摔得七零八落,带着彩绘的陶罐碎片跌入尘土……

"各位!"鲁阿尔忽然有了个主意,他喊道,"你们要敬畏预兆!我是占卜者,我是先知,你们要敬畏预兆!"

人们抓住他的腿,把他从木桶上拖下来扔到地上。

"我看见了!"他用尽全力大喊,"我是占卜者和先知!你们要敬畏预兆,否则死亡就会降临!"

有人踢了他两脚,扯了根腰带把他绑起来锁进木屋——"不能让他去蜂村告密"。

铁匠铺在村子边上,铸造工作如火如荼。鲁阿尔这段时间里一直试图逃跑。夜色渐浓,疲惫的战士们聚集在酒馆,鲁阿尔在木屋都能听到他们醉醺醺地胡吹大气。

漆黑一片,没有一丝月光,成群的云团飞快掠过天空,冰冷的星辰时隐时现。酒馆里的喧闹平息了,鲁阿尔设法将腰带从手腕上扯了下来。他很幸运,因为木屋的门没关严,外面的门环被铁钩钩住,像快烂了的牙齿一样晃个不停。他费了好一番力气,把铁钩从门环里抽了出来,逃离了囚笼。

酒馆里传来此起彼伏的鼾声。到处黑灯瞎火。鲁阿尔必须找到铁匠铺。刚进村时他看到过铁匠铺,知道它就在村子边上,可他仍在陌生的街道上迷了路,找路的时候几度陷入绝望。命运最终还是眷顾了他,歪歪斜斜的房屋分开了。他登上了一座小丘,发现前方的洼地里有一栋深色的房子。小丘脚下是一个垃圾堆,堆顶上有一具马的骸骨,头骨发白,肋骨散落一地。鲁阿尔浑身一震。

铁匠铺被特意建在远处,这样叮叮当当的声音就不会惊扰四邻。对于鲁阿尔来说这真是再好不过。

铁匠铺里空无一人。好战的村民、铁匠和学徒正在浊重的酒气中酣睡,做着胜利的美梦。以防万一,鲁阿尔侧耳听了听,轻轻敲了敲门,走了进去。四处掏摸时,他的双手沾满了灰尘和蜘蛛网,最后他找到了一盏灯和一盒火绒。耀眼的火光照亮了墙边堆积如山的武器。四处流浪时,鲁阿尔不止一次给铁匠们当过帮工。他知道怎么鼓风箱。他得加快速度了。

乌云掠过黑色的天空。星星冷漠的视线穿过云层之间的缝隙。鲁阿尔满脸是汗。

整个村子都沉入了梦乡。村里的女人们因为贫困的生活和挑剔的丈夫早早失去了美丽的面容。孩子们每天都战战兢兢的，脸上没什么血色。他们都在睡觉。男人们鼾声如雷，在酒馆等待着早晨的战斗。

层层乌云中显露出第一丝日出的迹象时，鲁阿尔已经躺回了木屋，平复着拼命奔跑后急促的呼吸。现在唯一能做的就是祈祷没人发现他动过的手脚。

他将铁钩扣在松动的门环上，把腰带缠回手腕，咬唇躺倒，竖起耳朵紧张地等待。

他听到酒鬼们醒了，这些人过了一晚之后都冷静了些，不过嘴里还在继续互相打气，咒骂蜂村的人。女人们牢骚不断。所有人都出发去铁匠铺拿武器了。一段时间内他什么都没有听到，再然后是急促的脚步声和喘气声。铁钩被取下来摔到一边，门开了。

"喂，先知，赶紧过来，大家都想见见你。"

门口站着两个人，一个应该是铁匠铺的学徒，另一个瘦瘦高高的人鲁阿尔昨天见过。两个人都一副惊魂未定的样子。

"怎么了？"鲁阿尔问道，边问边伸懒腰，仿佛刚睡醒。

他们抓着他的肩膀把他拽了起来，取下了他手上绑着的腰带。"你昨天说了有预兆来着，是不是？"

鲁阿尔左右看了看，皱眉道："怎么了？出什么事了？！"

瘦高个儿朝着铁匠铺的方向晃了下头。"走吧，你自己去看……"

人们围在铁匠铺边上窃窃私语,吓得发抖,面面相觑,谁都不敢靠近一步。

"让一让!"鲁阿尔喊道。人们纷纷害怕地闪到一旁。他有些犹豫地向前走了几步,停了下来。

铁匠破旧的三轮板车停在铺子里。大家想把它拉出来却没成功,因为车上套着一具白色的马骷髅。弧形的肋骨插在地面,空洞的眼眶里似有目光。车辕骇人地立着,被扔到前架上的缰绳在风中晃来晃去。板车干裂的底部插着好多已经变形、残缺不全的剑和矛。密密实实的,丑陋至极。

鲁阿尔忽然瘫倒在地,将双手伸向天空。"预兆,哦,可怕的预兆!"他绝望地喃喃自语。

人们越来越害怕。女人们开始哭泣,男人们紧张地朝她们大喊。脸色苍白的铁匠走到鲁阿尔身边,一把拽住他的衣领,皱起的眉头带着威胁的意味,说出的话却透露出内心的不安:"喂,你这乌鸦嘴,在胡说八道什么?"

鲁阿尔的目光扫过周围一张张惊恐的脸。这些人昨天的勇气和决心已经消失得无影无踪,只剩下仇恨与恐惧。鲁阿尔苦涩地摇了摇头,绕着骇人的马车走了一圈,顺着它的行进方向画了一条线,咕哝了一句"向西",然后他双手抱住了自己的头。

"各位,这是预兆,你们激怒了上天,所以才会降下冰雹。你们不懂,这是又一次带着威胁的警告,这是死亡的征兆!这是最糟糕的预兆。你们必须放弃残忍的计划,那是个错误,你们必须同邻村的人和解。和解!想想你们在干什么,你们在破坏真正的公平!不要再仇恨下去了,否则瘟疫、饥荒和疯病会降临你们的村庄!"

人们不明所以,面面相觑,窃窃私语,互相责备。他们不敢

第三部分　试　炼

正视鲁阿尔，只敢缩在一旁吐口水、骂人，绞着手沉思，不时抬头望天。最后，所有人都垂头丧气地离开了，走的时候眼珠乱转，嘴里还不停嘀咕。小丘上空荡荡的，只有铁匠站在原地不知所措，学徒们则在旁边浑身发抖。

"现在……怎么办？"铁匠很迷信，指着插满了武器的板车，惊恐地问。

"扔火里烧了吧。"鲁阿尔说得斩钉截铁，"铁匠，你好自为之，以后别再做这种事了！"

铁匠皱着眉，咽了口唾沫，粗壮的脖子抖得厉害。

骸骨在风中嘎吱作响，仿佛在试着向前拉车。

他大获全胜。没人给他戴花环，没人朝他扔鲜花，甚至连干粮都没人给他一块。可是他赢了。蜂房成排的村子里，寡妇永远不会知道这一天发生了什么，打鱼的孩子们会忘记这个旅人，长腿姑娘们也会长大。无所谓。他赢了。

铁匠铺的炉子里烈焰升腾。门窗"砰"的关上了，每道缝隙里都透出警惕、不友善的目光。他们注视着他。他要走了。他走到村外的田地里，才仰起头得意洋洋地笑了。

青草在太阳的炙烤下逐渐枯萎。他觉得自己比以往任何时候都轻松和自信。有人清晰地叫他"马兰"时，他几乎没有感到惊讶。

他环顾四周，一个人影都没看到。田野向四面舒展，小树林若隐若现，地里的麦穗轻轻摇晃。在他身体里的某个地方，有个声音在悄悄地、轻柔地发笑，边笑还边说："聪明，聪明，马兰！"

守门人

镀金马车在坑坑洼洼的地面上飞驰，六匹黑马轻快地奔跑，这一路上它们是真的辛苦。放在平时我会评论一句："这些马就像被下了咒一样。"然而这次不同，这些马真的被拉尔特下了咒，它们既不会摔倒，又不会生病。马车也一样，沉重的轮子在坑坑洼洼的地面跑了这么长时间，竟然完好无损！

可是拉尔特没有对我下咒，我又不是铁人，旅途耗尽了我最后的力气。会预言的女孩，会自燃的书，它们的存在简直雪上加霜。

搞砸了书的事，拉尔特情绪很沮丧，之前在女商人那儿受了气，也不想原谅我。我们之间的关系变得很糟糕，我不知道怎样才能弥补自己的过错。

一个星期过后，我们来到了希梅齐乌斯男爵的城堡。男爵客气而冷淡地接待了我们。他暗自认定所有魔法师都是寄生虫，就像帽子上的纽扣一样毫无用处，不过他嘴里说出来的话要柔和不少。

"呃……戴尼尔先生，能否请您屈尊给我和我的家人解释一下，什么是所谓的魔法天赋？"他在饭厅里举行第一场晚宴时问道。在场的有男爵本人，他面色苍白的妻子，火红头发的儿子，两个年幼的女儿，一个寄居在他家的老太太，还有我，我们都坐在一条长桌边。拉尔特站在我身后。

没等男爵结束自己的长篇大论，一只火鸡翅膀就从我的餐盘里飞了起来，绕桌一周，酱汁都滴到了老太太身上，最后冲进了我张开的嘴里。拉尔特似乎决定采取一切手段维护魔法师的声誉。

第三部分 试 炼

"啊!"男爵的女儿们齐声高叫,他的儿子哼了一声,妻子叹了口气,老太太掏出手帕擦拭被弄脏了的裙子。

"嗯,"男爵带着讥嘲的意味慢条斯理道,"抱歉,我的话可能不中听。之前看演出的时候,我不止一次看过魔术师从空帽子里面取出兔子,然而没人会,怎么说,会去尊崇一个魔术师,那么魔法师呢……"

他脖子上的丝绸蝴蝶结抽了一下,变成了一只长尾绿鹦鹉。它从男爵的衬衫上飞了下来,停在桌子中央的烛台上,唱起了甜美的小夜曲。女孩们再次惊叹,男爵夫人又叹了口气,男孩哈哈大笑,老太太呛得不停咳嗽。

"啊,多夫尼尔先生,"男爵苦恼地摇了摇头,"我认识一个捕鸟人,他把画眉和山雀关在笼子里,教它们唱歌,然后到集市上贩卖……"

男孩朝鹦鹉扔了一根骨头。鹦鹉化作一群蝴蝶朝窗户飞去。男爵注视着那群蝴蝶,犹豫地说:"我还是无法理解,德拉尼尔先生……"

"我叫达米尔。"我一脸阴沉地说。

晚饭后,我对拉尔特大发脾气。我说我完全不知道为什么要互换身份,我不想总是陷入可笑又荒唐的境地,我累了,我害怕,我受够了。说到激动处,我甚至开始脱衣解剑。拉尔特眯起眼睛,冷冷地看着我说:"想造反?"

他的问题让我清醒了一些,脱衣服的动作变得没那么坚决,最后停下了动作。我垂着头,把衣服的褶皱花边揉成一团。拉尔特坐在角落里,目不转睛地看着我,漠然的眼神中带着探究。

"主人,"我哀怨道,"主人,原谅我,让我和以前一样侍奉您吧！让我为您服务，别让我演戏了。我演不了魔法师。我真的做不到。您把我像马一样套到车上都行，求您了，别让我假扮您的主人了。求您了！"

他朝我伸出一只修长结实的手，突然握拳，我的衣领被死死抓住。我们之间的距离起码有十大步，他一把将我拉到面前，看着我的眼神冰冷又无情。

"我需要你成为一名魔法师。我需要所有人，哪怕是一只老鼠都对此深信不疑。我发誓，你会扮演这个角色直到最后。无论如何你都得给我演完这场戏！你要是敢掉链子……"

他松开手，我被弹到墙上，麻布衬衫上的一颗骨质纽扣掉了，在地板上跳个不停。

第二天早晨，男爵和我们一起，带着一帮猎人和猎狗去打猎。天气晴朗，气温舒适。马受过良好的训练，就连我这种一骑马就紧张的人都觉得可以接受。拉尔特紧紧跟在我之后，如果他盯着我的眼神没那么锐利和专注，我的感觉可能会更好。他昨天的威胁就像阴影一样笼罩着我："你要是敢掉链子！"

我在男爵的左手边骑行，他手里拿着锋利的长矛。猎人首领骑马走在他的右手边。他们告诉我，男爵的领地上到处都是适合狩猎的野兽。

男爵精神抖擞，大声谈论着和狩猎相关的所谓高雅习俗，谈论马、狗、烹饪、天气，偶尔再夹杂几句评论，说魔法在关键时刻发挥不了丝毫作用。

"这个，恕我直言，魔法师先生展示了各种各样的东西，蝴蝶、鹦鹉等等。如果魔法师先生现在正在处理一件属于男性的工作，比如说打猎，或者是战争？那么，例如，野猪或敌人的军队

第三部分 试 炼

跳出来攻击魔法师的时候，该怎么办呢？变鹦鹉能有用吗？还有，请原谅我说话难听，魔法师先生施法的时候，这野猪可不会坐以待毙，瞬间就会把魔法师先生——咔嚓！"

男爵用长矛刺向想象中的魔法师先生，哈哈大笑，对自己的玩笑十分满意。

我苦恼地等待着，希望拉尔特做些什么来维护魔法师受损的尊严，然而他什么也没做。我回头看了看，发现拉尔特从我身后消失了。

我并没有很沮丧。整个早晨他都离我那么近，我简直喘不过气，现在我终于能自由呼吸了，罩在头顶的黑气也逐渐消散。

我们沿着森林的边缘骑行，右边是荒无人烟的草地，地里的草和人一样高。左边则是成片的橡树，树龄古老，树干中空，飞鸟在树冠上恣意生活。猎狗们闻到了朝思暮想的气味，十分兴奋。猎人们松开了束缚住它们的皮带。

男爵情绪高涨。他在马背上微微起身，兴奋地冲我使眼色，不停揉搓双手，似乎他最喜欢的场面马上就要开始了。

猎狗们在前面某个地方拼命吠叫。男爵一踢马刺，连路都不看就欢呼着冲上前去。我落在后面。猎人们的背影在我面前晃来晃去，我拍了拍马背，担心被甩下后迷路。

不知道是怎么了，狗的吠叫声变成了嚎叫和尖啸，猎人们拉紧了缰绳，我没能控制好自己的马，从他们身边擦了过去，又来到了男爵身边。猎狗们紧紧贴在男爵的马腿边，后颈的毛根根竖立。男爵向前斜提着长矛，似乎在防御。我顺着他的视线看去，愣住了。

一棵茂盛的覆盆子。树下蜷曲着一条裹着鳞片的尾巴，那是某种奇异的怪兽，体格巨大，脊背上的骨刺和爪子都极其锋利。

143

它半张着满是獠牙的嘴,尖端分叉的鲜红舌头在嘴里舔了一圈。两只眼睛像油盏一样又圆又黄,放肆地打量着我们的队伍。

猎犬们,威武的猎犬们夹起了尾巴。猎人们纷纷后退。男爵哑着嗓子说:"哎呀,没想到会遇到这种怪物,没见过,哎呀!"

他转头看着我,目光中本来的温厚和善消失了。"这个,达米尔先生是吧,还是怎么称呼来着……我们这地方可从来没出现过这种东西,您来了,它也来了,您看!不知道是您把它招来的,还是它自己爬来的,总之您看着办!"说完想把手里的长矛塞给我。

"什么?"我的问话真诚而迷茫。

"什么什么?!"男爵在马背上跳了起来,"快给它身上戳个窟窿,这还用问!我可不希望它在我家旁边吃覆盆子!"

怪兽此时的确在大口吃果子,它的嘴朝前伸着,口水淅淅沥沥的,一舔就是一串。

"这是个食草动物,"我坚定地说,"我向您保证,男爵先生,它一点儿也不危险。"

仿佛是为了印证我的话,怪兽的尾巴猛烈一挥,折断了好多根树枝,地上出现了巨大的凹坑。猎狗四处逃窜,胆小的猎人们紧紧跟在它们后面。男爵的脸红得像熟透的番茄。"还在扭捏什么,魔法师先生!如果您不用魔力给它刺个对穿,我就不用魔力给您来上一下!"

他把长矛抵在我胸口。野兽又一次挥动尾巴击打地面,凹坑变得有之前的三倍大。

"当然,当然。"我带着歉意说道,双手移开矛尖,同时转头寻找拉尔特。主人不在,可我比以往任何时候都需要他。

男爵又把长矛塞给我,我只能伸手接过。这一幕刺激了那怪兽，它伸长脖子，背上的骨刺根根竖起，嘴里发出令人毛骨悚然的嘶嘶声，艳红的舌头不断抖动。我浑身一哆嗦。

"您离这里远一点，"我告诉男爵，"保持安全距离。我打伤它之后，发怒……"

"你别想逃！"男爵抢过话头。我的天，他猜到了我的想法。

怪兽离开了覆盆子，目光在我和男爵身上转来转去，我开始拖延时间。"但是，男爵先生，鉴于现在一切都还不确定……"

我们本来还要拉锯很久，结果怪兽替我们做了决定。它庞大的身躯动了动，姿态优雅地张开了翅膀，它竟然有翅膀！它抬起爪子朝我走了过来。我开始后退。

那一刻我的脑海里清晰地响起了拉尔特的声音："无论如何你都得给我演完这场戏！你要是敢掉链子"。如果不是他这一席话，十个男爵都阻止不了我逃跑。我汗流浃背，拿着长矛的双手抖得像筛糠。我的退路被截断了。

怪兽离我越来越近，我身下的马抖得像一片白杨树叶，马蹄却神奇地一动不动。

我举起长矛时就知道自己肯定刺不中它。怪兽长满獠牙的嘴里吐出一条分叉的舌头。舌头在空中扭动挥舞，似乎在挑衅。我决定了，如果要刺，那就刺这张嘴。

怪兽已经来到了我面前。我笨拙地挥动长矛，试图刺它的舌头。

奋力一击之后，我停下来等死。出乎我意料的是，怪兽竟然被吓得朝后一跳，眼神似乎还有些窘迫。我受到了鼓舞，催马上前，再度刺出长矛，想戳瞎一只又黄又圆的眼睛。

怪兽眨了眨眼，长满鳞片的尾巴拍击地面，再次后退。我的身后传来欢呼声。

怪兽往后退却，我开始步步进逼。我挥动着手里的武器，不停吆喝，既威胁它又给自己壮胆。事实证明，当英雄比每天砍柴还容易。

欢呼声越离越远，我沉迷于追击那个看似恐怖实际怯懦的敌人。该考虑得胜收手了。就在这时，怪兽飞了起来。在远处围观的众人一阵沉默之后，忽然害怕地尖叫起来。

野兽长着一双很小的蹼翼，飞得尽管吃力，却十分自信。分叉的红舌头像刀刃一样划过了我的脸。我用手捂住脸，扔下长矛。马高高腾起前蹄，把我从马鞍上甩了下来。

我躺在茂密的草丛里，颤抖着，扭动着，包裹着鳞片的肚腹悬在我头顶。腹部移开后，一张可怕的脸凑了过来，硕大的眼睛和长满獠牙的嘴吓得我一阵呻吟。我用手捂住了眼睛。

可怕的爪子先从我脸上扒下一只手，然后是另一只手。硕大的眼睛一动不动地盯着我，仿佛问了个重要的问题，正在等待答案。怪兽目光中的愤怒越来越明显。我忽然发现它是个高低眉。我用胳膊肘撑起身子，贪婪地寻找其他先前没有注意到的细节，这些细节让我想起了一张极其熟悉的脸，这两张脸之间存在着微妙的相似。最后，我松了一口气，倒在草丛中。"主……主人……"

刚才等死的时候我内心极度恐惧，现在心里一阵轻松，同时又感到委屈。我躺在草地上哭了起来。

怪兽朝后退去，在上空盘旋。之后它又悬停在我头顶，眼神看向扔在旁边的长矛。我捡起武器，哭着站好。怪兽飞得更高了些，嘴里发出震耳欲聋的嚎叫朝我冲过来。我满脸都是眼泪，机械地把长枪往胸前一放。怪兽飞到距离矛尖极近的地方，假装自己遭到致命一击，往旁边一弹，脊背上的骨刺和尾巴颤抖着，又往空中蹿了几次（故意表演得很夸张），发出了一声濒死的咆哮，飞走了。

其他人远远地围观了这一幕，爆发出胜利的欢呼。

男爵为此举办了一场庆祝活动，公开承认魔法是人间最伟大的财富，又大肆褒奖了我的勇气和魔力。这一切都结束之后，我终于和拉尔特单独待在了一起。

壁炉里燃起了火。我看着火出神，拉尔特在我背后走来走去。听着他的脚步声，我的手指不自觉地拂过脸上那道发烫的伤疤——分叉的舌头划破了我的脸。

"我们必须这么做。"拉尔特在黑暗中开口道。

我没应声。

"你表现得很好。"拉尔特提高了声调。

我盯着火一动不动。他走过来，在我身边就地坐下。

"听着，"他紧张地说，"这件事非常重要。世界正面临威胁。我现在几乎可以确定。你还记得奥尔文吗？'火焰，看着我的眼睛'？黄金护符生锈的时候，他是第一个明白发生了什么的人。我一直不相信。现在它已经站在门口了。就是那个该死的第三力量。它在找守门人。你知道守门人是谁吗？不是魔法师的魔法师。这人到底是谁？"

他忽然开始说悄悄话，我完全不懂他的用意。

"你想想看，这是什么意思，一个不是魔法师的魔法师？我认为……"

他跳了起来，又开始四处走动，边走还边紧张地搓手，不安地喃喃自语。我听到了一些片段。

"如果不是……当然了，他适合。但是，不对。一切都结束了,他出局了……出局了,被排除了,那就不用考虑他……行了!"他摇了摇头,就好像要把没用的想法从脑子里甩出去。接着他又走到我身边坐了下来。"不是魔法师的魔法师……现在,可能指的是你。"

我看向他的目光中充满了问号。

"也许,我是说,有一种可能……我怎么知道它是怎么选择守门人的?说不定,它对所有不是魔法师的魔法师都感兴趣呢?我尽我所能做了一些安排,让它对你产生兴趣,让它出现……我们在诱捕第三力量,没别的办法了。"

他深吸了一口气,看到我的表情后顿时火冒三丈,换了种语气继续道:"喂,不管是第三力量还是第四力量,你真的以为有什么东西能够伤害我的人吗?你的恐惧就是对我的羞辱!扮演好你的角色,这才是你的职责。现在你明白这有多重要了吗?"

就在这时,门外传来一阵急促而慌乱的敲门声。"魔法师先生!主人在找您!"

男爵被全家人围着,穿着皱巴巴的睡袍站在餐厅中央。他直愣愣地看着我们,眼里全是惊惧。"魔法师先生,这是怎么回事?"他面前的桌子上放着一堆黄金质地的餐具,表面全是褐色的锈斑。

整座城堡的人都被吓得发蒙。男爵夫人的婚戒生锈了,就连门口的金铃铛,匣子里的金首饰,甚至钱袋里的金币都长出了锈斑。墙上奢华的大挂毯也不断飘落细小的锈屑,因为制作时用了金线。

"预兆,"拉尔特翕动着没有血色的嘴唇轻声说,"这是预兆。"

第三部分 试 炼

他每天都要换地方过夜，否则就会觉得不舒服。路和他的关系变得十分亲近，它温暖他的脚底，和他开玩笑，绕来绕去逗他开心，保护着他。同路的人和他分享食物，他也和他们分享自己赚到的一切。他在很多村子和小地方短暂停留。只要背囊里还有食物，他就不会去叩响别人家的门，宁愿干脆走上一整夜，不知疲倦，无所畏惧。路在帮助他。

可是有一天，恰巧在日落时分，他的背囊里连一点面包屑都没剩下。前方不远处出现了一个村子。鲁阿尔想了又想，朝那边走了过去。

一群鸡在空荡荡的街上漫步，在地里翻找觅食，鲁阿尔经过它们时，它们咯咯叫着四散飞走了。一栋栋原木搭成的房子上，雕花窗板紧紧闭着。栅栏附近的长凳上空无一人，水井旁边也没有人影，可是绞盘上的铁链湿湿的，有一块地方的草倒伏着，不久前应该放过水桶。鲁阿尔环顾四周，某户人家的窗板响了一下。

他踌躇了一阵，想弄明白为什么会有如此古怪和难受的感觉。最后他想通了，是因为安静。这可是村里的街道，这么鸦雀无声是极为反常的。没有狗叫，没有牛叫，没有公鸡打鸣，也没有斧头劈砍的声音。只有风声，还有各家大门的嘎吱声，几乎和墓地一模一样。

他远远地徘徊着，不敢去敲门。紧闭的窗板后闪烁着警惕的目光，他徒劳地想捕捉哪怕一个人的视线。窗板的插销被匆忙插上后又是一片寂静。虽然很饿，但他还是想立即离开。

"喂，小伙子！"尽管招呼他的声音很小，鲁阿尔还是像躲避炮击一样微微蹲下了。上了年纪的农民把门拉开了一条缝,打量着他,冲他勾了勾手指:"这边,你谁家的啊?要干啥?"

"我是个旅人。"鲁阿尔也轻声回答道。

农民吐了口唾沫。"那你咋在街上到处晃悠呢?!过来,快点!"

他抓住鲁阿尔的衣袖,一把将他拽进自家院子,瞬间又将门关好。房门口站着个女人,神情紧张。"快进屋,进屋,加兰,把那小伙子也带过来。"直到鲁阿尔和农民都进了屋,关了门,她才平静下来。

鲁阿尔犹犹豫豫地朝四周看了看,除了领他进来的农民和惊慌的女人之外,门厅里还有两个长相肖似的青年人,一个面色黝黑的小姑娘羞怯怯地从房间里朝外张望,她大概只有十来岁。

"你是干什么的啊?"女人轻声问道。

"我是个旅人。"鲁阿尔说完微笑了一下。她没有回应他的笑容,只是专注地研究他的脸。

"他不是本地人,"男人轻声解释,"他什么都不知道。"

女人想了一会儿,点了点头,邀请客人进屋。鲁阿尔跟在女人身后,穿过狭窄的廊道,走进四周全是原木墙壁的宽大厨房。一只蟋蟀蜷缩在裂缝中,不慌不忙地、惬意地唱着小曲儿。农民、青年和女孩也跟了进来。

"你饿吗?"女人问道。她问完后也不等客人回答,对着女儿一点头。女孩灵巧地从灶上端下一口盛着粥的铁锅,又从架子上拿出用布裹起来的面包,冲着鲁阿尔甜甜一笑,把面包放在了桌上。"我们已经吃过晚饭了,"女人说,"你吃吧。"

鲁阿尔心中感激,一言不发地开始喝粥。他努力克制住一口把粥全部喝光的冲动。青年们粗重地呼吸着,在门口来回转悠,

第三部分 试 炼

女人坐在对面的长凳上,女孩睁大眼睛看着鲁阿尔吃东西。领鲁阿尔进门的男人显然是这家的男主人,他皱起眉,捻着下巴上稀疏的灰白胡须。蟋蟀沉默了大约一分钟,开口唱出了一串温柔悠长的花腔。

吃饱之后,鲁阿尔道了谢。他发现女人非常焦虑,青年们满面愁容,男人神情疲惫,小女孩的脸上则充满了好奇。他小心翼翼地问道:"各位,你们这儿是出了什么事吗?"

青年们的呼吸更加粗重了,他们的父母交换了下眼神。女人站起来对女儿说:"走吧,快去睡觉。"

女孩虽然好奇,还是听话地悄悄走了出去,朝蟋蟀的方向看了看,以示道别。

"你来说吧,加兰。"女人对丈夫说。

男人犹豫了一下,挠了挠下巴,开口道:"的确有事。我活了这么多年,这种情况还是第一次遇到。我们家倒是没受啥影响,运气还不错……"

"你不要乱说话。"女人截住了他的话头。

"好吧。"加兰叹了口气,继续道,"谁知道他现在还能想出什么新花样。他在到处求亲,有时每天晚上都来,有时几个星期见不到人影。每次来都换一家人骚扰。"

女人叹了口气,说:"他可能已经一百来岁了,我曾祖父在的时候他就在。那会儿他就在不断求亲……"

"求亲?"鲁阿尔反问道。

加兰点了点头。"每次都换一家人,给新娘的礼物……是一捆死蝰蛇。这礼物……"

"你们说的是谁啊?"鲁阿尔浑身一颤,问道。

男人和女人再次交换了下眼神。"一个魔法师。"门口的两个

151

青年说。

鲁阿尔转过身看向他们。说话的是小儿子,十六岁左右,个子不高,嘴唇很薄。"是个魔法师。特别可怕。太可怕了,这种人估计你以前听都没听说过!"

他哥哥伸手捅了捅他的腰。

"他住在山洞里,"隔了一会儿,女人说道,"他活了差不多一百年,说不定两百年了。我父亲过去提到他的时候,总说他性情温和、安静,如果有人需要,他甚至会出手相助。之后有二十来年谁都没见过他。他把自己关在了山洞里。"

"我们小时候经常去那个山洞。"大儿子紧张地说,他的体格看上去比弟弟更壮一些,"里面很安静,很安静,洞里有时会突然发出嘶嘶声,就像水溅到油锅里了一样。"

"后来他出来了,"女人继续说,"有个……好像有什么东西控制了他的身体。他一路走过,森林里一半的树都被他点着了……再往后就更糟糕啦!他会变成一架破旧的犁去犁街,不用马拉,那犁会自己动,把石头从地里翻出来,一边犁一边嘻嘻发笑。大家在街上遇到这架犁时都怕得要死。"

"再后来,他把自己种进了地里,长了一个星期,"加兰加入了谈话,颤抖着环顾四周,"像棵树一样。我们村有个广场,广场上的土地一阵震动,他的手钻了出来,然后是头……住在旁边的人房子都不要了,到处躲!"

"再然后,"女人又开始说话,"他把一头怪物放进了湖里,那是条树那么粗的水蛭,长着一对犄角,还有奶牛的乳房……从那以后,再也没人敢下湖捉鱼和洗澡了。"

"可不敢走近了!"大儿子呼出一口气。

"后来他在洞穴里施法,"女人轻声说,"现在就……"

"现在他又开始求亲了，"加兰接过话头，"谁家女儿要是年龄合适，谁家就要大祸临头，大家都很害怕。他会过来敲门。你敢不开门试试，他能直接扔来一团死蝰蛇。老天保佑，能躲多远躲多远。你运气好没撞见他。他可不管你是不是本地人。"

"谢谢，"鲁阿尔缓缓开口，"原来你们还救了我。"

大家都没说话。蟋蟀也在一旁低低地叫着，一副心不在焉的样子。

"女孩们都怎么样了？"鲁阿尔哑着嗓子问道。

"女孩们？"

"那些被他求过亲的。"

"暂时没什么。好像他还没决定选谁。他求完亲就走。那些女孩怕得越来越厉害。他说他会来接新娘回家，不过暂时还没带走任何人。"

"谢天谢地，我们家没有待嫁的女儿，"加兰的话里藏着庆幸，"我两个儿子多大岁数，你看见了吧？幸好加拉还小。我们还是运气好。"

"你不要乱说话。"他的妻子打断了他的话，毅然起身，"哎，我们聊了这么久也够了。睡觉吧！明天我去问邻居们，看他今天来没来。"

"可能不会来了。"小儿子强装自信。

"他已经三天没来了，说不定已经死了。"

"你闭嘴。"他的父亲惊恐地冲他喊了一句，喊完又轻声补充道，"据说他不会死。他之所以不死，是因为当他要死的时候，会有别人……啊，你明白吧，会有其他人去死，应该就是替了他。"

女人浑身一颤。

"大晚上的话这么多,走了,"她转向鲁阿尔,"走吧,我去给你和孩子们铺床。"

他们一起离开了厨房,兄弟俩立即顺着楼梯上楼去了,加兰去锁前门,嘎吱一声,女人打开了一个矮柜,拿出两张干净的床单。

她的丈夫突然压低了声音,紧张地叫她:"丽塔,丽塔,过来……"

女人浑身一哆嗦,险些把床单扔地上。"咋了?!"

"过来……"

女人快步去了门廊,鲁阿尔也跟着出去了。

加兰凑在门上的方形小窗边,握住门把的手攥紧又松开。"他拐到我们这条街来了。"他说话的时候竭力想保持平静。

女人一把推开他,看了一眼后一声惊呼:"老天爷,这是要去谁家?"

"去马尔特家了,好像……"加兰轻声说,"他家可是有两个成年的女儿呢。"

"啥,他要娶俩?"

"我能看看吗?"鲁阿尔在他们背后问道。

俩人一齐转身。女人往边上一站,让鲁阿尔靠近小窗。

一个疯癫可笑的人影在街中央缓慢移动,时而连蹦带跳,时而停住脚步。此人装束很是怪异:破旧不堪的奢华上衣,绑着蝴蝶结的红色皮靴,蓬松的花边衣领。小小的脑袋被包裹在衣领之中,戴着黑色的卷毛假发,长长的灰白头发从假发下面露了出来,皮肤上全是褶子,脑袋一会儿缩进层层叠叠的花边,一会儿又探出来朝外窥视。邪恶魔法师的嘴看着就像一个洞,一会儿吹口哨,一会儿又用纤细、甜美的声音唱着小曲,一会儿又孩子气地原地蹦跳几下。他右手拎着一团黑乎乎的东西。看清里面裹着好几个蛇头后,鲁阿尔浑身冷汗直冒。

"别看了,"加兰说,"他在马尔特家求完亲就会走。马尔特是我家邻居。"

"左边那家还是右边那家?"鲁阿尔轻声询问道。

"右边那家。"女人回答道。

鲁阿尔沉默了。他发现魔法师已经走过了右边的庭院,但他没吱声。

"他在干什么?"加兰紧张地问。

魔法师此时刚好走到他家围栏门口。

"他在干什么?"女人也问了句,把鲁阿尔从小窗边拉开。鲁阿尔咬着嘴唇。

"不。"女人高声说道。

围栏的门被敲响了。

"走了很久,逛了很久,顺着踪迹找到你们!"门外传来了一个颤悠悠的声音,"你们有货卖,我们有人买,健壮的小伙子做买卖!"

女人踉跄了一下。鲁阿尔怕她摔倒,伸手扶着她。

"别开门,"女人说,"他搞错了。"

围栏的门再次被敲响,敲门声很大,敲了三声。

"你们有一只金母鸡,我们有一只红公鸡!快开门,这家的主人,准备好接受女儿的命运!"

咚咚几声,两兄弟衣服都没穿好就跑下楼来,满脸惊恐。小儿子冲到母亲身边,像婴儿一样把脸埋进她怀里。

"别开门。"女人又重复了一遍。

小加拉穿着一件长长的睡衣从后面的房间里探出头来,两条胳膊裸露在外面,像个奶娃娃,她的脚上也什么都没穿。"怎么啦?"她轻声问道。

"回去,"她的父亲叫道,"到床上去,快点!"

围栏的门第三次被敲响。"你们有钱币,我们有钱包!你们有纽扣,我们有纽襻!快开门,这家的主人,速速准备好女儿的嫁妆!"

"他敲一会儿就会走,"加兰颤抖着声音说,"已经多少次这样了……天哪,她还是个孩子!"

"应该把门打开,"哥哥轻声道,"应该开门,不然他不会罢休。他要烧了我们家的房子,就像对洛日卡尔家那样!"

"马上,"加兰轻声说,"你们就待在这儿,我和他谈谈……"

他哆嗦着双手把房门的门闩拉开,微微开门,叫道:"我家没有待嫁的女儿!我女儿还没长到适合阁下的年纪!"

"啊呀呀!"围栏门口传来一个细弱苍老的声音,满是责备地唱道,"从一颗种子到一根嫩芽,从一颗鸟蛋到一只小鸟!我们走啊,我们看啊,我们的未婚妻已经找到啦!"

紧锁的门被猛地推开,仿佛来了一阵狂风。

鲁阿尔感受着自己的身体,感受着每一束痉挛的、毫无用武之地的肌肉。同魔法师对决,实力才是关键。他没有胜算。

"你们有手指,我们有戒指!"老人已经在院子里了。加兰死死抵住房门却无济于事。门被缓缓推开了。

"妈妈……"小儿子惊慌失措地嘟囔着。大儿子手足无措,不知道该做什么。他们的母亲重重靠在墙上,一动不动地站着。

老人站在门口,脸上涂着厚厚的胭脂,头发上全是发蜡,假发歪到了耳朵边。他的呼吸时长时短,周身散发出甜腻的气味。

"你们有宝石,我们有空托……"

加兰一步步朝后退去。老人连蹦带跳地跨过门槛。他伸出一只骨节粗大、戴满了戒指的手,对着女孩勾了勾手指。加拉穿着睡衣,像是被什么东西牵引着一样朝那人走了过去。加兰和儿子们像木头一样站在墙边。老人满足地笑了起来,他的笑声类似汩汩的水流声,听着发闷。笑了一阵,他哼哼着朝加拉俯下身,拍了拍她的脸颊。"你们有货卖,我们有……"他忽然一把抱起少女,将她扛到肩上,没有扔下手里那团死蛇。

"妈妈!"加拉压着嗓子喊道。

老人转过身,心不在焉地抚摸着女孩的后背,离开了。母亲一言不发,想冲过去,丈夫和儿子们紧紧抱住了她。

鲁阿尔站在墙边,此时的他十分无力,起不到任何作用。

小儿子在角落里哭泣。他哭了一整夜,难过得无以复加,歇一会儿又哭一会儿,眼泪都流干了。哭声中的绝望和悲伤太过浓郁,鲁阿尔再也听不下去了。

大儿子上楼回房后没有发出一丁点儿声音。

加兰背着手在屋里走来走去,有时他试图和鲁阿尔说话,可说出来的话前言不搭后语。鲁阿尔一直盯着地面。加兰的妻子丽塔坐在一张空桌子旁边,直视前方,完全不去理会蟋蟀悠长、温柔、波澜不惊的歌声。

蜡烛燃尽了,朝阳的光辉透过窗板的缝隙丝丝缕缕地钻了进来。

"懦夫。"女人说道。一整夜过去了,她就说了这么一个词。

加兰浑身一哆嗦,手掌小心翼翼地抚上她的肩膀。"睡一会儿吧,丽塔……你得去睡一会儿……"

她甩开他的手,费力地站了起来,红肿的双眼看向正在角落里抽泣的儿子、双手颤抖的丈夫和靠在墙边的鲁阿尔。"你们把她交出去了。"她说话的时候面无表情,声音硬邦邦的,就像是在敲木头,"你们把她交出去了。"

听到她的话,鲁阿尔浑身都起了鸡皮疙瘩。

小儿子又号啕起来。一晚过后,加兰的胡子变得更白了,他痛苦地撇着嘴。"这……他简直和死神一样,哎,怎么能不开门呢?死神的意愿怎么能违背?这……你忍忍吧,丽塔,忍一忍。"

妻子看了他一眼,目光沉重而呆滞。"交出去了。"她又说了一遍,"你们合伙把她交出去了。"

加兰咕咚一声跪在她面前。"不能不交啊,不能……不交……没人能和他抢,没有人。你想想啊,他会做什么?他会把我们……"

"加拉。"女人缓慢地说了一句。

加兰也痛哭出声,鲁阿尔不想再听也不想再看,走出门去。

外面阳光明媚,好事的人在围栏门口晃来晃去,神色悲伤地互相点头致意、窃窃私语。看到出现在门廊边的鲁阿尔,他们扑过去围住他,差点压断他的腿。

"带走了吗?带走了是吧?有蛇吗?"

"竟然是加拉,太可怕了……"

"她才多大啊?十岁?十一岁?"

"这是要丽塔的命,真的……"

"小伙子,你亲眼看见了?"

"小伙子,来,咱们吃点东西,说说吧,你给讲讲都是咋回事。"

"是不是,他是不是不会动我家姑娘了?哎呀!"

他们扯住他的袖子,盯着他的眼睛不断提问,激动地低声叫嚷，不时回头看几眼加兰家的房子，整栋房子都浸透着悲伤，窗板紧紧关闭。鲁阿尔把搭在自己身上的手甩开，从人群中退了出去，回到昏暗的前厅。恍惚间他又看到了加拉，女孩和初次见面时一样，害羞地扒在门框边偷看。

丽塔还是和之前一样，坐得笔直，枯涩的双眼盯着对面的墙壁，嘴里机械地重复着："交出去了。你们交出去的。你们把她交出去了。"

看见鲁阿尔，加兰仿佛看到了救星，朝他冲了过来。"她疯了。"他惊恐地说，说话时他自己也像个疯子。

蟋蟀不合时宜地尖叫起来。

女人浑身一颤，木偶似的缓缓转过脸，看着鲁阿尔。鲁阿尔感觉自己被人扇了一巴掌。

"你们把她交出去了！"女人说，"她回不来了。"

"是，她回不来了，丽塔！"加兰在鲁阿尔身后哽咽着说，"我不是魔法师，我们这儿没有魔法师，她回不来了，忍忍吧，你会习惯的……"

女人缓缓转过头，加兰边哭边说："我又不是魔法师，谁也没法带她回来，没人有这能耐。我不是魔法师，我的天啊！为什么？我做不到，我不是魔法师……"

"我是魔法师。"鲁阿尔说。

刹那间鸦雀无声。女人早已麻木的脸猛然动容。加兰的呼吸突然急促起来。"小伙子，你是……疯了吗？谁是魔法师？"

"我。"鲁阿尔说。

他恨自己，诅咒自己。他请求上天垂怜，希望能有个魔法师过来结果了他，只是别再让他变成鞋架，别再让他遭受新的折磨。

他在村子里走着，边走边在心里骂自己。他的身边围着很多人，大家都默然不语。每隔一会儿就会有个人大声说："不能放他过去！所有人都会出事！"可是加兰和丽塔走在最前面，没有人敢挡路。

众人的脚步慢了下来，加兰落在了后面，丽塔将通往魔法师老巢的路告诉了鲁阿尔。他独自一人沿着长满荨麻的崎岖山路向前进发。

这是条人迹罕至的小路，在洞口处断掉了，更形象一点说，是洞穴大张着没有牙齿的嘴将它吞噬了。鲁阿尔站了一会儿，咒骂自己是个没脑子的怪胎，然后迈步朝洞里走去。

他毫无成算，不知道怎么才能解决问题。刚进洞他就看见了一扇坚固沉重的门，门上有个铁把手。他把耳朵贴在门上，听到了低低的金属碰撞声，仿佛女主人正用木勺在铜锅里翻搅。这声音令人毛骨悚然。

鲁阿尔痛苦地想，如果他是魔法师，他会怎么做？他现在会做什么？

有那么一瞬间，他看到一只巨大的装甲爬虫把魔法师家的门从合叶上拆掉，冲进去将老人按在地板上，加拉得救了……不，女孩会害怕的。当然，前提是她还活着。

鲁阿尔屏住呼吸，尝试着推了一下门。门竟然一推就开了，不费吹灰之力。鲁阿尔舔了舔干裂的嘴唇，就像捂着护身符一样紧紧捏着怀里的黄金蜥蜴，朝门里走去。

魔法师的居所里面有光，是一种微弱的、不自然的、朦胧的光。一个长方形的框里布满了蛛网，黑漆漆的，破烂的织物碎片从天花板上垂落。脚下嘎吱作响，就好像地板上洒满了核桃壳。

诡异的金属碰撞声时远时近，飘忽不定。鲁阿尔停住脚步，绝望地等待自己被发现，他鲁莽冲动的行为即将招致应有的惩罚。然而什么也没发生，沉闷的叮当声不时响起，悬挂在天花板上的破布剧烈摇晃，洞穴深处的某个地方闪烁着暗淡的光芒。

鲁阿尔觉得可能没人发现自己进来，女孩获救的希望多了一分。他屏住呼吸，朝着有光的地方走去。

他穿过了好几个房间。这些房间都很大，光线昏暗，里面全是蜘蛛网。他从没想过人类居住的地方会有这么多长满苔藓的石堆和根系深深扎进地里的老树桩，到处乱摆着靠背椅、天鹅绒面的扶手椅、五斗橱，还有几个梳妆台，上面放着大堆的空胭脂罐，本该是镜子的地方嵌着黑色的大理石板。

他脚步不停，洞穴里的空间大得难以想象。走廊和房间混乱交错，魔法师将小加拉囚禁在深处的某个地方。她穿着睡衣，光着脚，裸露着双臂。活脱脱一出女孩与野兽。

这个念头催促着鲁阿尔，他加快了脚步，几乎跑了起来，在成山的家具和成堆的石头之间不停穿梭。他甚至鼓起勇气低声呼喊："加拉！加拉！"

他发现传出金属敲击声的地方，似乎有个细弱、苍老的声音在唱歌。沉闷的金属声又响了起来。"咚咚……咚咚……"。愈发清晰。鲁阿尔似乎正在靠近声音的来源。

"小鸟儿！"老人颤悠悠的声音再次响起，"小乖鸟儿！"

"咚咚、咚咚……"

鲁阿尔蹲了下来。

"小鸟儿……啁啾！啁啾！"

鲁阿尔悄悄跑过去，躲在一扇爬满紫色植物的门后面。

魔法师在这里。首先映入眼帘的是他的细腿，接着是绑了蝴蝶结的皮靴，凌乱的前襟，衣服上褪色的金饰带，巨大的花边衣领……衣领几乎完全盖住了他戴着卷毛假发的头。

老人左手拿着只铜铃在绕圈。鲁阿尔非常吃惊，因为魔法师握住了铃舌。他左手摇晃着，拳头敲击在巨大的铃碗上，发出了沉闷的金属声。"咚咚……咚咚……"

鲁阿尔琢磨了一会儿，想知道这人到底在施什么魔法，最后决定继续观察。他看到了加拉。

天花板上用四根铁链挂着个铁箍，一个球形的大玻璃缸被固定在铁箍上，缸里装了三分之一的水，水草轻轻晃动。水面上有一根木杆，摇摇晃晃的，像是用来给鸟站立的栖木，加拉坐在上面，双手紧紧抓着杆子，满脸泪痕。

"小鸟儿，"老人一手摇着铃铛，语声轻柔，"吃啊。"另一只手往地上撒着稻谷，地板上已经堆了厚厚一层，脚踩上去脆响不断，"吃吧……"

鲁阿尔浑身紧绷地坐着，不知所措，也不敢动弹。

老人停下了脚步，攥着铃铛的手抖了抖，另一只手向前伸去，似乎在把小姑娘指给什么人看。

"妈妈！"加拉大叫。

鲁阿尔咬紧了牙关。

"啾啾！"魔法师突然开始以一种奇怪的节奏吟唱不明的咒语。鲁阿尔听了半天，想弄清楚老头在干什么，发现自己只是在浪费时间。伸向女孩的那只骨节粗大的手开始长出黑褐色的羽毛。层层羽毛中出现了一张红色的钩状鸟喙，加拉吓得尖叫起来，老人惊讶地挑起眉，不满地看着自己的手。鸟喙不见了，羽毛不情不愿地朝地面飘去，在半空中变成了褪色的干雏菊。

"小鸟儿……"魔法师拉长了声调，悲伤又恼怒。拿着铃铛的手摇摇晃晃地垂了下去，鲁阿尔靠在门框上，发现他的手因为握拳敲击铃碗正在渗血。

老人也发现自己流血了，他伤心地摇了摇头，用力将铜铃倒转过来，露出了铃舌。铃舌在铃碗上滑动，发出轻响。

"小鸟儿温柔把歌唱，"魔法师满意地说，"呼唤朋友来做客……啾啾！啾啾！"

他松开手，铃铛砰的一声摔到地上，化成一个油腻腻的水坑。"春天到了。"老人心不在焉地喃喃自语，从袖子里抖出一条小木船，喘着气把它放到水坑里。尽管坑里的水只到膝盖，小船摇晃了几下之后还是翻了，沉到了坑底，消失不见。

老人又摇了摇头，冲加拉晃了晃手指。女孩在木杆上抖个不停，咬着嘴唇呜咽着。魔法师又向她伸出手。鲁阿尔全身绷紧，倾身向前。

"小屋里有只斑鸠，"老人唱道，"坐在一根稻草上……"接着他又开始飞速念咒，鲁阿尔只能听懂个别的词。

老人一会儿吊着嗓子高声吟唱，一会儿又几乎是在耳语。含糊不清的絮语中夹杂着毫无意义的咒语片段，鲁阿尔越听越费解，同时又感觉自己正在接近真相。

老人的咒语终于产生了效果。从小船沉没的水坑里伸出了一只红色的鸟爪。只有一只爪子，没有身体。爪子笨拙地弹跳着，开始扒拉老人撒在地上的稻谷，就像是一只鸡在刨食。老人看见爪子后失望地沉默了。他虚弱地拍了拍手，爪子惊恐地蹲下，猛地一抽，变成了一把木纽扣，散落一地。

鲁阿尔暂时还不清楚老人想对这个女孩做什么。不过有一点可以确定，眼前的一切看上去不可思议，可老人应该没有能力实现自己的想法了。

鲁阿尔躲在门后无所事事，老人又开始新一轮的尝试。这次他瞎念的咒语让整个房间的地面上铺满了又大又硬的鳞片。

"小鱼儿，"老人嘟囔道，"池塘里有一条小鱼儿，花园里有一只小鸟儿。我就要十八啦！我要去求亲啦！"他忽然微微一笑，派头十足。

鲁阿尔捂住头。他一直有种模糊的感觉，就在刚才，这种感觉变得非常清晰，给了他充分的自信。鲁阿尔揉了揉额头，一遍又一遍在心里验证自己的结论，认真观察老人的神态。

变成犁去犁街……像树一样从地里长出来……把一只长着牛乳房的巨大水蛭放进湖里……带死蛇去求亲，装着栖木的水族箱……羽毛、鳞片，说话前言不搭后语。他那些话听着像是在讽刺挖苦，可实际上……

显然，魔法师早就疯了。

有些东西看似恐怖，实际上只是他衰老的表现。这个可怜人失去了神志，他的魔力就像盲人手里的书一样毫无用处。

鲁阿尔对自己的发现感到震惊，现在他必须决定接下来的行动了。从门后面走出去？要不还是和疯子聊一聊？怎么聊，聊什么？加拉还在玻璃水族箱里发抖。她不知道折磨她的人看着可怕，实际可怜。她一直哭个不停……谁知道老人接下来的胡言乱语会造成什么效果？看来还是得偷偷过去用石头给他一下，反正脚底下全是石头。要么打晕要么弄死，一劳永逸地解决全村人恐惧的根源。

鲁阿尔深吸了一口气，数到十，轻轻吹起口哨，开始模仿鸟儿的歌声。魔法师浑身一颤，转过身来。鲁阿尔这时才发现那双半瞎的眼睛里全是泪水，老人的嘴唇无助地吧嗒着，骨节粗大的双手一直在颤抖，眼神充满了茫然和不解，却没有恶意。

第三部分 试 炼

鲁阿尔朝他走了一步，蹲下身，张开双臂往上一跳，开口唱道："我在树上筑巢，我喂虫给宝宝。"

魔法师把头缩在花边领子里，犹犹豫豫地原地踱步。鲁阿尔瞥了加拉一眼，发现她惊呆了，在栖木上一动不动。

鲁阿尔又跳了一下，双臂像翅膀一样拍打着，歌声更大，也更坚决了。"小鸟儿关在笼里会无聊，它会想念自己的巢。啾啾！啾啾！"唱完还神秘兮兮地冲老人勾了勾手指。

魔法师不确定鲁阿尔是什么，他来了兴致，忘记了女孩的存在，将目光投向了陌生人，小心翼翼地走过去，伸出颤抖的手，想要碰触鲁阿尔的脸。

鲁阿尔向后一闪，蹲下身子，捡起几颗老人施法失败制造出的木纽扣，把其中一颗朝上抛去。"啾啾！"

纽扣"咔哒"一声落在了布满鳞片的地板上。老人挑起浓密的眉毛。鲁阿尔扔了第二颗纽扣。在老人的注视下，它化作一根黑色的鸟羽，飘了很久才落地。

加拉屏住呼吸，看着这诡异的场景。

鲁阿尔又抛出了第三颗纽扣。

纽扣画出一道弧线，突然一动不动地悬停在半空。魔法师咕哝出一句咒语。纽扣叽叽一叫，挥动着短小的翅膀飞走了。老人惊讶于自己的好运，侧头看了鲁阿尔一眼，耸耸肩，摘下了卷曲的假发，被领子裹住的头看起来就像白色餐盘中心的一粒深色豌豆。

"啾啾。"老人嘶哑地叫着，把假发朝上一扔。

假发变成了一只体形巨大的乌鸦，老态龙钟、毛色暗淡。乌鸦重重落到地上，无精打采地看了老人一眼，拍打着翅膀，低低地飞离地面，路线曲折地飞出房间，消失在迷宫般的走廊深处。

老人满意地笑了笑，明显已经忘记了鲁阿尔和加拉的存在，一瘸一拐地跟在老乌鸦后面离开了。

女孩在栖木上抽泣。鲁阿尔看着老人的背影，心里一阵难过。

所有人都看到了这个不知从哪儿冒出来的外乡人，他领着昨天被魔法师拐走的女孩从山洞里走了出来。每个人都听加拉讲了事情的经过。尽管她的话颠三倒四、缺乏逻辑，可村里人都知道，一位力量强大的魔法师到加兰和丽塔家做客了。

桌上全是好酒好菜，大家都想摸摸他，他们在他面前说个不停，看着他的眼睛，冲他露出讨好的微笑，敬他酒，吻他的手。他感觉命运以一种难以言喻的方式让他回到了过去。当他在全村最好的绒毛褥子上昏昏欲睡时，突然想起了老人那双流着泪的、迷茫的眼睛，瘦削的肩膀，还有他花边领子上颤抖的脑袋。尖锐的刺痛贯穿了他，让他喘不过气来，这种感觉以前从未有过。他怎么了，他是在可怜疯了的魔法师吗？

他深吸了口气，翻了个身，脑子里似乎传来了一声嘲弄的轻笑。老天，又来了。他自己也像个疯子。

我们离开了男爵的城堡，几天之后来到了草原。

我这是第一次来草原，大片大片的土地上全是被晒干的草，摸上去硬硬的，很难说清楚是什么感觉。草原上几乎看不到人烟，所以我们经常在火堆边露天过夜。

我是个诱饵。一个星期以来，我都在痛苦地适应自己的角色。后来我平静了，甚至感到些许解脱。不管怎么说，什么都不知道才是最糟糕的。尽管我还是害怕,可我与拉尔特的关系变好了很多,这就够了,值了。

白天我们轮流驾车,晚上生火吃饭,吃完饭我们就开始聊天。大家都心照不宣,只字不提第三力量。我激动地回忆我的童年,拉尔特讲了很多有趣又骇人的魔法故事,主角总是同一个人。尽管拉尔特给他起了各种不同的名字,我还是很快就猜到了他说的是谁,他们以前关系应该不错。拉尔特提起他时,眼神会变得耐人寻味。

"每个人的脑子里都经常会产生愚蠢的愿望。不知道为什么,我在夏天会想念冬天,想念满庭院的雪……那又如何呢?一个朋友发现岸边有座火山,于是开始催动火山喷发。我说你别那么惊讶,你知道他和我说了什么吗?'我想变成熔岩。变成熔岩,体会一下那种感觉。'"

拉尔特看着火,火光倒映在他的眼中。有一瞬间我感觉他眼中的火光有些异样,似乎混着泪光。

"你知道,魔法师在施展变形术时都有风险。新的形态越强大,变不回去的可能性就越大。魔法师并非全能,每次施法都必须严肃认真。即使是最强大的魔法师都有可能为此付出生命的代价。所以我和他说:'你别乱来。你为什么要去碰火山?'你知道他怎么回答我的吗?'我想体验这是什么感觉。'"

他沉默了。我的视线穿过篝火,忽然看到了一片森林,一栋房子,一个人,这人似乎坐在一艘船上。

"他变成了熔岩吗?"我悄声问道。

拉尔特点头。"他做什么都随心所欲。他爬进火山口,变成熔岩后沿着山壁一路蔓延,灼烧沿途的草木。我像个傻子一样站在旁边看着。后来他恢复了人形。你知道他说了什么吗?"

他又沉默了,我不得不提问:"他说了什么啊?"

拉尔特把目光从火堆上收回来,看着我,说:"他说:'没什么特别的。'说完他就到港口边的小酒馆喝酒去了,还就着火把的光裸泳,旁边的姑娘们一阵尖叫,他把她们的头发都变成了水流,每个姑娘的头上都顶着个喷泉。我说我们回家吧。他说:'别管我。'这世界上竟然有人敢对我说'别管我'!"

火势渐小,我朝里面扔了根树枝。拉尔特既不看我也不看火,整个人都沉浸在过去,回忆他那个无法无天的朋友。

"啊,现在该你说了。"拉尔特停顿了一会儿说道。

我耸了耸肩。"说什么啊?"

"想说什么说什么。"

"唔,我有一个表弟。小时候,全家人坐在桌边,晚餐是熏鱼。您知道,有种很小的鱼,味道很不错。他专在盘子里挑没有头的鱼吃,谁都没注意到这一点。"说到这儿我沉默了。

"为什么他要这么干?"拉尔特问。

"这样自己的盘子里就不会有鱼头啊。妈妈通过数鱼头的数量来看谁吃了多少。看到他的盘子里没有鱼头,就会再给他添几条。"

又是一阵沉默。

"你们为什么不把鱼头也吃了?"拉尔特问。

"啊哈!"我开心地拉长了声调,"因为熏鱼的头是苦的呀!"

马在黑暗中打着响鼻。篝火灭了。

几天后,我们眼前隐约出现了群山,又过了三天,我们来到了山边。山脚下有个古老的村庄,面积很大。拉尔特告诉我,一个魔力高强但是岁数很大的魔法师住在这里。拉尔特希望老人比我们更了解第三力量。

村里没有旅馆，这也难怪，因为我们是半年中到来的第一批客人。村里人热情地欢迎了我们。村长很有钱，家里有三栋楼，他慷慨地把其中一栋拿出来让我们借住。

房子在村边上，山脚下，周围风景如画。拉尔特仍然以仆人的身份负责安排入住、清洗马车和喂养马匹，而我则站在门口凝望群山。山上巨大的断层让我想起了童话故事里才有的野兽，还有千层蛋糕。有些地方生长着细弱的小树，它们的勇气令人惊叹。

我将视线转移到一座较小的山上，山脚下有条路。山坡很是陡峭，沙石从高处的某个地方滚落，像水流一样。我脑子里本来都开始幻想地裂山崩的大场面了，结果我一抬头，发现那些沙子和石头是一个人踢出来的。那人正沿着小路从容不迫地下山。坡太陡了，我简直无法相信上面有路。我往高处看了看，看见了一栋房子，真是一栋房子，像鸟窝一样嵌在山壁。当我终于不再惊讶地观察那栋房子时，下山的人已经走到了平地。

那是一个男孩，十三岁左右，身材瘦小。他穿着严重褪色的黑衣服，胳膊下面夹着一个空篮子。他走得不快，可每一步都很轻松。他面容憔悴，神情既阴郁又疲惫。我来了兴趣。当他目不斜视地从我身边经过时，我上前一步，拍了拍他的肩膀。"你怎么连招呼都不打？"

他猛地抬头看着我，沉默了一会儿，缓缓问道："你是谁啊，为什么要和你打招呼？"

"我？"我舒展双肩，"我是伟大的魔法师达米尔！"

他不解地看着我。这个受到了惊吓的乡下男孩显然不知道魔法师是什么人。

"魔法师！"我好言好语地解释道，"我能制造奇迹！"

"就你？"他反问的时候表情很古怪。

"和魔法师们说话的时候要说'您'。"我叹了口气说。

他突然皱起眉道："蠢货，你就是个白痴。"他的眉毛诡异地动了动，一丛深绿色的刺草突然戳到了我面前。

我瞬间扑倒在地，鼻子径直戳进土里。最奇怪的是，我根本不知道自己怎么就这样了。我头晕目眩，艰难地爬起来，发现男孩正平静地走在去村子的路上。

我一直盯着男孩的背影发呆，拉尔特一脸忧虑地从房里走了出来。和他一起的还有个面色红润的老人。老人慢吞吞地指了指悬崖上的房子，语气意味深长地说："那儿就是他的住处。是个好人，乐于助人。可惜了……"

"事情不妙。"拉尔特告诉我，"老人家死了。"

"死了，死了。"老人热心地再次确认，"他似乎是一位高贵的魔法师。"然后不确定地看了我一眼，"和您……"

我抬起头，看了看那栋屋子。

"怎么，现在那儿没人住了？"拉尔特问。

"怎么会，有人。一个小男孩，他的学生。"

我浑身一抽。

爬山太可怕了，太难受了。拉尔特走在前面，他的脚底不断腾起沙尘，道路十分陡峭，细小的白灰弄得我鼻子里痒痒的，手指在光滑的石头上怎么摸都找不到支撑。奇怪，那个男孩是怎么每天都在这里走来走去的。

"喂，快点儿！"拉尔特催促道。

我低头看了一眼，大叫一声僵在那里，以一种可笑又扭曲的姿势趴在山崖上。拉尔特伸出手,像钳子一样抓住我的手腕,拖着我掠过路上高高低低的石头,来到了一个平坦的台地。感受到坚实的土地,我终于鼓起勇气爬了起来。

我们站在一块圆形的狭窄台地上,从这里可以看到山脚和散落其间的房屋,这片景致令人印象深刻。房子、街道、庭院,一切尽收眼底,如果老魔法师有望远镜,他可以像做蝴蝶标本一样收集这里的秘密,再编订成册陈列起来。

台地的另一边有一栋房子,虽然不大,却很坚固。周围是个小院,院里还有个小花园,花园里种着些绿色的植物。房门上钉着一只铁制的鸟翼。

小院的栅栏没有门,我们没和主人打招呼就直接走了进去。当然也没招呼可打,因为男孩提着个空篮子去村里了。

小院里干干净净的,几根木柴堆放在角落,一棵小树在旁边的坚硬土地里挣扎,有人刚给它浇过水。没别的东西了。花园里还种着三株雏菊,正开着花呢。

"有意思。"拉尔特在我背后说,"你看。"

我走到他身边,看向他指的地方。墙角边似乎有一座墓。洞口被一块方形大石死死封住,石头上刻着的图案应该也是只鸟翼。

"愿你安息。"拉尔特对着坟墓说,"你应该记得我,奥尔兰。我是拉尔特。我来找你了,可惜来得太晚。"

风拂过石头,沙沙作响。拉尔特走了过去。

"我们进去看看。"他叹了口气说。

我鼓起勇气,跟在他身后穿过黑洞洞的门口。走过那扇铁翅膀时,我不由自主地弯了弯腰。

老魔法师的房子里光线很暗,窗户上盖着厚重的帘布。每个房间都静悄悄的,十分压抑,衬得我们的脚步声震耳欲聋。客厅里放着很多藏书,厚重的书册闪着金光,仿佛在等待主人归来。和拉尔特家一样,这家的桌上也摆着个玻璃地球仪,空心的,里面可以点蜡烛。地球仪的表面全是灰,我的影子照在上面简直让人分辨不出来。家具很普通,和寻常农家用的没什么区别,只是罩着微微发光的黑色锦缎,所有房间里的家具都这样,只有一个小房间例外。那个房间里放着张木床和一张粗糙的桌子。整栋房子好像穿了丧服似的,骄傲又矜持。

有个房间应该是老魔法师的工作间。拉尔特掀开了窗户上的厚帘布,夕照穿过缝隙,他借着阳光开始研究那张巨大书桌上摆放的东西。屋子里的空气十分浊重。这种阴暗又安静的环境让我喘不过气,我朝门口走去,在门边又撞见了那个男孩。

他把篮子抱在胸前,里面装着面包和一块用湿布裹着的奶酪。看见我之后他脸色一变,后退了一步,透过牙缝嘶声说:"又是你,行吧。"

我喊了一声,拉尔特瞬间出现在我身后,我从男孩的眼睛里看到了他的影子。男孩正准备收拾我,却突然后退,缩起身子,举着手,神色充满戒备。

"一边儿去,达米尔。"拉尔特在我身后说道,用手推开我,径直走向男孩。男孩被门槛绊了一跤,退到院子里。拉尔特站在了门口的鸟翼下。

"这是我家。"男孩嘶哑着说,"里面的东西都是我的,这里还有我老师的墓。你们想干什么?"

"把手放下。"拉尔特的声音冷冰冰的。

"你们要干什么?"男孩喊了一声,颤抖的手举得更高了。

"把手放下,这是在强者面前表示屈服的方式。难道你老师没有教你法则和礼仪吗?"

"你们擅自闯进我家,还和我说法则?"男孩像小兽一样全身紧绷,随时准备一蹦而起。

"我数到三。"拉尔特的声音没有丝毫起伏,"和我对决你没有胜算。一。"

我从拉尔特的背后观察这一切,尽管男孩对我态度恶劣,可我还是很同情他。男孩又向后退了一步,丢下篮子,用尽全力想要控制自己的情绪,让举起来的手不再颤抖。

"二。"拉尔特说,"你再想想。你的老师肯定和你提过这种情况。二点五。"

高高举起的脏手颤抖了一下,不再紧绷,慢慢放下了。

"很好。"拉尔特点点头,没有任何过渡,直接弯腰捡起篮子、面包和奶酪,"我们进屋吧。"

男孩一动不动,情绪低落,垂头丧气。拉尔特抓住他的肩膀,将他推到房里。

暮色降临。壁炉里全是灰,没有丝毫温度,我在里面生了火,这样老魔法师的工作间看着有了点儿人气。拉尔特翘起腿坐在扶手椅上,对面还有一把这样的椅子,他让男孩坐了过去。我找了个凳子坐在壁炉旁边。

"来,看看你干了什么。"拉尔特低声说,"一个陌生的魔法师,一个力量远超你的人,他没有对你发动攻击。你又在干什么?你把手举起来准备念咒,意思是'我准备好和你对决了,我能打败你'。是这样吗?"

"是。"男孩答话的声音小得几乎听不见。

"如果不是我,换个人遇到这种情况,他会怎么做?他会动手，狠狠修理你一顿，不明所以地耸耸肩，然后离开。对不对？"

男孩没吭气。

"我不是在责备你。"拉尔特叹了口气说，"我认识你的老师。奥尔兰是个机敏又聪明的魔法师，他肯定教过你这些。你刚才的行为有可能让你没命。"

"他说过。"男孩悄声说。

"你呢？忘记了？"

"没……我看见了这个人，"男孩对我一点头，"看到他在我家里……就很生气。然后又看见了您……被吓到了。"

"你想过没有，为什么你会被吓到？"

"也不是……我就是没控制住自己，因为我想变得更强。"

拉尔特吹了声口哨。

"啊！这个……在你这个年纪就想变得更强的人，我只认识一个。第一呢，他的确比别人强；第二嘛，他从来没有失去对自己的掌控。不过，最后他还是把一切都搞砸了。"

拉尔特沉默了，很久都没再开口。男孩弯着腰坐着，手指顺着袖子上的线缝划来划去。壁炉里的火光让两个人的影子活了过来，在黑暗的墙上翩翩起舞。

"说正事吧。"拉尔特像是回过了神，"我叫拉尔特·列吉阿尔。"

男孩的身子一抖，吃惊地盯着他，然后回忆起了什么，嘟囔道："我叫卢阿扬，或者可以直接叫我卢，如果您觉得不好发音的话。"

"我还好。"拉尔特打断了他。

孩子低下了头。"对不起……"

"是这样的，卢阿扬，"拉尔特严肃地说，"我正在做一件我认为非常重要的事,所以我们才不请自来,尽管这种行为并不体面。我向你道歉。你接受吗?"

男孩想了想,觉得拉尔特不是在挖苦他,点了点头,又把头垂了下去。

拉尔特继续道:"我本想和你老师见面,但是没见到他。可能以后还有机会。现在我不得不把希望放在你身上了。你明白吗?"

男孩的头动了动,还是垂着。

"你跟着他多久了?"拉尔特问道。

"三年。还差一天就满三年了,就在……"卢阿扬把头垂得更低了。

"我明白。"拉尔特轻声道,"这一切都是怎么发生的,卢阿扬?"

男孩开始抽泣。就凭第一印象,我觉得他怎么也不是个会哭的人。估计拉尔特一开始也想对他温柔点儿,毕竟主人对已经去世的老人十分尊敬,老人离世他也很难过。

"奥尔兰是个伟大的魔法师。"拉尔特沉思着说,"他对权势从来不感兴趣,一直在追寻真理。这是件崇高但吃力不讨好的事儿。他很讨厌'领主和封臣'的关系,认为我是个虚荣的人,所以总是回避我。你有一位值得尊敬的老师,卢阿扬。告诉我吧,他是怎么死的。"

男孩喘了口气,抬起头。"他当时在看水镜,他是在施法的时候死的。"

木椅发出砰的一声,拉尔特站了起来。男孩也想站起来,但拉尔特伸出一只手搭在他肩上,让他继续坐着。

"他想在水镜中看什么,卢阿扬?"

男孩被他按得缩成一团。"他没有告诉我……"

拉尔特突然坐下，平视卢阿扬的眼睛。"回忆一下。他去世之前的几天或者几周内都在做什么，说了什么？有没有什么事情让他担心？"

男孩一动不动地盯着拉尔特的眼睛。"有。他整个人的状态都不对。他说……他提到过《遗世书》。"

"始祖先知的书？"

"是。"

"他有这本书？"

"有。可是书已经没了，掉进壁炉里，烧光了。"

我在凳子上坐立不安。

"关于这本书他说过什么？"拉尔特继续刨根问底。

"他说书不会说谎。"

"具体一点呢？"

"他的原话就是：'《遗世书》不会说谎。火焰……'"

"什么火焰？"

"我忘了。他有时候发牢骚会提到。"

"好吧。那他看水镜的那天呢？"

"他那天很开心。一直笑，还开玩笑。"

"你和他一起看了？"

"一开始是一起。后来他把我支开了。"

"把经过都讲给我听听，一个细节也别放过。"

"那是一个晚上。他说：'该施魔法了。'他在心情好的时候总这么说。他拿起碗，这碗后来摔碎了，那可是银子做的！他拿起碗，村里刚好有五眼泉水，他从这些泉眼里取来水，倒了满满一碗，对着它施法。我在旁边帮忙。凝结出来的水镜和水晶一样。"

坐在对面的拉尔特抓住了他的手腕。"然后呢?"

"后来我们点燃了三根蜡烛,开始看……可是画面不是很清楚。有一个人在走路,看不清脸,应该是个年轻人。然后……就很可怕了。您知道的,通常水镜里不会显示什么特别的东西,就是一些平常的生活场景,只不过会更真实一些,能看到一些其他人注意不到的细节。您明白吧?"他看向拉尔特的眼神带着疑问。拉尔特点了点头,男孩继续道:"那人边走边笑,还和其他人聊天;它就跟在后面。它看着他,和他说话,可他不知道是谁在和他说话。这时老师让我走开了。"

"然后呢?你去睡觉了?"

"没有,我很感兴趣,是我的错……我偷偷溜了回去,门帘上有个洞,我躲在后面偷看。我看见老师朝着水镜弯下腰,他忽然抓住了自己的喉咙,喘不过气。碗掉在地上摔碎了。就是那个银碗!老师躺在地上……我想救他,可是他的心脏炸裂了。"

一片寂静。令人难以忍受的寂静,我坐在凳子上一动也不敢动。

"他死了……被吓死的?"拉尔特轻声问。

男孩摇了摇头。"他什么都不怕。我说了,他的心脏炸裂了。"

拉尔特沉默了一阵,然后小心地问:"你还记得那人的样子吗?那个你在水镜里看到的人,你能认出他来吗?"

"不记得了。"男孩叹了口气。

"他是一个人吗?"

"有时是一个人,有时和别人在一起,和不同的人。"

"那它呢?那东西像什么?"

"像眼睛，它一直在到处窥探。"

我实在没忍住，吐出了一口气，气流大得带出了哨音。他俩迅速看了我一眼。拉尔特站起身，问卢阿扬："对了，为什么你不喜欢我的仆人？"

"他胡说八道……"男孩拉长了声调，"为什么他要说自己是魔法师？"

"你一见面就知道他不是？"

男孩耸了耸肩。"很远我就知道了。"

他们坐在书桌前低声交谈了一整夜。他们的头凑得很近。我抬起沉重的眼皮，看见拉尔特的手指抚过年久发黄的卷轴，用手掌抚平上面的褶皱，认真地解释着什么，男孩充满信任地靠着他的肩膀，问着我听不懂的问题。他们在平等交流，拉尔特冷淡了一万年的双眼正在发光。我痛苦地意识到，我永远不可能让拉尔特如此高兴。两个魔法师说着同一种语言，一个蠢货在边上鸭子听雷。

两个人短暂地安静了一会儿，男孩轻声问："是真的吗，您之前曾经阻止过瘟疫蔓延？"

我的睡意瞬间消失得一干二净。

"我老师说过。"男孩嘟囔了一句，似乎有些不好意思。

拉尔特没有回答他的问题，或者他回应的时候没出声。

我又闭上了眼睛。瘟疫。当时我还很小，所有的窗户上都挂着草席，没人允许孩子出门。那段日子简直就像一场漫长的梦，光怪陆离……后来瘟疫突然消失了，消失得莫名其妙，我们家只有舅舅和舅妈死了，我的表弟成了孤儿，他很喜欢鱼……

"喂，马兰。"拉尔特开口道，打碎了我所有的回忆。

"啊?"男孩很吃惊。

一阵沉默。我来了精神。

"啊,是卢阿扬。"拉尔特轻轻地说,"我是说卢阿扬。"

周围安静了下来,很久都没有声音。远方的村子里传来阵阵狗叫。

我终于再次陷入沉睡,醒来时听到的已经完全是另一番谈话了。

"……她经常牙疼,我念咒帮她止痛,她会给我些吃的。"男孩慢吞吞地说,"他们都对我很好,就是不把我当回事。我懂。毕竟我刚到这里的时候还是个毛孩子……"他又小声说了些什么,我没听清楚。

"往后呢?"拉尔特沉声问,"你接下来要做什么?"

"再等等吧,我已经能做主了,他们会习惯的。我再学习学习,积蓄好力量,到广场上召唤雷电去。"

"你想让人怕你?"

"不,只是想让他们知道我已经不是小孩了。"男孩的声音中划过一丝倔强。

"啊,"拉尔特微微一笑,"你想变得更强?"

男孩沉默了一阵,小声问道:"这不好吗?"

又是一阵沉默。他们坐在桌旁,屋子里漆黑一片。拉尔特缓缓说道:"和我走吧。你一个人在这儿会很难。"

椅子嘎吱一响,男孩叹了口气,隔了一会儿才回答:"我不能跟你走……我不能把老师一个人留在这里。"

秋天快到了,湖水在风中泛起层层叠叠的涟漪。一股冰冷刺骨的水流忽然涌入，鲁阿尔打了个冷颤，喘了口气，游得更快了。

湖圆得像个盘子，被森林包围其中。松树高挑挺拔的树干在夕阳下映射出红光，仿佛着了火。鲁阿尔游到湖心，放松自己劳动了一天的身体。

今天他砍了半棚柴，挖了三袋大黄土豆，帮忙提了好几筐苹果，承担了许多艰巨又光荣的任务。没人强迫他，都是自愿的，毕竟是他自己敲门求人收留。他已经在湖边的小屋里住了一个多星期了。

小屋周围种着一圈树，就像宫殿里的立柱。整栋房子从头到脚都是它的主人奥布里亲自打造的。他还清理了一块地用来种菜，之前地里那些树桩子都被他拔起来扔了。奥布里带着年轻的妻子把家从村子里搬到了这儿。他们五岁大的孩子正在湖边跑来跑去，湖水没过了他的膝盖。

"嘿！"男孩不时会冲着鲁阿尔喊一声，挥挥手，"小心！不要游太远啦，你会被冲走的！"

鲁阿尔终于转身朝湖岸游去。傍晚的阳光逐渐褪色，幽深的松林倒映在平滑如镜的湖面上，鲁阿尔双手击打水面，镜中的森林被击碎了。青蛙在河对岸细声细气地叫着。

一个人来到了男孩身边。伊特卡，他的母亲，奥布里的妻子把他从水里带了出来，一边给他穿鞋，一边用亚麻毛巾擦拭他冻僵的小腿。她背过身，以免看到鲁阿尔的裸体。

鲁阿尔走到一旁穿好衣服。河对岸的青蛙轮流唱着花腔，仿佛它们即将在隆重的音乐会上表演，正在吊嗓子。

"累不累？"伊特卡微笑着问鲁阿尔，"木柴现在够烧六个月了……"

第三部分 试 炼

小男孩在冰凉潮湿的沙滩上围着妈妈跳舞。鲁阿尔没有回答，只是微笑。

"奥布里马上就回来了。"伊特卡说，"我把家里拾掇了一遍，晚饭也做好了，还有点儿面包，明天我再烤新的……"

奥布里是成功的猎人和杰出的渔夫。伊特卡小巧的双手精心打理着菜园，里面种着三棵苹果树，还养着一头奶牛和几只鸡，面粉则只能去村里买。

"今天我和鲁阿尔都很能干。"伊特卡对儿子说，"你怎么样，盖伊？"

男孩兴奋地点点头，掩不住满心的欢喜，吹着口哨在湖岸边一蹦三跳。

伊特卡坐在一根倒伏的树干上，树皮已经被剥光了。她疲倦地伸直双腿，望向对岸。听到群蛙齐唱，她忽然轻声笑了。"你知道吗，奥布里有六个兄弟，婚姻全听父亲安排。他们都哭过，气得跳脚，可没一个人起来反对。"她忽然笑了，笑得那么骄傲又带有深意。鲁阿尔猜到了，奥布里和他们不一样。

"他的父亲，你知道是啥性格吗？"伊特卡脸上的笑容没有变化，继续说道，"这种。"她捏紧拳头，学着奥布里父亲的动作。"他有一个农场，村里有三栋房子、一群牛、一个纺纱厂、一个染坊和一个桃园，家里光帮工就好几百。七个儿子里面奥布里年纪最小，你能想象吗？没人敢和他父亲争论，一个人都没有。没人敢发表不同意见，说句话都不敢！"

她有些兴奋，即使天色迟暮，鲁阿尔仍然能清楚地看到她通红的脸颊和熠熠发光的双眼。她想到了些什么，顿了顿，微笑起来，话音中带着抑制不住的夸耀："奥布里直说了他会娶我。发生了一些可怕的事！只是奥布里完全没有想过要放弃。他是小儿子,老头儿快气疯了。这是第一次有人不听他的安排。他把奥布里赶出家门,让我们滚,还诅咒我们。他家的那些娘们儿全都哇哇乱叫:'你们不会幸福的。'全是这些话!"

盖伊唱着歌,从愈发浓重的阴影中跑了出来,毫不客气地爬到了鲁阿尔身上。"驾,出发回家!"

奥布里从房子里走出来,笑了笑,假装严肃地叫道。"男主人回来了,晚饭在哪儿?"

盖伊从鲁阿尔身上爬下来,扑过去吊住父亲的脖子。"爸爸,你抓到兔子了吗?"

奥布里领儿子进屋去了,边走边给他讲了个故事。故事的主角是一只兔子,它依靠智计逃脱了沦为烤肉的命运。伊特卡跟在后面,温柔地看着他们的背影,眼中的柔情渗透着崇拜。

距离此地很远的地方,一个疲惫的黑发女人面前放着块沾有血滴的破布,她惊讶地发现它在发光,光线明亮又均匀。不,不,她心底有种类似怨恨的感觉在抓挠,难道现在他过得很开心?和谁呢?不可能……

奥布里早上没去打猎。门廊上摆着只有夏天才会摆出来的桌子,他们坐在一起吃早餐。盖伊特别喜欢他父亲用野蜂蜜兑的糖浆水,隔一会儿就要把空杯子拿到水壶边接来喝。奥布里在面包上抹酸奶油,撒上盐,然后放进嘴里就着洋葱一起吃。伊特卡把面包泡在牛奶里,一边想方设法喂儿子吃,一边驱赶糖浆水附近飞来飞去的黄蜂。盖伊的下巴沾满了牛奶,圆圆的就像一块奶油馅饼。伊特卡动作灵活地接住滴下来的牛奶,男孩做着鬼脸,奥布里不悦地摇头。

第三部分 试 炼

鲁阿尔看着他们,嘴里嚼着烤好的面包片,对着秋季的深蓝天空心不在焉地微笑着。他这辈子还没体会过这种田园牧歌式的生活。

"我还要!"盖伊把杯子放下,提出要求。

小男孩两手抓着杯子,奥布里又给他倒了一点糖浆水。伊特卡打中了一只在儿子面前晃悠的黄蜂,黄蜂一个猛子扎进杯里。

"盖伊!"伊特卡吓得一声尖叫,根本来不及把杯子从儿子手里抢走。盖伊已经开喝了,大口大口的,酣畅淋漓。可怕的事情发生了。

盖伊突然睁大了眼睛,深吸一口气,张大嘴巴尖叫起来。黄蜂蜇了他的喉咙。

杯子倒在桌上,糖水洒得到处都是。奥布里起身的时候凳子被碰飞到一边。伊特卡一把抓住孩子,开始往他嘴里吹气,想让他减轻点儿疼痛。鲁阿尔试图帮忙,冲过去往杯子里倒水。

"要不喝点儿水,水可能会有用……"

可是盖伊没法吞咽,他叫都叫不出来,只能瞪起双眼,泪水大滴大滴从眼角掉落。

被黄蜂蜇过的地方迅速肿了起来。男孩就要窒息了。

"奥布里!"伊特卡喊道,"马,去村里,叫医生,快!"

不可能有医生来得及救盖伊。他开始翻白眼,脸色发青。他喘不上气,十分痛苦。他快要死了,死在母亲怀里。

"儿子!"伊特卡号啕大哭,努力往儿子嘴里吹气。奥布里跑去牵马,可这是很不理智的决定,因为再快也得半小时才能赶到村子里。男孩最多还能坚持几分钟。

盖伊奄奄一息,伊特卡六神无主地搂着他。鲁阿尔的眼前忽然出现了幻象。

他看见了一个有穹顶的房间，书架上的书闪闪发光，桌上也堆满了书，自信的少年坐在桌前，旁边还有一个人，拉尔特·列吉阿尔！他往少年面前扔了一本又大又重的书。

"给我这个干什么？"男孩噘着嘴，"你想让我当医生？我随随便便就能念咒施法，哪个医生可以和我相比？"

"怎么，读书都不会吗，马兰？你多学一点能有什么坏处？"拉尔特继续道。

第一页画着个赤裸的粉色人像，身上是各种小圈和标记，后面的图是同一个人，只不过画的是他身体内部的构造，心脏、棕色的肝脏……不对，不是这个。应该有点儿什么有用的，不然怎么会想起这个？有一页被撕破了……分娩……我的天，现在研究生孩子有什么用？他们还年轻，他们还会有孩子……"娘们儿全都哇哇乱叫：'你们不会幸福的。'"……这本书里面还有什么是我当时不想看的？！

"儿子，儿子啊……"伊特卡边哭边念叨。鲁阿尔迷茫的眼神忽然锁定了桌上那把刀。

餐刀。

啊，书里还写了这个。一个得了白喉的孩子。他不能呼吸了，用解剖刀……

鲁阿尔伸手从桌子上拿起刀，刀柄与手掌十分贴合。

老天，我不会。我从来没做过。

我怕血。

我会变成杀人犯。

"把他给我，伊特卡。"鲁阿尔完全换了副腔调。

她没听见，或者没明白鲁阿尔的意思。他提高了音量。"我知道该怎么做。把孩子给我。"

他从她手中接过孩子，放到草地上。盖伊已经失去了意识。不，不能在这里。得去屋里，只能在屋里。

他抱起那具毫无生气的身体，朝屋里跑去。伊特卡挡住了他的去路。

"你要带他去哪儿?!"

"我要救他，明白吗?"他一声大吼，甩开伊特卡的手，走进屋去。

放床上？不，还是桌上吧……

刀在他汗湿的手里跳动。好像是这里，这里，在脖子上……

"不！"伊特卡一声尖叫，抓住他的胳膊，掐他的脸，"不准用刀，别碰他，你这个恶棍，屠夫！"

鲁阿尔一咬牙把她推到了墙边。

"奥布里！"她用尽全身力气大喊。

鲁阿尔抱起男孩，顺着楼梯冲上阁楼。伊特卡抓住他的腿，他蹬腿甩开了她，冲进阁楼上的小房间，把门闩上。天啊，孩子还有气吗？

"奥布里，奥布里！"伊特卡号啕大哭。

这里，就在脖子上。书上有幅图。但是孩子有可能被血呛到。

如果不试试，他肯定会死！他可能已经死了！

鲁阿尔一刀划开男孩的喉咙。

又一刀。再一刀。天哪，流了好多血。再一刀。杀人犯。来啊！你可别自己先晕过去。再来……

门遭到猛烈撞击。奥布里一言不发，面无表情地疯狂砸门。

"恶棍！"伊特卡叫道，"杀了他，奥布里！"

鲁阿尔的手颤抖着，将男孩脖子上的切口分开。他环顾四周，用目光搜寻……墙上的架子，角落里的罐头、铲子和耙子、扫帚、油灯……铁皮漏斗。快点儿。

他把切口拉得更大了些，将漏斗插了进去。这样。这样。

"杀人犯！"奥布里在门外咆哮。

门被砸出了裂缝，晃个不停。

难道拉尔特的书里是瞎写的？！

男孩开始嘶嘶喘气了。

男孩深吸了口气。

他喉咙上开了个不停渗血的洞，洞里插着个漏斗，他可以呼吸了。吸气。喘气。他随时可能被血呛住。呼气。吸气。

门倒了。奥布里冲了进来，状若疯虎。他看见儿子浑身是血，喉咙里插着个漏斗，险些没站稳。

"他在呼吸！"鲁阿尔大叫，"看啊，他有气了！他有气了！"

奥布里踏步上前，掀开鲁阿尔，弯腰看着男孩。孩子的生命力在恢复，脸上可怕的青紫在消退。

"伊特卡！"奥布里嘶声喊道。

他们站在儿子身边，看着他血淋淋的胸膛上下起伏。

鲁阿尔坐在角落，泪流满面，有些神经质地反复念叨："有气了……他有气了。他还活着。"

他的脸上全是伊特卡的抓痕。

"我会永远铭记你的大恩。"奥布里说，"我发誓，从今以后你就是我的兄弟，我的一切都属于你。你可以在我家住到老，住到死。无论你提出什么要求我都会满足，即使需要我付出生命。"

伊特卡在房前的草地上走来走去，怀里抱着儿子，儿子的脖子上缠着绷带。

"谢了，"鲁阿尔看着她，对奥布里说，"我会记得这一切。我得走了。我必须得走了。"

他们沉默了一会儿。

"无论你在哪里，"奥布里说，"记住，有人在这里等你。"

鲁阿尔朝伊特卡母子走了过去。盖伊对他开心微笑，伊特卡突然把孩子递给了丈夫，跪在鲁阿尔面前。他用力把她拉了起来。

他来到了大路上，奥布里的家被松林挡住了。一个声音忽然在他耳边，抑或是在他的脑海里清晰地说："哎呀呀！我喜欢你，幸运的马兰！"

他浑身一颤，恐惧涌上心头。那种被人窥视的感觉又回来了。

我们离开村庄时已经日上三竿。卢阿扬没来送我们。男孩独自一人居住在黑色的房子里，院子里还有座墓，我一想到这个就脊背发凉。

我困得不行，拉尔特完全没睡觉却依然精神抖擞。我正试着找话题，他一把抓过缰绳，示意我不要说话直接上车。

车轮辘辘作响，我躺在几个绒面都磨破了的垫子上，蜷起来睡着了。我做了个梦，梦里我很紧张，憋得慌，想醒来又醒不过来。终于，我勉强撑开眼皮，发现锦缎做的窗帘在我头顶有节奏地飘来飘去。

我艰难地伸直身子，坐了起来，把腿放到对面的座位上。我的头很痛，感觉跑这一趟毫无意义，简直不想活了。

我打开车窗，把头伸出去吹风。精神好了些之后，我决定去正在赶车的主人旁边。我喊了一声,没人回应。我踩着脚镫,上半身探过去,看着前面驾车的人。

它在座位上侧身看我。我只注意到那一对勾魂摄魄的黄色眼睛,抓着扶手的手指抽筋了。它咧嘴一笑,声音干涩沙哑:"哟呵。"

我尖叫出声。我眼睛一闭,大喊大叫,手脚乱舞,把车帘都拽了下来。阳光透过窗户洒进车里,我醒了。

马车减慢了速度,停了下来。门猛然打开,拉尔特站在门边。"怎么了?"

我茫然地看着他。他抓住我的衣领晃了晃。"你在嚷嚷什么?"

"咬了我……"我被吓得不轻,低声说,"它咬了我!"

他皱眉。"谁?"

"第……第……第三力量。"我好不容易才把这几个字挤出来。

他脸色一变,眉头皱得更紧了。"你在说什么?"

我结结巴巴、颠三倒四地把自己的梦告诉了他。我说着说着,他脸上的凝重和担忧消失了。等我说完,他彻底松了口气。"不……不是这样的。你就是胆子太小。"

我看他的眼神就像是遭到了迫害。他笑了笑,把我从马车里拉出去,让我坐在他旁边有阳光的地方。

我们驾车穿过草原,灼热的空气在半空中翻卷,六匹黑马轻快地跑着。

"第三力量对你不感兴趣。"拉尔特说。

"真的吗?"我感觉到了希望,"真的吗?真的吗?"

"真的,是真的。"拉尔特疲倦地回答道,"卢阿扬和他老师在水镜中看到的那个人才是它关注的对象。"

第三部分 试 炼

接下来他说了些什么我已经不关心了。青草的味道、铺天盖地的阳光和夺目的蔚蓝天色充盈了我的身心。如释重负的感觉前所未有。好几分钟里我忘记了卢阿扬,忘记了他的老师,忘记了拉尔特。我觉得我这辈子再也无所畏惧,我过关了,我重生了。我甚至唱起了歌。

然而轻松的感觉并没有持续很久。

"不对,"我回过神来,追问了一句,"那他们在水镜里看到的是谁?"

拉尔特朝马挥了一鞭子。

"我觉得是守门人。"

幸福的感觉瞬间溃散,来得迅速,去得突然。

"到底谁是守门人啊?"我僵着身子问道。

拉尔特沉着脸看了我一眼,没有回答。

几天后,我们在一家旅馆歇下了。第一天夜里,我在梦中体会到了直击灵魂的恐惧,心跳都差点停止,直接吓醒了。我住的是全旅馆最好的房间,当时我躺在羽绒床上,房间里空荡荡的,漆黑一片。某种无形、沉重而冰冷的东西压在我胸口。我想醒来却醒不过来。我试图说服自己这又是一场梦,可是我自己都不相信自己,因为那种黏腻湿滑的触感和令人作呕的腐臭太过真实。

压在我身上的东西长着两只油盏那么大的眼睛,散发出浑浊的光。它看了我一眼,慢慢地、无声地吧唧嘴,摇摇晃晃地朝我的喉咙爬来。我就像被逮住的兔子一样不断挣扎,手在空中乱抓,竭尽全力想呼喊拉尔特的名字。可是我叫不出来,我甚至发不出任何声音。

就在这时,锁上的门弹开撞到了墙上。门口站着一个人,他垂下的手中握着一把狭窄而闪亮的长刀。压在我胸口的东西突然

Привратник
守门人

像泡沫一样膨胀起来,发出一声轻响,爆开了。那东西是空心的,外皮掉到了地上。我亲眼目睹了这一切,却仿佛隔着一层雾气,朦朦胧胧的。

拉尔特用刀尖把地毯上的东西挑了起来。那东西一颤一颤的,有点像蛤蟆皮。主人低声吐出一个词,它突然着了火,火焰是绿色的。拉尔特把它扔进了空荡荡的冰冷壁炉。

主人三步并作两步走到我身边。我像小狗一样抽泣。他把水壶里的水倒进杯子里,给我灌了一杯。

"主人,"我颤抖着说,"这不是梦,这不是梦。"

他的眼睛在黑暗中熠熠发光,没隔多久光芒又弱了下去。

"这和你想的不一样,"他耐心地说,"袭击你的东西的确龌龊又可怕,不过呢,我们这片大地上有太多危险的存在,和它们相比,它还排不上号。奥尔兰和卢阿扬在水镜里看到的不是它。这些东西都是黑夜的造物,一般会远离人群。它们和第三力量有关联吗?"他似乎在自言自语。

他想起身,我不知从哪里得到了力气和勇气,抓住了他的手。"主人,别走……"

他在我身旁坐了一会儿,边想边说:"也许它们感觉到它要来了,开始骚动,变得放肆。它们从栖身的裂缝里爬了出来,对不对?"他疑惑地看着我。

我竭尽所能地让自己的话听起来有说服力:"主人。我这诱饵不行。该上钩的不上钩,招来的全是些奇奇怪怪的东西。要不就别让我当诱饵了。我真的做不好。"

他叹了口气,突然把手放在我的肩膀上。我愣住了。我这辈子他第二次对我这么温柔。

"达米尔,"他说,"难道你认为,我会把你交出去?"

我吸了吸鼻子,戳了下他的手。
"冷静。"拉尔特朝着黑暗的角落喃喃说道,"行吧,不让你当诱饵了。"

第四部分

召 唤

第四部分 召 唤

夏天过去了,夜晚的气温渐渐变得不太适合风餐露宿。不过白天仍然晴和,这段时间最适合庆祝丰收节。

大大小小的村庄全在举行庆祝活动,所有人都非常投入。今年的收成出奇地好,街道两边摆满了桌子,到处都在推杯换盏,豪饮新酒。随处可见复杂又多彩的仪式,感谢大地的恩赐。这些仪式如果有外人参加,会被认为是个好兆头。鲁阿尔享福了,他的作用很重要,主人们慷慨地酬谢他,因为他很会说应景的话。

有人在广场上围成一圈跳舞;有人沿着光滑的柱子向上攀爬,想拿到顶上挂着的糖马掌;有人在哄笑中骑着肥猪炫耀骑术;有人身上别着成捆的麦子,唱着祝颂的歌谣挨家敲门,一句好话换一小杯酒,直到自己醉倒在围栏边的某个角落。这个时候鸡群总是异常兴奋,立即围成一圈,从醉汉身上的麦穗里啄食吃。孩子们齐声唱着婉转动听的歌谣。年轻的新人们满面通红,凝视着对方,等待着即将开场的婚礼。

鲁阿尔从一个村庄走到另一个村庄,到哪里都有人邀请他在街边就座吃饭。熏烤作坊里热火朝天,技艺高超的音乐人们弹琴、吹笛、敲手鼓,村民们红润发光的面庞就像是熟透的果实,随处可见的果实又很像他们红润而满足的面庞。鲁阿尔走到哪儿,哪儿的人就想留他小住,他礼貌地拒绝了所有邀请,继续前进。

婚礼的时间到了。鲁阿尔在这儿看到了各种各样的场面。嫁得不如意的新娘在哭泣,专横的父亲语带威胁地表达自己的想法,因为相爱而结合的幸运夫妻在一旁低语。一切重又继续,新酿的酒液几乎要淹没饭桌,眼泪混到一处,难以区分是绝望还是幸福。

婚礼完毕,街上的桌子被收走了。太阳升起的时间越来越迟,夜里越来越冷。鲁阿尔在皮革工坊当了一个星期的学徒工,得到了一双靴子,旧了点儿,不过胜在结实,他再也不用穿以前那双破鞋了。还有件喜事,他运气好,花了几个铜币买到了一件厚厚的外套。他完全不担心冬天,因为他强壮又自信。他对目前的生活状态十分满意。

他完全接受了这样的生活,接受了无尽的路途和酸痛的双腿,接受了只能换取少许食物的繁重工作,接受了不停往外套里钻的冷风。失去一切的苦淹没了回忆,令太阳黯然失色;锥心蚀骨的痛曾将他逼入绝境;灵魂上曾经存在的大洞似乎永远无法填满,无比空虚。这一切都抽丝剥茧般慢慢消散了,不再时时萦绕在他心头。他不再逃避任何人,也不着急去任何地方,他只是吹着口哨,向前迈步,偶尔抬起头看看天空。

冷静和自信一直陪伴着鲁阿尔,直到有一天路背叛了他。

路既卑鄙又忘恩负义。鲁阿尔没有立即反应过来发生了什么。诡异的情况出现了,路挣脱了他的脚,显露出糟糕又固执的性格。他想在岔路口左转,可是路一阵推拉哄骗,他就朝右去了。有时他走了一整天,从早走到晚,却又莫名其妙地回到了前

第四部分 召 唤

一天过夜的地方。在森林里也发生过类似的情况,尽管他一直朝前走,却还是和兔子一样不停绕圈。路背叛了他,不停戏弄他。

他出离愤怒,开始反抗,边走边留下定位的标记,朝前走的时候全神贯注、目不转睛。这个方法的作用十分有限,因为很快他就感觉到,那些对路有利的标记会被悄悄送到他面前。

路的所作所为让他十分伤心,直到有一天他突然明白了这并不是路的错,而是有某种东西在玩弄他。那东西和他有某种联系,和之前出现的幻象以及莫名听到的声音密切相关。想到这一层后他极其郁闷,一度放弃抵抗,而后又积蓄力量试图重新对抗那从未显露真容的神秘引路人。如果不是鲁阿尔大白天在一条空旷的道路上听到有人在尖叫,还不知道这场对决会如何收场。

女人的叫声中全是绝望和恳求。一个男人低声说了句什么,女人又是一声尖叫,带上了哭腔。"救命!不要!来人啊!你放开我!"

鲁阿尔的面前挡着茂密的灌木丛,叶子红红黄黄的,和画出来的一样漂亮。他绕了过去。有人在灌木丛的另一边激烈搏斗,叶子不断飘落。两条光裸的细腿在层层叠叠的枯草中踢动,是那个尖叫的女人。两个强壮的男人背对着鲁阿尔,俯身压制着她。一个人在好声好气地小声说着什么,另一个人则拼命想把女人挣扎的双腿按在地上。

"啊啊啊!"女人积攒了一些力气,又尖叫起来,一个男人用手捂住了她的嘴。

鲁阿尔悄悄走开,在旁边踌躇着,摸了摸自己身上之前被打过的地方,骂了一句,咬了咬手,又回到了刚才的地方。

壮汉们明显占据了上风,女人的两条腿被压得动弹不得,嘴被紧紧捂住,杂乱的草丛里只传出了低低的呻吟:"唔唔唔……

197

放，唔唔唔……"

"怎么回事？"鲁阿尔问道，他的声音就像是抓住帮工偷懒的地主。男人们立即停下了动作，转过身来。看见鲁阿尔后他们有些吃惊，却丝毫没有害怕的意思。受害者是个脏兮兮的女孩，想趁一时混乱冲出去。要不是头发被人拽住，她就成功了。

"这是怎么回事？"鲁阿尔提高了音调，又朝着路的方向，假装呼唤同伴，"罗波什，沃布拉！过来！"

他以为那两个壮汉过一会儿就会放了女孩，然而他们没有如他的意。一个人用手攥着女孩的头发，另一个人慢慢起身，拉上裤子，趴在灌木丛后面朝马路看了一眼。路上自然一个人都没有。

"我呸。"男人讥讽地拖长了音调，啐了一口，从牙缝里挤出几句话，"我们现在没工夫收拾你，赶紧滚。弄不死你，沃布拉个鬼！"说完，他开始继续之前的动作。女孩又开始挣扎哭泣。

鲁阿尔从路边捡起一块边缘很锋利的石头，扑到两个强奸犯身边，仓促一挥，砸到了一个人的脖子。男人怒喝一声，他的同伙一时没反应过来出了什么事，等他回过神，下巴已经挨了一膝盖。

接下来就轮到鲁阿尔受难了。石头被他扔了，现在两侧都遭到夹击，他只能不断后退、闪避。皮靴很硬实，他用鞋尖踢那两个人的腿。一被踢到他们就会哇哇大叫，捂着痛处蹲下。硕大的拳头满天乱飞，鲁阿尔的脸被打到好几次，每中一拳就倒地一次。万幸的是，每次流氓们扑过来想踢他肋骨的时候，他都能及时爬起来。

女孩的战斗力竟然高得出乎意料。她很勇敢，一心想分担鲁阿尔的压力，用不知从哪里找到的棍子戳他们。她嘴里不断呼

第四部分 召 唤

喝,打完就退,时不时还高声呼救。男人们喘着粗气,眼睛憋得通红,连连挥拳,只要击中一次就能要了女孩的命。

又过了一会儿,鲁阿尔倒了霉。他被一拳打蒙了,没来得及站起来。那两个人扑上去压住他,嘴里喘着粗气挤到一处。鲁阿尔本来都以为自己要没命了,但就在这时,其中一个人突然软下来,瘫了鲁阿尔身上。女孩站在旁边,手里拿着那块锋利的石头。另一个人惊讶地抬起头,鲁阿尔用尽全力给了他一记勾拳,正中下巴。那人"哎哟"一声,咬到了自己的舌头。

再往后就简单多了。被石头砸到后脑勺的那人躺在地上扭来扭去,嘴里不断呻吟,另一个人用双手捂住血淋淋的嘴,惊恐地朝后退去,转身匆匆离开,逃跑的时候还不住回头。

女孩衣冠不整,神情激动,对着正在擦血的鲁阿尔咧嘴一笑。"应该照着头打,他们可是会杀人的……"樱桃色的圆眼睛闪烁着喜悦,还有一丝丝嘲讽。

她叫蒂莉,十六岁,家里还有父亲、继母和弟弟。她说自己和家人待了一个冬天,厌倦了那样的生活,所以整个夏天都在到处流浪。刚学会走路她就喜欢到处跑。夏天挺好的,有地方过夜,有东西果腹。不过冬天很快要来了,可是她一点儿也不想回家。她行为出格,父亲肯定会拿鞭子抽她。

他们围着篝火坐下,蒂莉身上裹着鲁阿尔的外套。她对他很是信任,教他怎么抓鸡能不发出一点儿声音,怎么用自制的矛叉鱼,怎么烤鱼。她说她喜欢照看孩子,经常靠这个挣钱;说她弟弟在森林里抓到过一只雪貂,教它跳起来钻铁圈;说她继母生下了死去的双胞胎,还告诉鲁阿尔铜币是怎么跑到鱼肚子里去的。

她挥舞着双手,给他演示自己父亲喝醉时的手舞足蹈,以及清醒时的凶狠残暴。就连厚外套都遮不住她瘦削的骨骼轮廓。蒂莉穿着这件衣服，衣领能将她的鼻尖都遮住。樱桃色的眼睛反射出篝火的光芒，鲁阿尔的影子也映在她眼中。他战无不胜、无与伦比，他是一个男人、一个英雄。女孩眨巴着眼睛，黑色的睫毛十分浓密。她总是莫名其妙地放声大笑，看向鲁阿尔的眼神有些酸涩，又似乎带着些挑逗。

土豆烤好切块，还冒着热气。开饭了。他们就着土豆吃玉米饼。一直喋喋不休的蒂莉安静了下来，朝鲁阿尔靠了过去。"鲁……"她在互通姓名之后马上给他起了个绰号，"你看着好像是被心上人甩了，所以你才这么奇怪，到处闲逛？对不对？"

鲁阿尔笑了笑，蒂莉的脸本来有些孩子气，此时的表情却是既严肃又同情。见他笑了，她有些不好意思，只得解释道："不是，我不太明白，像你这样的男人，得多狠心才能抛弃你啊。到底出了什么事？"鲁阿尔揉了揉她的头发，她更窘迫了。"行吧，是我蠢……"

他可怜她，抱住她瘦弱的肩膀，将她拉到自己身边。她浑身僵硬，动也不敢动。猫头鹰在远处鸣叫。温暖的篝火在周围画了一个圈，火光之外，黑夜的世界躁动不安。

"鲁……"蒂莉把脸凑到他耳边，小心翼翼地问道，"你……以前见过魔法师吗？"他浑身一颤，她靠在他身侧，不可能感觉不到。她轻声安抚他："不是，你别怕，他们没在这儿出现过。我很害怕他们，但是又很好奇。你知道吗，我今年夏天见过一个。是个半大孩子，特别傲慢，看着挺瘆人！他身上的衣服是天鹅绒的，绣着银线，还用了蕾丝花边和羽毛当装饰，车上套了六匹马！跟在他身边的仆人是个结实的瘦高个儿。我可不会去伺候魔法师，给多少钱都不行！他们到村里想住店，店主竟然跳起来鞠躬问好！所有人都去看他，栅栏都挤倒了。魔法师一直待在房间里，大门不出二门不迈，仆人说他在施法……"

"那什么，"鲁阿尔打着哈欠说，"咱们睡觉吧，蒂莉。"

他睡得很浅，做了个纷乱的梦。一条被鱼叉刺伤的鱼从泥水里游出来，化作一只金色的蜥蜴，碧绿的眼睛中透露出不满。它失望地眨了眨眼，不过那已经不是蜥蜴了，是蒂莉，浓密的黑色睫毛，哀怨酸涩的眼神……她教鲁阿尔跳铁圈，铁圈很窄，紧紧箍住了他，喘不过气……

他翻身朝另一边躺着，看见了海，以及没有尽头的平坦海岸。一个人在齐膝深的海水中闲庭信步。海浪漫过沙滩，却不敢碰触他的高筒靴，海水翻卷折叠，绕道而行，甚至连浪花都不会溅落在他柔软的靴筒上。一个精壮的男人和一个少年顺着河岸，朝他走去。

似乎有风。气氛似乎很愉快，又有些紧张。拉尔特对年轻的马兰说："我现在介绍你和他认识。这次见面能够在很大程度上决定他对你的态度。我是他的敌人，你呢，你就别和他起争端了。你还是和以前一样，觉得自己天下无敌吗？"

马兰比了个夸张的动作，激起一阵沙雾，哈哈笑道："你在说什么，拉尔特！你也看见了，我穿着白衬衣，鞋子也专门清理过。巴利塔扎尔·埃斯特先生对我这么懂事的孩子会很满意的！"

拉尔特眉头一皱。"你一个毛都没长齐的小东西，笑什么笑？我再说一遍，不准念咒，不准变形，不要乱来！别给我惹是生非！你名声在外，埃斯特已经听说了不少……"

少年装出一副很害怕的样子。"拉尔特，我会谦虚得像个新娘。我还会脸红呢！欸，你想看我脸红吗？"

拉尔特抬眼望了望天。海里的那个人仍然在四处踱步，不停弯腰挑拣圆形的鹅卵石，一些石头被随手扔掉，另一些则被他塞进口袋，还有一些被抛进了海里。直到俩人走到他面前，他才止住脚步。他看向他们的眼神透着刺骨的寒意，重似千钧。

拉尔特把左手伸向一边，以示休战。埃斯特犹豫了一下也做了个同样的动作。马兰平静地笑了笑。

"你好，埃尔，"拉尔特漫不经心地说，"你已经知道了这个孩子是谁。现在我想正式把他引荐给你，鲁阿尔·伊力马兰涅恩。"

鲁阿尔本想来个妖娆的屈膝礼，可他忍住了，因为埃斯特的目光让人很不自在。他矜持地点了点头。

"你好，拉尔特。"埃斯特终于开口。他声音嘶哑，听着像把锉刀。"那么，你就是马兰。"

海浪拍到岸边，绕过了埃斯特和拉尔特的皮靴，跳上了马兰的鞋，把他的鞋全打湿了。埃斯特"哼"了一声，拉尔特同他交换了个眼神，打了个响指。海浪忽然安静下来，变得十分平滑，就像盘里的冷汤。

"我看你挺有礼貌啊！"埃斯特轻蔑地说。马兰再次点头。埃斯特转身从沙子里抓出一把小石子，一个接一个地扔出去，它们在平滑如镜的水面上依次跳开。最后一块石头跳了十二下，埃斯特对拉尔特点点头，转身想走。

马兰也弯下腰，选了一块黑色的扁平石头，手轻轻一挥，把它扔进海里。

埃斯特回头一看，小石头在水面跳了十六下，整个过程漫长而惊艳。

拉尔特不清不楚地咕哝了几句。埃斯特犹豫了一下，又从口袋里掏出石头，自信地扔了一颗出去，石头在水面弹了二十一次。所有人都大声数数，包括脸拉得老长的拉尔特。埃斯特朝着马兰所在的方向挤出了个似笑非笑的表情。马兰环顾四周的沙滩，捡起一块石头，看了看，扔掉了，又捡起另一块，也扔掉了。最后，他选中了一块被海水打磨得很薄的彩色小石头。他眯起眼睛，比画了一下。埃斯特笑了，笑得发自内心，边笑边讥讽地看着拉尔特。马兰把石头扔了出去。

三十九次。

一阵沉默。埃斯特直勾勾地盯着马兰。他那双细长的眼睛竟然可以瞪得这么大，马兰很吃惊。埃斯特打了个响指，海水重新涌动起来，抚弄沙滩。埃斯特的手重重落在鲁阿尔肩上。

"小东西，"他说话的时候咬牙切齿，温柔而残酷，"无礼的小东西。"

他被小心翼翼的碰触惊醒了。

篝火渐渐熄灭，偶尔闪过几道微红的光。似乎有个什么软软的、温暖甚至灼热的东西在鲁阿尔的身边动来动去，那东西还有呼吸，在他身上贴得越来越紧。鲁阿尔伸手轻轻一碰，圆润光滑，有的地方还覆盖着柔软的绒毛。

"你会感冒的，"鲁阿尔还没太清醒，嘟囔道，"现在冷……"

蒂莉没有答话，只是呼吸得更急促了，用尽全身的力气紧紧贴住鲁阿尔。

鲁阿尔一动不动地躺着，感觉两团温软的圆球舒舒服服地依偎在他胸口不住颤抖，和秋草缠结在一起的头发划过他的脸颊，湿漉漉的小手温柔地抚上他的额头。

"鲁，我从小就梦想拥有你这样的男人……"

"冷，快穿衣服……"鲁阿尔又说了一遍，试图压制体内不断升腾的甜蜜波浪。

"别赶我走，"她的手解开了鲁阿尔的衣领，抚摸他的脖子，"你很善良。他们都是牲口，只有你是个人。鲁，你怎么回事！"

他的手掌贴在她裸露的肌肤上。仿佛有一道闪电劈了下来，啪！

"我爱你，鲁。"蒂莉轻声说着，语速越来越快，"你这样的男人……"她笨拙地亲吻着鲁阿尔的唇。

篝火的余烬中飘散出浓浓的烟味。寒风掠过，少女的皮肤上起了一层鸡皮疙瘩。鲁阿尔紧紧抱住她，想要给她温暖。他自己的身体也躁动不已，紧绷、炽热、悸动的幻象汹涌而来。

蒂莉一直在小声呢喃，撒娇。她的手指与他的衬衫扣子缠斗在一起，他在黑暗中痴痴笑着，贪婪地抚摸着她纤细的腰、宽大的臀，还有她平坦结实的腹部。他已经无力抵抗充盈于体内的灼热和窒息了。

黑暗的秋夜在欢腾。猫头鹰声嘶力竭地尖叫。风吹过枯草，沙沙作响。篝火余烬未熄，明明灭灭。

蒂莉战胜了纽扣，湿漉漉的小手钻近了鲁阿尔的衬衫，摸到了装着黄金蜥蜴的布包。"啊！"她惊讶地轻声问，"这是什么？"

鲁阿尔浑身一颤，就像有人给了他一拳。他急忙坐起身，紧紧按住包裹所在的位置，推开女孩的手。"别瞎摸。不要这样。睡觉。"

他的心在喉咙里怦怦直跳，蒂莉一丝不挂地坐在他面前，浑身发抖，仿佛被雷劈过。樱桃色的圆眼睛里流出两道苦恨的泪水。

第四部分 召 唤

整个早晨她都没搭理鲁阿尔,看都没看他一眼。

他们沿着大路走着。蒂莉因为受了委屈,高昂着头。鲁阿尔看着她后脑勺上的一丛乱发,心中烦闷,他怨自己、怨蒂莉、怨命运。既叹息,又惊讶世间法则的愚蠢。

路上的人多了起来。行人不断被嘎吱作响的马车赶超。就连拉车的马都神态从容。牛车缓缓朝同一个方向驶去,衣衫褴褛的乞丐蹒跚而行,盲人们跟着向导走成了一列,工匠们肩上扛着工具大步流星。鲁阿尔和女孩挤在这形形色色的人堆里。一座城市矗立在道路的尽头。

首先映入眼帘的是塔楼的顶部,然后是塔身和一堵红砖墙。城垛上方立着排风向标,它们转来转去,铁制的侧面映射着太阳的光芒,看着就像有人大白天在城里放烟火。

蒂莉被眼前的景象惊呆了,忘记了自己正在生气,放软了态度,对鲁阿尔说:"你看,哇!"

周围的人也都跟着惊叹不已。

鲁阿尔手搭凉棚朝前望去:吊桥放下来了,军官们穿着花里胡哨的制服在一旁走来走去,普通的卫兵手拿长矛盘查进门的人,收缴城门税。

鲁阿尔替自己和身无分文的蒂莉交了两个铜币。

宽大的拱门气势磅礴、装饰华丽。乡巴佬们进门时都规规矩矩地控制着自己的视线,不敢东张西望。农民们涌到拱门前的广场上,迷路了,慌慌张张地窜来窜去,很快就被街头的流浪儿盯上。他们对着农民们起哄,扔土块,逮着机会就拿推车上的东西。

鲁阿尔抓着蒂莉的胳膊,把她拖进了侧边的一条小街,这条街窄得就像一条缝。这里相对比较安静,越走路越窄,鲁阿尔和蒂莉的脚步声在两面墙之间不断回荡。女孩抬起头，惊讶地说："就像在井里一样。"小街上方的天空十分狭窄，被分割得支离破碎，两边的石墙在前方拐了个弯儿，形成了个夹角。

一个戴着便帽的人从楼上窗户里探出头，张望一番后消失了。脏水倾泻而下，拍到地面发出巨响，溅了鲁阿尔和女孩一身。蒂莉抬头就是一阵咆哮，骂得花样百出。窗户砰的一声关上了。

小街很快拐了个弯，陡然上升，将行人引到一个圆形的小广场，广场中央有个矮台，台上矗立着一尊刻有风帽的石像，一只郁闷的鸽子正在上面踩来踩去。鲁阿尔用手指抚过刻在基座上的字母。"圣灵拉什。"

"你认字啊？"蒂莉很吃惊。

两个老人戴着和雕像一样的风帽，缓缓穿过广场。女孩盯着他们看了很久，若有所思地挠了挠鼻子。

俩人沿着光线昏暗的曲折小巷又走了一会儿，看了看理发店门口挂着的铜制胡须，研究了面包店门口的铁蜻蜓和正骨诊所门上钉着的木头拐棍。他俩贴着墙，给一顶奢华的四抬轿子让路。四个轿仆都穿着制服，神情倨傲，发力的时候呼哧呼哧的。蒂莉惊讶地大张着嘴。

前方又是一扇拱门，门上是铜制的漩涡形装饰。鲁阿尔和女孩走过拱门后，来到了一条更宽敞富丽的街道。过路的行人们斜眼看着衣衫褴褛、高高瘦瘦的流浪汉和光脚的姑娘，侧身避让时脸上的表情既傲慢又鄙夷。看来鲁阿尔和蒂莉离市中心已经不远了。

五名身穿黑袍的青年挤在一起走了过去，他们头上戴着三角帽，帽檐儿挂着银色的短流苏。一个人腋下夹着一摞书，急匆匆地朝他们追去。这帮人看到他后忽然开心了起来,纷纷走过去拍他的肩膀。因为关系亲密所以出手略重,他的帽子被扫到了石子路上。

一行人渐行渐远,鲁阿尔心中好奇,跟在了他们后面。蒂莉也来了兴致,像尾巴一样缀在他身后。

那些人肯定是学生,他们在热烈讨论,说的话充满了学问,令人肃然起敬。迟到的那人嗓门儿最大,比谁都兴奋,帽子不停从头顶滑落。鲁阿尔加快了步伐,蒂莉跟在他身后,脚踩在路面上发出啪嗒啪嗒的响声。

这条街的尽头是一个宽敞的石头广场,周围建了一圈坚固的红砖房。砖房的屋顶上铺着瓦片,旁边耸立着一座尖塔,厚厚的墙壁年久斑驳,狭窄的窗户上安着细密的栅网。高塔入口处,威风凛凛的守卫们不时轻轻敲击着手中的长柄战斧。

塔对面的建筑更加引人注目,那是一所大学。宽阔的大理石楼梯两侧庄严矗立着象征智慧和求知的铁蛇与木猴。楼高四层,窗户上画着错综复杂的符号和地理轮廓图。装了铁栅栏的圆形阳台上,一名年迈的杂役正挥舞着抹布,擦拭人骨上的灰尘。

"哎呀!"蒂莉说。

市法院的正门也对着广场,那地方看着就让人不舒服。楼矮小又阴森,门前立着圆形的黑色台座,上面放着小绞刑架,一个布做的假人吊在上面晃来晃去。"敬畏法律!"法院的铁门上用斗大的字体浇铸出了这句话。鲁阿尔和蒂莉不约而同拐了个大弯,绕过了这道门。

广场上越来越热闹,各色小摊客似云来,到处都人声鼎沸,不时有豪华马车从旁经过。蒂莉盯着清洁烟囱的工人猛瞧,那人浑身漆黑,在屋顶间移动时试图保持动作优雅,却差点飞下来撞上慢悠悠路过的巡逻兵。身穿红底白纹制服的军官刚要发作，结果广场上突然一阵吵闹，吸引了他的注意。

广场上的学生越来越多，数量比之前翻了一倍，他们三五成群地站在大学门口的阶梯上，兴奋地逗弄几个打扮艳丽招摇的年轻姑娘。姑娘们回嘴时和和气气的，甚至透露出些许亲昵，可以断定他们早就认识，关系应该还不错。卫兵们和长官一起饶有兴致地看着他们斗嘴。

就在这时，一位头戴华丽假发，身穿黑色长袍，脖子上戴着条粗项链的老人朝大学门廊走了过来。学生们看见他就像老鼠见了猫，瞬间集体噤声。姑娘们咯咯笑着退进人堆里去了。老人满面怒容，对站得毕恭毕敬的青年们严厉训话。他说话的声音和神态就像一只八哥。说教完毕，老人又在原地站了一会儿以彰显威严，随后消失在了科学的殿堂里。学生们用袖子捂住脸嘻嘻笑着，排成一列跟在他身后。腋下夹着一摞书的那个学生走在队伍最末，经过蛇和木猴雕像时，他友好地拍了拍木猴的屁股。

"快看！"女孩拽了拽鲁阿尔的袖子。

四个戴着风帽的男人脚步从容地走过广场。鲁阿尔在圣灵雕像旁边见过同样装束的人。女孩下定了决心，问热心的卖花女："阿姨，这是谁啊？"

阿姨特别健谈，她双手一拍，震得摊子上的菊花都跟着点头。"姑娘，你怎么能不知道呢？这是圣灵拉什的战士！他们的使命是让生者敬畏和崇拜圣灵。他们平常会在塔里举行秘密仪式，再把拉什的神圣意志传递给每一个人，市长、法官和戍卫长都很重视拉什的意志！"

一个面色红润、穿戴讲究的男子吸引了卖花阿姨的注意力，他想买她的花。

第四部分 召　唤

　　鲁阿尔和蒂莉交换了下眼神，继续朝前走去。他们在大学门口停下了脚步，鲁阿尔没忍住，走到了木猴旁边。猴子屁股被一届届淘气的学生摸得光可鉴人。鲁阿尔突然特别想戴上流苏三角帽，在教授的注视下噤若寒蝉。他朝门口走了一步，再三犹豫后还是没有进去。他一瞬间想起了书页里尘灰的味道，木头桌面上的纹路，还有独自一人趴在书上睡醒后脸颊麻木的感觉……蒂莉忙不迭拉住他衣服的下摆，他忍住了涌到嘴边的叹息，走开了。

　　人流如织，商贩们不停高声揽客。蒂莉激动得无以复加，到处打转，时不时还会特别投入地看看鲁阿尔的眼睛。大城市如此让她惊讶，令她喜爱。鲁阿尔看她这副样子，笑了起来。有人撞了他一下，撞他的人穿着长襟袍子，看着是个很体面的绅士。那人随口道了歉。鲁阿尔也说了声对不起。蒂莉从他们身边穿过，冲着鲁阿尔眨了眨快乐的圆眼睛。戍卫队从旁边踏步经过。

　　"卫兵！"鲁阿尔身后传来一声嘶吼，他转过身去。绅士捂住心口，鲁阿尔以为他心脏病犯了。"卫兵！"绅士又大叫一声，"钱包！有人偷了我的钱包！快抓小偷！巡逻兵！"

　　蒂莉惊恐的脸在拥挤的人群中一闪而过，身穿条纹制服的军官和他率领的士兵就站在不远处，神色凝重地四处张望，狐疑地打量着每一个人。人群一片混乱。

　　"抓小偷！"绅士又叫了一声。

　　军官一声大吼："所有人站在原地不准动！"

　　士兵们瞪大眼睛在人群中搜索。诚实的市民们也把头转来转去，寻找还没来得及走远的小偷。

　　蒂莉站在鲁阿尔身边，脸色苍白，眼睛里闪烁着意味不明的光。她颤抖着抓住他的外套。鲁阿尔很惊讶。"你怎么了？"

　　蒂莉不说话，只摇头。官兵们不断靠近，一名可疑的男子被拦下来仔细搜查。

"小偷！小偷！抓小偷！"有一个人忽然紧张大喊，声音尖细，类似童声。鲁阿尔朝周围一看，身边的女孩不见了。

蒂莉，鲁阿尔不悦地想。真是够了，这傻姑娘跑哪儿去了？他开始四处张望，看她在哪里。

就在这时，军官的制服被拉住了，他俯下身听某个人说了些什么，然后直起身子，穿过人群。"让开！让开！"

鲁阿尔踮起脚尖，看到了蒂莉。蒂莉也看到了鲁阿尔，她的眼中闪过喜悦之色。"啊，军官先生！他在那儿！"

"让开！"军官冲着发呆的人群咆哮，挤到鲁阿尔身边，牢牢抓住他的胳膊。卫兵们跟在后面，包围了他。

"怎么了？"鲁阿尔浑身一凉，尽量让自己保持镇定。

军官没有答话，只是带着询问看了蒂莉一眼，她高兴地点头。"是他，是他！军官先生，你们快搜他的身，钱包在他身上！"

当头一棒。鲁阿尔一个趔趄，难以置信地做口型问女孩："你怎么了，疯了吗？！"

就在这时，他的胳膊被往后一拉，几只手熟练地摸进了他的衣袋，掏出了个鼓囊囊的皮包。"这是什么啊，啊？"

鲁阿尔看着钱包，眼前一阵模糊，双腿开始颤抖。蒂莉？她图什么？疯了……

"我在问你，这是谁的钱包？"军官抬高了音量。鲁阿尔抬起头，这帮卫兵的眉毛剃得真好笑。

他被绑了起来。绅士及时赶到，认领了钱包，高兴得无以复加。鲁阿尔对眼前的一切几乎麻木了，蒂莉还在连珠炮似的说个不停："我看到他把钱包掏出来又装进自己的口袋。我从小眼睛就好使，知道了吧？"儿子问父亲："爸爸，这是小偷吗？接下来会怎么样？"父亲平静地回答："会割掉他一只手和两只耳朵，让他以后别再这样。"

"等一下。"军官把手伸进鲁阿尔怀里。鲁阿尔挣扎了一下，他的手被反拧到背后。军官从他怀里掏出了个脏兮兮的小包裹。

"这是我的！"鲁阿尔大喊。

军官咧嘴一笑。"啧，你的。"

裹布被扔到地上。黄金脊背，碧绿的眼睛。

围观的人群纷纷惊叹。"金子，哎你快看！"

蒂莉发出一声懊恼的呻吟。

军官恶狠狠地一笑。"你活儿不错啊，挺厉害……"然后吩咐卫兵们："带走！"

卫兵们拖着他穿过人群，所有的人都在议论："小偷，贼……"

人们让出条路来，指指点点，还有人朝他扔石头。上方的屋顶和天空开始旋转，转得越来越快。青草的味道、新酒的颜色和书的香气从他的记忆中渐渐消失。

马车被留在旅馆，我们骑着马轻装出发。拉尔特很着急，我们从早到晚都在狂奔，沿途的城市和村镇几乎化成一条色彩斑斓的缎带从我们身边飞速飘过，消失在远方。

中途有一天，我们不得不在湖边生火过夜。湖水来自一个纤细的泉眼，它藏在岸边的土墩下面，有些艰难地探出头来。

满天繁星，就像无数只眼睛在看着我们。入夜后，芦苇丛里一直躁动不安，有些可怕。我裹着斗篷打瞌睡，拉尔特盯着火堆

Привратник
守门人

坐着，不时拿根棍子叉上一小团煤，在空中描画各式图纹。那些图纹在半空悬停一会儿后便会轻轻抖动，渐渐瓦解、消散。

"我失败了，"拉尔特对着篝火自言自语，"徒劳的寻找，徒劳的努力……"火焰图纹在空中停留的时间变长了，最后爆燃起来，飘散成无数彩色的火花。我重重叹了口气，闭上眼睛却睡意全无，锈迹斑斑的金子在眼前晃来晃去，火堆化成了漫天大火。"火焰，看着我的眼睛……"

我翻身站了起来。天亮前温度比较低，湖里腾起带着淤泥腐臭的雾气。我突然很想喝水，没有惊扰正在打盹的拉尔特，去找那个纤细的泉眼去了。

我循着声音找到了它。太阳还没有升起，周围万籁俱寂。只有它在怯生生地低语，声音很小却很清晰。我小心翼翼地走到岸边，试探着伸手接水喝。

芦苇丛中的躁动平息了。平滑如镜的湖水躺在我面前，群星的色彩渐渐消退，它们不情不愿的样子全都倒映在了湖面。我双手撑在岸边湿漉漉的草地上，看见了自己在水面微微抖动的影子。破晓了。

一滴水从我的鼻尖滑落，掉进湖里，在平静的水面上激起一圈涟漪。我惊呆了，因为我发现自己背后还有一个人。

"主人？"我轻声问道。

人影晃了晃，可我知道这不是我的主人。芦苇丛沙沙作响，令人害怕。我慢慢直起身子，回头一看，背后空空如也！

一条鱼跃出湖面，我没有转头，而是像兔子一样往边上一跳，飞速朝着就要熄灭的火堆跑去，毫无防备的拉尔特躺在那里，看姿势他睡得并不舒服。"主人，主人！"

不对，他没睡。他愁眉苦脸地坐了起来，皱着眉头看着刚才

第四部分 召　唤

站在我背后的那人，朝他伸出双手。篝火里的炭没有完全熄灭，还泛着暗红的光。

天色渐亮。

"等你很久了，奥尔文。"拉尔特冷淡地说。

"有些东西，即使是魔法师也控制不了。"来人沙哑地回答。

是他，是我认识的那个奥尔文，一脸憔悴，眼窝比之前陷得更深，双眼红肿，垂头丧气，整个人精气神全无。三个月前他来我们家时的那种疯狂和执着哪儿去了！

"达米尔，"拉尔特转过脸丢给我一句，"生火，快！"

被露水打湿的木柴不太好点燃，主人也不出手帮我。

我正卖力地朝着刺鼻的浓烟中吹气，看见奥尔文伸出一只手，手里拿着的护符晃个不停。"呐，拉尔特。几乎全是锈。"

拉尔特站起身，朝护符伸出手却没碰它，转身开始在旁边踱步，湿漉漉的秋草被他的长靴踩倒了一片。他突然停下脚步。"你找到他了？那个我让你找的人？"

奥尔文摇摇头。拉尔特又开始踱步，步子越来越坚决，越来越快。

"我找不到他，"奥尔文缓慢开口，"你也找不到。他不是魔法师，无法建立任何联系。你这儿要是留着属于他的物品，纽扣、皮带扣……"

"我又不是女人，什么小玩意儿都收盒子里放着。"拉尔特打断了他的话，"他也不是我的爱人，我不可能留着他的东西。"

"要是有血就好了。"奥尔文轻声说，"哪怕只有一滴。一滴就够了。"

一根小枯枝被拉尔特踢了起来，在空中画出弧线，掉在了腐烂的树桩上。"够了，你没找到鲁阿尔。我也没有找到任何可以帮你的东西，一根头发都没有。你的护符和墓地篱笆上的钉子一样生锈了，还有没有别的消息？"

鲁阿尔这个名字引发了我的思考。很显然，最近让拉尔特坐立不安的那件事和这个行走的传奇有直接关系。事实证明主人早就在试图寻找马兰了。为什么呢？

"我从一开始就错了，"拉尔特喃喃道，"我到处找它，引诱它，制造谣言，可就在这段时间……"他住了嘴。

"这段时间……"奥尔文应声虫一样重复道。

拉尔特浑身一抖。"这段时间，马兰满世界乱跑。就是那个被我们放逐的马兰。是啊！我还了他自由，我违背了和埃斯特的约定，可我甚至都不知道马兰的脑子是否还正常！天呐，谁在遭到这种打击之后还能恢复过来！"

他的脚步更快了，甚至在挂着晨露的草丛中踩出了一条深色的小路。

"你觉得……"奥尔文咕哝道。

拉尔特定住脚步，长靴上的污泥土块纷纷掉落。

"我不觉得。我甚至都不愿意思考这件事。他被剥夺了魔力。可能，他真的就是预言中提到的那个不是魔法师的魔法师。我之前完全没有考虑过他！"

他重重呼出一口气，双肩猛地一垂，又懊恼地叹了一口气。"哎……"

这声苦涩的"哎"让我的心抽紧了。主人很少用这个调子说话，十分罕见。

"你没考虑他是因为你不想。"奥尔文平静地说，"你就是不愿意承认马兰是守门人……"

拉尔特凶狠地瞪了他一眼。"少胡说八道……"他转过身，

第四部分 召 唤

又开始踱步,像什么事都没发生似的继续说道,"住在山麓的老奥尔兰本来可以解答很多问题。本来可以的,结果他用了水镜,弄丢了自己的性命。他在水镜里看到了一个人,这人后面还跟着一个无形无状的可怕生物。这人是谁?跟着他的又是什么东西?"

奥尔文不自在地仰头坐着,睁着发肿的双眼看着拉尔特。拉尔特终于没再踱步,站在了沉默的奥尔文面前,问道:"你怎么看,先知?谁是守门人?第三力量会从哪儿来,它会攻击哪里?这些问题有答案吗?"

"答案已经在这儿了。"奥尔文轻声答道,"预言就在我体内。已经好几天了。让它出来,我们就能知道一切。"

他说话的时候似乎在自我安慰。我浑身都是鸡皮疙瘩,而我的主人,拉尔特却无动于衷,他忽然哑着嗓子问道:"什么?"

"就今天,"奥尔文点点头,"再过几分钟。现在你先坐下,快坐下,拉尔特。你个子高,我脖子疼。"

离湖不远的地方有三棵松树,围成了个三角形。做预言需要三堆火,于是乎它们遭了灭顶之灾。

拉尔特点燃了它们,松树自上而下开始燃烧。

尽管整个场面很恐怖,我还是站在一旁围观仪式,没有跑开。奥尔文站在三棵松树之间,眼中火光飞舞,他从怀里掏出一个生锈的护符,视线穿过上面的镂空刻纹。

他的声音毫不费力地盖过了火焰的怒吼:"它来自外域,来自外域!它即将降临。终有一天,终有一时,终有一人。大祸将至!魔物吞噬生灵……清水化为黑血。飞鸟亡于蛛网,走兽没于大地。凡有魔力者,皆堕深渊地狱!大祸将至、大祸将至……终有一天,终有一时,终有一人会为它开门。守门人。大祸将至,它即将降临!"

"谁是守门人?!"拉尔特用尽全力喊道。松树开始爆燃,整个树冠都在熊熊燃烧,火焰怒吼着吞噬树干。先知听到了拉尔特的疑问。

"守门人。他是魔法师,又不是魔法师。他背叛过,又遭遇了背叛。只有守门人能打开界门,只有守门人,终有一天,终有一时!"

"谁是守门人?!"拉尔特竭尽全力大喊。

"他……失去了魔力。他曾经强大,变得虚弱不堪。他背叛过别人,别人也背叛了他……他背叛过,又遭遇了背叛。只能是他!界门开启之时即它降临之时!千坟同开、万灵同哭……空气凝缩,埋葬众生……埋葬……亿万面庞,空余眼眶!界门开启之时即一切应验之时!"

松树忽然开始摇晃。拉尔特冲向奥尔文,将他从三棵树围成的三角地带拖了出去。他的动作非常及时,三棵树一棵接一棵倒下,掀起一阵夹杂着火花的旋风。魔法师们差点没能避开,而我则早就跑到了远处,颤抖着看着那冲天的火光。

擦去脸上油腻腻的黑灰,拉尔特冷静地说:"我知道守门人是谁了。我亲手缔造了他。我现在去把他杀了。先找到他,在他给第三力量开门之前杀了他。"他把牙咬得咯吱作响,一蹦而起。"出发。现在还为时不晚。我知道怎么找他。"

⚔

审判厅前后都有门。刽子手把不断求饶的罪犯从一扇门拖出去,卫兵把下一个恶棍从另一扇门带进来开启新的审判。抄写员勉强缩在矮凳上,法官几乎来不及在他递过去的纸上签字。圆形

第四部分 召 唤

印章戳在一摊火漆里,桌上的判决书越堆越高,旁边放着法院那令人生畏的象征——一个挂着人偶的绞架。

犯了欺诈罪的商人被判处公开鞭刑后,鲁阿尔立即被带入大厅。冷酷的卫兵把鲁阿尔带到法官面前,更确切一点,是把他押到法官没有光泽的秃顶之前,因为法官正弯腰处理一些文件。

"姓名?"小个子抄写员漠不关心地问道。

鲁阿尔张开干裂的嘴唇。"你不配听我的名字,狗腿子。"

坐在桌边的人轻笑一声,抬起头。鲁阿尔哆嗦了一下,法官虽长相俊朗,保养得宜,眼睛处却只有两个冰冷的窟窿。

"鲁阿尔·伊力马兰涅恩。"法官用平淡的语气低声说,说完还干笑了一声,"呵……"

鲁阿尔吸气的时候都在颤抖,他没有告诉蒂莉自己的全名。

"鲁阿尔·伊力马兰涅恩,"法官继续道,"盗窃财物被当场抓获。还有……"他把手伸到桌子底下的某个地方,掏出黄金蜥蜴雕像。鲁阿尔不自觉地走上前去。卫兵抓住了他的胳膊。

"这是您的东西吗,鲁阿尔?"法官漫不经心地问,两个窟窿中射出的光芒刺痛了他。

"是我的。"鲁阿尔嘶哑着说。

"呵,"又是一声轻笑,听得鲁阿尔如坠冰窖。"这东西属于某个公爵,某个不幸的公爵,他曾经喝过一个人制作的魔药,这人自称会算命。他叫什么来着,鲁阿尔,您还记得吗?"

鲁阿尔差点没站稳。

"呵,"法官认真观察他,"我等了很久了,鲁阿尔,我一直在等你落网,我的朋友。"他对着抄写员说道:"先别弄你那些乱七八糟的了,这儿有个非常特殊的案子,去门口说一声,让他们不要打扰我。还有,去把起诉人叫来。"

守门人

抄写员嘎吱一声离开凳子，小跑着去了门口。鲁阿尔稳定好自己的情绪，苦闷地直视着那双令他厌烦的眼睛。法官伸出手指，戳了戳绞架上吊着的人偶。"啊，我们刚才说到哪儿了，啊哈！"他在文件里面翻了一会儿，"假扮巫医，等会儿我们再来说这个。偷了个黄金小雕像……"法官圆润的手掌拍了拍蜥蜴像。鲁阿尔哆嗦了一下。

"接下来。"法官继续看文件。他的手指柔软红润，抚摸密函的动作温柔得像在抚摸情书。"有意思。鲁阿尔先生控制欲很强啊，他把自己伪装成个先知。不过，很遗憾！他在公爵那儿可没那么走运。啊这个，稍等一下，对，又是占卜、预兆，鲁阿尔先生当众做了预言呢。把狼人变成了狗……这些乡巴佬到底是有多蠢！哦还有，武器莫名其妙弯折损毁了，一副马骷髅被套到了板车上……看您这聪明才智！怎么这些事情放在一起，看着却有点儿可怜呢，您说是不是？"每说一个字，法官的表情都更加灿烂。他就像是猫在玩弄老鼠，把鲁阿尔扒光了衣服，拍到肮脏的地面。

鲁阿尔在他的打击下浑身颤抖，他努力回忆蜂村寡妇的脸，回忆那里的彩绘陶罐，回忆曾经趴在他脚下寻求庇护的狗……然而他脑海里浮现出的只有一张张丑恶的嘴脸，还有那个备受折磨、在草地上不停挣扎的无辜青年，是他，鲁阿尔冤枉了他。那些杯子……他手中的杯子碎了。

"呵……"法官又开口了。人偶晃动的速度越来越慢。

"那女孩是……您派来的？"鲁阿尔艰难地问。

法官满意地靠在椅背上。"啊，那个送您进来接受审判的小流浪女？如果我告诉您这一切都是事先安排好的，那个黄毛丫头是个细作，这样您是否会好受一些？"

第四部分 召唤

法官似乎很高兴，摇头晃脑地揉着双手。他用眼神将鲁阿尔从内到外折磨了一番，轻声说道："不，鲁阿尔。这个女孩不是我们的人。您的确在路上救了她。她也是真的喜欢您。但这并不妨碍她一有机会就卑鄙地背叛您。太卑鄙了，不是吗，鲁阿尔？"

鲁阿尔身后的门打开了，法官本想皱眉，却发现来人就是他在等的人。

"欢迎欢迎，先生们！"他甚至微微起身以示欢迎。

两人是圣灵拉什的战士，他们戴着风帽，眉头紧锁，神色凝重，分别从两边走向审判台，质地粗糙的斗篷在鲁阿尔身边沙沙作响。

"这就是鲁阿尔·伊力马兰涅恩，"法官指着鲁阿尔说，"你们已经熟悉过他的卷宗了。关于要写进笔录的内容，两位还有什么想说的吗？还是说圣灵对这种罪行漠不关心？"

其中一人个子稍矮，岁数也年轻一些，他歪着头，将脸完全露了出来。此人皮肤松弛、眼袋肿大，明显重病缠身。"圣灵在上，"他忽然用低沉的声音说道，"我作证并指控一个名叫鲁阿尔的人，多次假扮魔法师、先知及巫医。圣灵认为冒用上述名谓是对自己的严重冒犯和侮辱。圣灵要求鲁阿尔当众宣告终生放弃使用上述名谓的权利并接受监禁。若拒绝此要求，则应将其斩首。荣耀归于圣灵！"他抬眼看向天花板，然后把头埋在胸前，风帽又盖住了他的脸。审判厅很长一段时间鸦雀无声。

"呵，"法官像是在轻笑，又像是在咳嗽，"明天是狂欢节，咱们就在阅兵式之后，游园活动开始之前走这个宣布的流程吧！这将是极其有趣又具有教益的一幕。"

不知从哪里飞来了一只硕大的苍蝇，落在了绞架模型上。法官的手像猎人一样灵活，一把抓住苍蝇，处决了它。

"不，"鲁阿尔疲倦地说，"有教益的一幕不会出现。在你们面前的是，"他推开卫兵，艰难地直起身子，"在你们面前的是伟大的魔法师，可能是当世的魔法师里最伟大的一位。你们不明白是你们的问题，竟然还要我声明放弃使用魔法师这一名谓的权利？"他笑了。一开始他笑得很艰难，笑声听起来有些凄惨，后来就好像有个塞子从他嗓子眼儿里拔出来了似的，他开始放声大笑，在这个尘土飞扬的恐怖大厅里还没人这么笑过。

法官无动于衷，面皮上毫无温度的两只窟窿警惕地看着他。圣灵的战士漠然立着，风帽遮住了他们的脸。

鲁阿尔笑够之后感觉轻松多了。他完全放松了下来，甚至有些可怜这个桌上摆着绞架模型的老头儿。"我伤到你们了？抱歉。"他微笑着说。

"呵。"法官答道。两个戴着风帽的人就像听到了指令一样齐齐转头。"这一幕会出现的。"法官说，"多么非凡，多么有品味的场面啊！"他陶醉地眯了眯眼，愉悦地亲吻自己的指尖，"也不用你做什么声明了，在阅兵式之后，游园活动开始之前直接处决你。处决贵族一般用毒蛇，处决流浪汉基本是绞刑。至于你，我们会遵从圣灵的意志，你会被斩首。好了，伟大的魔法师先生有机会大显身手了，对吧？"

"呵！"鲁阿尔回答他。

他被关在一座霉烂发臭的石牢中，牢里有个坑，他在坑里过了一夜。

水流过黏腻发霉的墙壁，在地板上汇集成了一个水洼。鲁阿尔坐在那里，一阵抽搐之后低声说起了胡话。

他看见了被阳光炙烤的草地，看见了海湾里的圆石，看见了女孩颈窝上爬动的蚂蚁。

"你……你……"他含混不清地呢喃,声音在石牢中回荡。

他想起了迎面吹来的热风,想起了人类皮肤上长出羽毛的那种奇怪的感觉,想起了身下被浓雾遮盖的大地,想起了宛如巨大玻璃杯的天空,想起了冬日壁炉里木柴燃烧的声音,还有旁边温热的酒液。

别杀我。是不是魔法师,这个问题很严重吗?

有钱人恣意挥霍钱袋里看似无尽的财富,树上的鸟儿以为夏天永远不会结束。忽然有一天,手摸到了最后一枚硬币,雪花在绿叶上飘落。这不公平,却无可挽回。这就是我的一生。一个用来把玩的漆器,颜色鲜艳的昂贵玩具,它坏掉了,我自己弄坏的,因为我想看看它里面是什么样子。爱是由什么组成的?咔嚓,没有爱了……我到现在也没搞懂爱是怎么一回事。新的游戏,咔嚓……拉尔特,他和我什么关系?他是干什么的?我自己又是干什么的?谁会需要我?天哪,怎么会这样?

他似乎打起了瞌睡。半梦半醒间,他看到了两个人。

怒气冲冲、面目扭曲的埃斯特和满脸狞笑、火冒三丈的拉尔特包围了他。

"你干了什么,狗崽子?你和汉特赌什么了?"

这时他才反应过来出了大事,以一敌二他毫无胜算。他想开个玩笑,笑容刚挤出来就从脸上滑了下去。

"你这是在两边下注?"埃斯特眯起眼睛,看上去十分危险,"想当墙头草左右逢源?你和磨坊主打了什么赌?"

"马兰……"拉尔特开口了,他声音中的失望比埃斯特的愤怒更令人恐惧,"你这么着急干什么?为什么要同时背叛我们?"

"我没有背叛!"鲁阿尔否认,然而没人相信他,因为他以前骗过他们，还曾因为自己的创造力、想象力和灵活机变沾沾自喜。

"诅咒你。"拉尔特疲惫地说。

"诅咒你！"埃斯特重复道。

他们联手封印了他，令他无法辩解和抵抗。火花从他们的指尖汹涌而出，凝集成网将他困住，他在网里左冲右突，肢体愈发僵硬。他的胳膊和腿开始抽筋，他听到自己浑身的血液在咆哮，感到自己逐渐失去了人类的特征。

"叛徒，诅咒你！把你变成家具，变成个没有思维的东西！"长期维持物品的形态会让人永远失去魔力！

三年，三年。拉尔特，你在我身边走来走去，在我麻木的手指上挂你的斗篷。你非常清楚，我珍贵的魔力每分每秒都在流逝，这种损失根本无法挽回，这个世界上没有任何人能让我恢复如初，我失去了魔法天赋和存在的意义。我的魔力不是你的馈赠，你又有什么资格把它夺走？！

还有你，埃斯特？我记得你的貂皮大衣，记得你眼神中的试探。你当时说："这是对他而言最合适的结局。"然后伸手擦去了我木头肩膀上的灰尘。

这段回忆让鲁阿尔发了烧。他蜷缩在湿滑的石板上，把嘴唇、手指和手掌都咬出了血。

天啊！唯一支撑我活下去的，就是找你们算账。以牙还牙。

阅兵式终于结束了，据说是近五年来最好的阅兵式。到处都有人卖棒棒糖和云朵蛋糕，蛋糕颜色雪白，点缀着软糖做的闪电。孩子骑在父亲的肩膀上，姑娘们手心微微出汗，怯生生地伸出几根手指搭住男生们的手掌。男生们因为害羞，动作略显

第四部分 召　唤

僵硬。

游园活动还没开始,所有人都在等待即将到来的大场面。

人群活跃了起来,爆发出阵阵欣喜若狂的呐喊和欢笑。

一辆敞篷大马车驶入街道,车上载着个窄小的笼子,里面站着个男人,他的胳膊被绑在铁杆上,身上套着件浮夸的彩色袍子。此人头顶戴着的小丑帽同巫师的尖顶帽略有相似。演员们围着笼子翩翩起舞。马车驶入广场后便停下了。

法官在高处的阳台上看着这一切。

"亲爱的观众们!"主持人对大家说,"在你们面前的是伟大的法师鲁阿尔。有没有人愿意验证一下他的力量?"

不知道从哪儿冒出来了好多菜贩子,他们在人群里钻来钻去,篮子里全是专为这种场合准备的烂苹果和臭番茄。人们摸不着头脑,面面相觑。

"来啊!"主持人催促道,"谁会是第一个敢于挑战魔法师的勇士?他会朝你扔闪电吗?还是会用雷劈你呢?快来试试,看看被人扔东西砸到的时候,伟大的魔法师会如何行动!"

众人哈哈大笑,却没人敢第一个挑战。

"嚯,这么可怕呀!"主持人翻了个白眼,"难道真没人敢尝试吗?"

鲁阿尔环视四周,所有人都很快乐,满心好奇和兴奋。好几个学生从人堆里走了出去,皱着眉,心情似乎很沉重。一个人回过头,看向笼子的眼神带着痛苦和同情。鲁阿尔认出了他,就是那个拍木猴屁股的男生。

一个十来岁的男孩挤到了前面,手里摇晃着个烂番茄,笑容灿烂。

"有个年轻人已经下定了决心!"主持人欣喜若狂,"靠近一点,我的朋友,用力扔!"

一名演员把男孩抱到马车上。围观的人群全都屏住了呼吸。男孩靠近笼子,比画了一下,把手里的番茄对准了鲁阿尔的眼睛。

鲁阿尔隔着笼子看着他。男孩外表并不出众。浓密的金色头发,鼻子上有一道抓痕。他同鲁阿尔对视一眼,兴奋地大声吆喝,把烂番茄扔了出去。

嘿!众人齐声大叫。鲁阿尔抬起满是脏污的脸。他的双手被绑着,甚至都没法给自己擦一擦。

"可怕的魔法闪电在哪里?!"主持人装出一副特别害怕的样子。

男孩哈哈大笑,跳下马车,各种烂菜立即从四面八方飞了过去。

鲁阿尔缩成一团,浑身发抖。笼子没有起到任何保护作用,他避无可避。整个广场的人都在起哄,吹口哨,主持人的声音被淹没了。

老天!我知道死是怎么回事。死刑就死刑,动用最酷烈的刑罚都没问题。只是别……别……

一身污秽。他想把脸转过去,可观众们瞄得很准。啪!啪!快看啊!看他抖得多好玩儿!

菜贩子们的篮子终于空了,人群不再起哄,主持人宣布即将开始下一个节目——《伊力马兰涅恩滑稽剧》。

一个小丑戴上了和鲁阿尔一样的滑稽帽子,用烂番茄汁涂了一脸,开始扮演奇迹的缔造者,伟大的魔法师伊力马兰涅恩。"魔法师"吊起嗓子用假声唱道:"我是伊力马兰涅恩,我无所不能!我能随意把狼人变成小狗,把耗子变成乳猪,把别人都变成

第四部分 召 唤

大白痴!"

其余演员听到"魔法师"的话后,夸张地张大嘴、翻白眼,举起手假装崇敬地惊呼:"哦,奇迹,奇迹!"小丑刚要念咒语,短裤忽然滑到膝盖,人群一阵大笑,演员们开始演唱欢快的歌曲,最后一句歌词是"多么可怕,多么强大,茅坑大魔法师"!

鲁阿尔喘着粗气,紧紧抓住笼子上的铁杆。满是缝隙的车板上全是黑色的污物,他试图借助肩膀擦拭自己的脸。

"魔法师"发现了他的动作,中断了表演,跳上笼子,冲观众们使个眼色,然后学着鲁阿尔的样子,伸手握住自己假想出来的栏杆,精准地模仿他的表情、姿势和动作。广场上又是一阵哄笑。鲁阿尔浑身哆嗦。小丑也抓住了这一点,做着鬼脸重复了一遍。大家肚子都笑痛了。演员们又唱起了大魔法师之歌,马车动了。

他被拉去游街,在每一条主街和广场上短暂停留。戴尖顶帽的小丑向所有人讲述鲁阿尔的"功绩",不失时机地模仿他的动作。有人朝鲁阿尔扔臭鸡蛋,腐臭的蛋液顺着他的脸颊往下流淌,主持人同情地问:"喂,为什么不用魔法报复回去?龙卷风?地震?咱可是无所不能啊!不是吗?"

"他是多么可怕,多么强大,茅坑大魔法师!"演员们唱道。

一个小女孩骑在父亲肩膀上,挥手朝鲁阿尔扔了个东西,重重砸到了他的鼻梁。

鲁阿尔大哭出声。他哭泣着,在笼子里不断挣扎,小丑模仿着他的神态和动作,人群不断爆发出哄笑。肮脏的臭水顺着鲁阿尔的脸颊往下流淌。

世上所有生者的脸合一了。面目可憎,充满嘲讽,恣意大笑,口水四溅。浓烈的恨意,不,是某种比仇恨更浓重的感觉充塞了鲁阿尔的身心，那种感觉直达指尖，直达发梢。燃烧吧！烧光这一切，就像火山喷出的熔岩，焚尽一切草木……熔岩……他曾化身熔岩。

烧光这一切！

滑稽剧接近尾声。天色渐暗，二十四支火把在新搭建的台子周围冒着浓烟。断头台是圆形的，涂了漆之后特别像一面鼓。卫兵们动作夸张地捏着鼻子，把鲁阿尔从笼子里拖出来，推到了台上。

法官鼻子里哼哼着，跟在后面站到了断头台上，旁边还有两个戴风帽的人。法官展开华丽的卷轴，环视一圈躁动的人群后，将卷轴递给了面色苍白的小个子抄写员。鲁阿尔透过蒙住眼睛的红色薄布看到了这一切。

抄写员读得很慢，语调没有丝毫起伏，某些词的发音还有些含混："不公平的……魔法……会受到惩罚……"

"快啊！快，快点儿！"人们激动起来。

广场另一端忽然放起了烟花。昏暗的天幕下，光焰的宫殿从一片虚无中拔地而起，蓝色火焰跃动不息，无数火花落入了下方石头砌成的水池，旋转的火轮次第交叠。"嘭"的一声，一大团绿色的星火飞入秋日的夜空。

法官瞪着两个窟窿打量着鲁阿尔，哼了一声，问话的语气宛如慈父："怎么，要不还是做个公开声明吧？后悔了吗？"

鲁阿尔一阵抽搐，吐了一地。有人吹起口哨。法官一脸嫌恶地后退。

刽子手是个身穿红色斗篷的优雅青年，从背后掐住鲁阿尔的脖子让他弯腰，将下巴放到了断头台上的一个特殊凹槽中。青年试了试斧头，冰冷的刀刃抵住了鲁阿尔的脖子。

第四部分 召 唤

"嗯,鲁阿尔?"在很远很远的地方,法官低声说,"最后的奇迹,不是吗?给了您改过自新的机会哦……"

有人在台上摇铃,提醒大家注意。

烧光吧……他是流动的熔岩,颜色深红,温度极高。他绕过巨石,植物们被他碰触后发出无声的惨叫然后死去。他从巨大的山峰里喷涌而出,天空之下,星辰见证……

他在断头台上稍稍抬起糊着一层脏污的脸,说话的声音干巴巴的,好像舌头被烧焦了。"你们……会得到……回报。"

他的后脑勺被人按住,下巴又戳进了凹槽。鲁阿尔不小心咬了舌头。

"怎么样,鲁阿尔?!"法官最后一次问道。

"魔……魔法师……"鲁阿尔嘶哑着说。

斧头落了下来。

斧头往下掉落的过程很漫长,姿态优雅、充满力量,刀锋在木头里陷入了一指深。

人群大叫起来。法官往边上一跳。卫兵手中的火炬在颤抖。

断头台上空无一物。斧头嵌在空空如也的木台上,干净清洁,没有一滴血。

"啊啊啊!"前排的观众尖叫起来。后面的人则踮起了脚尖。

法官一脸惨白,捂住心口。

斧头静立片刻,飘散成了烟花。

这次骑马赶路的经历令我终生难忘。

我们夜以继日地骑马狂奔,我坐在拉尔特身后,奥尔文骑着我的马。空中是舞动的群星,马蹄之下一片虚无(至少给我的感觉是这样)。拉尔特在绝望而愤怒地呐喊。模糊的阴影和点点火光在黑暗中闪烁。呼啸的狂风中传来意味不明的语句,听着很是瘆人。我的汗毛根根竖立,手指抽筋。

又过了两天,我们来到了一座山丘脚下。这里的每个角落我都非常熟悉,因为三年前我视死如归地爬了上去,成了魔法师的仆人。拉尔特的房子在高处凝视着我们,静穆和悦。

拉尔特没有回家。他忘记了人需要吃饭、喝水和睡觉。他像疯子一样丢开缰绳,离开马路,在草丛中徘徊,一直盯着地面上的某个东西。

一只蜥蜴趴在平坦的碎石上,沐浴着秋天仅剩的温暖阳光。拉尔特朝它走过去时它动也不动。它没有逃跑,也许是因为它跑不了。它的眼睛小小的,他趴到地面,先看了看它的一只眼睛,然后再看了看另一只。有那么一瞬间,我感觉蜥蜴和魔法师之间似乎有一根绷得很紧的线。蜥蜴开口问道:"谁啊?"

问话的不是蜥蜴,我听到了一个低沉又紧张的女声。

"拉尔特。"拉尔特咬牙回答道。

蜥蜴脱口而出:"你要干什么?"

"和你聊聊。"拉尔特目不转睛地盯着它,回答道。

"我不和你聊……"蜥蜴立马回答,语气强烈,声音颤抖。女人显然在试图挣脱某种我看不见的束缚。她奋力挣扎了很久,直到最后脱力。"你怎么敢?!"一声断喝。

"我要见你。"拉尔特的话音中带着压力,"你在哪儿?"

"在家。"蜥蜴低声说。

"带路。"拉尔特甩出一句,把蜥蜴从石头上拿了起来。

奥尔文终于找到机会插嘴:"我知道在哪儿,我来带路!"

拉尔特赏了个极其严厉的眼神给他。

第四部分 召 唤

她的房子也建在一座小山上,和村子有点儿距离。我对这里很熟悉,因为我的女朋友丹娜就住在村那头,酒馆老板不止一次免费招待过我。天,都过去这么长时间了!

舒适的房子在拉尔特接近时蜷缩成了一团,雕花大门在他的拳头下几乎和人一样发出了哀鸣。

一个中年男人推开门,焦急地看着来人,紧张地把一缕灰白的长发从额前拨开。"先生们,你们想干什么?"

"我们要见卡斯黛拉,绰号蜥蜴。"拉尔特想用肩膀顶开他,站在门口的人寸步不让。

"你们凭什么未经允许就要进来?"他的声音低沉而清晰。

拉尔特后退一步,双眼微眯。我很担心接下来会发生什么。奥尔文反应过来后想冲过去制止他们,这时一个女人从男人身后走了出来。

女人穿着条深色的手织连衣裙,看上去十分普通。可我立即意识到,这不仅仅是一个农妇,因为她身上隐藏着某种和周围格格不入的东西,可能是某类人独有的属性。

"马尔特,"她轻声说,把手搭在门口男人的肩膀上,"让我和他们谈谈。别担心。"

男人迎上了她的目光,挑起眉毛。"如果他们有谁敢欺负你……"他沉着声音说,目光扫过拉尔特时,眼里忽然闪过一丝凌厉,犹豫了一下,不情愿地退到一边,"进来吧……"

我们走了进去。

内院大得有些过分。院子最里边种着几棵果树,树下有条长凳,女人冲我们点点头,让我们过去。她现在的表情里透着骄傲,甚至近乎轻慢了。

"我们就在这儿谈。"

所有人都站着。

"所以,拉尔特,"她平静地说,"你对我使用了武力。这是否意味着我们之间开战了?这是否意味着,"她转向奥尔文,"这是否意味着,奥尔文,你在这场争端中站在了拉尔特一方?还有,这是否意味着,"她的声音在颤抖,"我远离魔法和魔法师群体的愿望没有任何人在意?"

奥尔文有些紧张,苍白的脸上泛起阵阵红斑,看着就像一幅地图。我焦急地等待拉尔特的反应,看他听完这愤怒的长篇大论后会怎么说。然而他咬着嘴唇,没有吭声。名叫马尔特的男人在院子的另一边站着,靠在栅栏上看着我们。

"卡斯黛拉,"拉尔特最后说,"我为我的所作所为道歉。如果你想,你可以打我一顿出气。时间宝贵,一分一秒都不能耽误!我需要你帮忙,你同意吗?"

"不,"她毫不犹豫地说,"我不关心你在害怕什么,拉尔特。我对你的事不感兴趣。我生活在另一个世界。"

奥尔文抓着长凳的木靠背,倾身向前。"世界只有一个,蜥蜴!"他的语气热切又不容置疑,"我们只有一个世界,真的!"

拉尔特的脸绷得很紧。"现在不是翻旧账的时候。第三力量是存在的,它已经非常接近了,或者说它就在我们身边。马兰在哪儿,卡斯黛拉?"

"你们找他干什么?"她的话音里带着无法掩饰的恨意。

"他……"奥尔文本想开口,拉尔特打断了他。

"他可以帮我们。他必须帮我们。卡斯黛拉,你肯定知道他在哪儿。"

她微微眯起眼睛,目光在他们身上转来转去。"您还没玩儿

第四部分 召唤

够吗,拉尔特?"

奥尔文手上用力,差点把长凳从地面拔出来。"不是,蜥蜴!不是!不是这样的!我的护符生锈了,还有……"

她骄傲又愤怒,嘴唇突然开始颤抖。她不想听他们说话。"你们……你们把他变成了废人……为什么?就因为他做了件傻事?就因为他的恶作剧?就因为你们觉得他背叛了你们?你们竟然还二对一!"

"别假仁假义了!"拉尔特截住她的话头,"他那是罪有应得!而你,你一直保持沉默,因为你认为惩罚是公平的!"

"惩罚?!你们害他是因为你们太过骄傲,更有可能是出于嫉妒!"

我闪到了一边,心想她完了,然而拉尔特的意志坚硬如铁!他控制住了自己。"够了。他在哪儿?"

她竟然还在大放厥词:"在哪儿?你们怎么抛弃他的?你们把一个无助的废人丢到哪里去了?你们准备让他死在哪里?"

"死?!"奥尔文惊恐地反问。

她瞟了他一眼,目光再次回到了拉尔特身上,神情中带着轻蔑。"他还活着。快乐地活着!他会回来的,拉尔特,你等着!"

"你怎么知道?"拉尔特飞速发问,"你追踪过他?"

"血,是他的血,对不对?"奥尔文往前一探,但是拉尔特恼怒地挥手把他赶开。

"别胡说八道,她的力量维持不了这么长时间的联系。"

女人抬起头,摆出一副胜利者独有的姿态。她笑了笑,肩膀舒展开来,表情柔和了些,眼神在两个魔法师身上扫来扫去,甚至恩赐了我一个转瞬即逝的微笑。她随手从朴素的裙子前襟里抽出了一张仔细叠好的餐布,将它捧在手心,目光再次看向了奥尔文和拉尔特。前者在紧张地掰着手指，后者则一动不动，仿若石像。

很久都没人说话。女人终于得意地笑了，展开了那块布。那就是张白色的薄餐布，几个黑边小洞在我们眼皮子底下不断扩大。女人脸上的笑容僵住了，表情突然变得有些狰狞。

"天啊……"奥尔文低声说，不规则的红斑瞬间从他脸上消失，空留惨白一片。

马尔特三步并作两步从院子那边冲过来。

拉尔特一言不发。

女人可怜兮兮地呜咽着，扔掉了手里的破布。拉尔特弯腰迅速捡起残余的餐布，刚捡起来又扔了出去，破布突然爆燃起不自然的红色火焰，化成一撮灰烬。

"马兰。"女人干巴巴地说。

马尔特及时赶到，撑住她，让她靠在自己身上。除了我，没人发现他听到这个名字时嘴唇颤抖得多么厉害。

奥尔文绞着手，看着拉尔特。拉尔特没说话。

马尔特想把女人带回屋，她猛地挣开，脚步踉踉跄跄的，一屁股坐在长凳上。

"拉尔特，"她轻声呼唤道，"拉尔特……"

拉尔特快速朝她俯下身子。"怎么？"

她抬起憔悴的、满是泪痕的脸对着他。"你发誓……你发誓你没再找他麻烦，在他……在他……"

她没说完。拉尔特叹了口气，搂住她的肩膀，让她看着自己，直视着她悲伤的眼睛。"我发誓。我对着上天发誓，我后来没动过他。"

她低下了头。马尔特搂着她，带着她回房去了，她没再反抗。奥尔文跟在后面,拉尔特抓住他的肩膀制止了他的动作。
"走吧。我们在这儿帮不上忙,也没人会帮我们。"
　　屋子里响起了孩子的哭声。

第五部分

决 斗

第五部分 决 斗

天鹅绒般的黑暗。

他躺在绵软如羽绒垫子的光滑木板上。面前是一片虚空。

斧头冰冷的刃口抵在他的脖子上……难道那个在他小时候照顾他的独眼老妇人说对了，难道死后真的有新生？光滑的木板……等等，老太太难道没提过尸体会被留在地上，埋进土里？我的灵魂竟然能感受到这舒适的木板，感受到无处不在的暖意？穿堂风……天哪，我这是在哪儿？

木柴温柔地噼啪作响。你好，马兰。

谁在说你好？难道是我自己在和自己打招呼？

一声轻笑。

我听见过这个笑声，以前还有点害怕，现在嘛……

鲁阿尔动了动，发现身体还听使唤，没有痛苦，没有恐惧。光……哪儿来的光？啊，烤炉，不知从何处来的两道光柱照在木板上，打出两个光团，极细微的不平整之处都很显眼，方形的钉帽……

他犹豫了一下，起身环顾四周，尝试着适应半明半暗的环境。笼子、小丑、烂菜、断头台，那是什么时候的事了？一年以前,还是片刻之前?

他小心翼翼地朝前走,掀开一路上铺天盖地的透明帘幕。他找啊看啊,似乎很笃定自己一定能找到那个人……

别找了,马兰。

他哆嗦了一下,停住脚步。

别找了,马兰。我在这儿。我在你的身体里。我是你的一部分。

你是谁?

我是你的本质。你被选中了。

被谁?

被命运,被力量。别那么吃惊。你从前就知道。你在别人家里当家具的时候,你心里在想什么?更何况,那人和你简直是云泥之别。

鲁阿尔大吃一惊,双手摸到了垂坠在黑暗中的扇形硬质花边。有人在他心里和他说话。以前也有过类似情况,当时他以为自己疯了……

天哪,我是真的疯了!只有疯子才能凭空幻想出这个地方,光滑的木板、墙壁、帘幕、扇形花边,平地中央还有一个很普通的家用烤炉,里面不断传出木柴燃烧的噼啪声……都是幻觉。我疯了。

一声轻笑。

你很早就疯了。你失去了魔力,悲痛欲绝。你的能力极为强大,区区魔法师的力量对于你而言,只是荒唐可笑的玩具。你不信?难道你已经习惯了当牺牲品?你看看你的心,马兰!你会看到我。

鲁阿尔很害怕。

第五部分　决　斗

不，别害怕。别人会害怕你。你是被选中之人，你知道。

我的确知道。

当他们把我绑在马鞍上，用马拖着我走了好几里路的时候，我知道。

当他们抽我的时候，我知道。当我像条虫子一样在烂泥沟里打滚的时候，我知道。

我穿着破衣烂衫在路上流浪的时候，还有我差点饿死，幸好有人看我可怜，给我点吃食的时候。

我和这些充斥于大地的卑贱生物打交道。我善待他们，他们却对我使尽了下流手段，背叛我，用烂菜砸我，聚在一起拿我玩笑取乐，还要送我上断头台。好一张浮肿的大脸，满眼尽是嘲讽。天啊，你们有什么资格？！

那些人都无关紧要。你再想想其他人。

马兰身上起了一片鸡皮疙瘩。他清晰地看到了一个前厅，厅里放着两个丑陋的衣架，左右两边各一个。他们的手指弯曲呈钩状，嘴巴大张，就像在抛光的柱子上开的圆孔，他们在求饶！

拉尔特。

埃斯特。

拉尔特。

他们战胜了我。他们践踏了我。他们看都没看就把我扔了出去。他们觉得我恭顺又软弱。赶走了我。驱逐了我。把我扔进了坑里。扔进了垃圾堆。让我消失。他们觉得我死了什么都不会改变。他们像在路上碾死虫子一样料理了我，把我抛到脑后。只剩下糊了一地的血肉在可怜兮兮地抽动！

你想起来了，马兰。你想起来了。他们畏惧你，嫉妒你，他们如此虚弱。他们用尽全力也没能将你抹煞。他们只是浑浊人海

239

中的几滴水,而你,你为了统治、为了主宰、为了征服而生。他们会付出代价。

你想要什么?

不是现在。听着。世界正在改变,一切向好。你帮助世界就是帮助自己。你的力量在界门那边,没有你的帮助它无法降临。去开门吧!

界门?

打开走廊尽头的那扇门。让我降临。

你又是谁?

我是本质的你。真正的你。开门吧!让我降临这个世界。

马兰感到灼热又冰冷的浪从头到脚向他碾压了过来。他的心在嗓子眼儿里怦怦直跳。烤炉里的火在他眼前舞动。

你为什么要降临这个世界?这和我有什么关系?

被选中之人,我能给你权力。世界会感受到这份权力的重量。它会泣不成声,然后颂扬你的姓名。开门!

你希望……你要我把一个外来者放进自己的世界?

一声轻笑。

你在这个世界难道是自己人吗?这是个不知好歹的平庸世界,这是个好人没好报的世界!你怎么会认为你属于它?

这个世界?

它配不上你。它算什么?有什么法则在管束这群渺小的、卑鄙的、愚蠢的人类吗?魔法师,他们自以为是主宰,是统治者。你想一想,他们和其他人有什么区别?

魔法师……"这是对他而言最合适的结局"……然后把沉重的貂皮大衣挂在了我弯曲的手指上!

你认为这个世界秩序是完美的?这是唯一可能的世界秩序?

第五部分 决 斗

难道还可以选择？

来烤炉边吧！

他从铺天盖地的透明帘幕和扇形花边中挣脱出来，走到了安逸舒适的烤炉旁边。

烤炉由浅色的石头堆砌而成，被烟熏过的烤叉上空空如也。炉子里没生火，只有皱皱巴巴的红纸和不断闪烁的光。鲁阿尔踢了下烤炉上的石头。石头移了位，重量很轻，似乎是中空的。鲁阿尔围着烤炉走了一圈，终于满心惊恐地确认了这真的是个寻常烤炉，只是看上去过于简陋，不太真实。

万事万物都有两面。看见了吗？

烤炉化为了灰烬，变成一堆垃圾。

世界终将如此，因为它并不完美。

炉心的光芒不仅没有消失，反而愈加强烈，就着这片光，鲁阿尔发现几步开外有个深不见底的黑渊，侧面是光裸的墙壁和狭窄的走廊。

看到了吗？走廊尽头有一扇门。门后面是永生、权力和新的时代。

谁的权力？

你的。

那你呢？你想要什么，这份权力你占有多少？

傻孩子。界门一旦打开，我将不复存在。我不复存在，因为今后我就是你，你就是我。

黑渊毫无声息。两条光柱在木板上投下的光团一动不动。

我还有什么没经历过呢？我当过衣架，当过巫医，给人算过命。渺小的虫子。流浪汉。可我曾经也化身火山里的熔岩，你还记得吗？现在你想让我再换一个身份？

不是身份，是本质。

本质……

鲁阿尔晃了晃脑袋。周围的黑暗和寂静，还有在他体内同他说话的那个声音，一切都仿佛水月镜花、梦中幻象。

我不想成为你。我就是我，我不想成为任何人，明白吗？现在让我走吧！我累了。

笑声。

走吧，请便。屠刀已经高高举起。屠刀一直高高举起。从你出生起，从你发出第一声微弱的啼哭起，全世界的刽子手都举起了屠刀，寻找你的脖颈。快去开门！

鲁阿尔往边上走了一步。天鹅绒般的虚无中出现了一把锋利的巨斧，巨斧飞速坠下，砍进木板后嵌在那里微微抖动。鲁阿尔朝后退去。刀锋在颤抖，巨斧黑色的侧面一片斑驳，微微反光。

这个世界到处都是刽子手。他们都想要你的命，马兰。

鲁阿尔咬着牙，冲进了层层叠叠的帘幕中。

脚下出现了无数方形孔洞，他差点儿没来得及闪开。腾挪之间，他发现孔洞的底部全是可怕的齿轮装置，抖个不停，仿佛拥有生命。下垂的帘幕在他身上扫来扫去，绊他的腿。他喘着气，从憋闷的织物囚笼中逃脱，发现自己又回到了深渊边缘那块狭窄的地方。

马兰，你不明白。他们会杀了你，马兰。你这样的人千年难遇。

他撞到了个木墩，擦伤了下巴，停下脚步搓揉伤处。

你一个人就能筑起高坝，阻挡污浊的人流，清理大地上的不洁之物，这是你的命数。难道你想放弃？

我一生从未放弃。我是鲁阿尔·伊力马兰涅恩。

你从未放弃。但是他们仍然会将你交给刽子手。

丑陋的圆形物体从黑暗中跳了出来,令人毛骨悚然。那是一颗头,一颗人头,那人还活着,不停地眨巴着凸起的眼睛,他的血管还在跳动,在颤抖,不断喷溅出浓稠的血液和泡沫。

人头不动了,他的眼睛最后抽动了一下,失去了光泽。毫无生气的丑脸上充满了痛苦。鲁阿尔发现那是他自己。

一切早已注定,马兰。我让你从断头台上下来,就是为了开门。你面前是巨大的宝库,不要再为了小事伤怀。去吧!这是你的命数。权势、力量、复仇,都会如你所愿。

他费了很大的力气才把目光从可怕的头颅上收回来。

我想要什么?你认为,什么是权势?

你怎么会问这个问题?你可是曾经化身熔岩之人!

脚下的大地在颤动。

他从全世界的火山中喷涌而出。他漫过无垠的空间,或焚烧,或怜悯。

他在漫天乌云中闪现,宛如雷霆。泼天的雨水或淹没,或恻隐。

他化身海洋中的台风、沙漠中的焚风,化身天下一切暴虐之风。他将千百年长成的大树连根拔起,不停摇晃,不停玩弄。山,巍巍群山,他也曾化身其中。

他化身万千严厉的教师,手里拿着教鞭和戒尺。

他化身瘟疫,播撒恐惧。成千上万药石罔效的病患,他会择其一二,让他们得以寿终正寝。

所有沼泽,江河湖海中的所有死亡漩涡都是他的化身,溺死那些懒惰又不听话的孩童。

死者临终前的心愿如此幼稚,引人发笑。他感慨他们为了同

Привратник
守门人

死亡抗争，竟会努力至斯。

全知。全能。

忽然，田野里出现了一堆篝火。篝火旁边……他的脸灼烧了起来，心怦怦直跳。缠绕在一起的黑色头发，裸露的肩膀，女人怯生生地向他伸出双手……

蜥蜴！

天啊，我是怎么了？！

他们从全世界的火山中喷涌而出，汇集成熔岩巨流。

他们在漫天的雷鸣电闪中化成暴雨，坠向地面。

他们心念意动，潮起潮落。

两股旋风首尾衔接，摧山裂石。

他们像抛球一样把太阳扔来扔去，黎明、黄昏……

蜥蜴，是我，马兰，你听得见我说话吗？！

寂静的河流。月光下的两条鳟鱼。

炉中火焰升腾。他们的孩子在睡觉，发出轻微的鼾声。若有若无的气息飘到他脸上，潮湿又温暖的肌肤，汹涌又甜蜜的痉挛。他的温柔渗透发梢，她的柔情包罗万象……

国王和王后共享王座。他们是统治者。你想要吗，马兰？

她已经有孩子了，怎么可能……

一阵停顿。

马兰，你的脑子呢？你知道我们。在。聊。什。么。吗？

我不知道。你想把这个世界怎么样？你不喜欢它，我也不是特别喜欢。那又怎么样呢，全都烧掉，毁掉就行了？你想怎么做？

动手的。是。你。这。是。你的。事。情，马兰。

行吧。那我会把它怎么样？

第五部分　决　斗

园丁会如何对待被抛弃、被荒废的花园？你需要的是刀和斧。砍掉多余的枝蔓，花园将重获生机，园丁会满意的。

他迟疑了。

那在这个重生的花园里……应该长什么呢？

园丁自己决定。园丁智慧超群、行事公允。

园丁来决定……难道还能改变不可改变之事？

新的世界诞生于灰烬。秩序与和谐脱胎于混沌。马兰，快开门。

诞生于灰烬？

口好渴，头好晕。

行。我同意了。说吧，要我做什么。

黑渊深处传来一阵沙沙声，似乎有人在远处鼓掌。

⚔

一片愁云惨雾中，我们回到了拉尔特被尘封的家。

屋子在等待主人回归。虽然感觉上我们没走多久，可前厅我经常剪羊毛的区域已经长出了茂盛的灌木。

拉尔特斜眼看了看曾经放着丑陋衣架的地方，对着我叹了口气。"酒。午饭。其他的你看着办。"说完对着身后的奥尔文点了点头，径直上楼去书房了。

我不知道应该先做什么，跑去厨房的路上拉开了所有窗户和窗帘。

屋子恢复了生气。壁炉里吹出一阵风，炉膛里存了很久的冷灰飘得到处都是。每一块地板被踩到时都会发出不同的声音，似乎在笨拙地尝试演奏拉尔特喜欢的旋律。尽管窗外阳光明媚，蜡烛们仍然集体燃烧起来，发出亮光。枝形吊灯上的水晶挂饰就像

守门人

一只只眼睛，看着我跑来跑去。

厨房里巨大的炉灶打开了炉门，像小鸡张嘴要吃食一样想吞吃木柴和火绒。堆在一起的木柴互相推搡着，争先恐后地想跳到我手里。我去了地窖一趟，这期间火钳把鸡毛拔了，炉子把杀好的鸡烤炙了一番。

我的工作进展得很顺利。一只蟑螂从地板上的裂缝中探出触角，我对着它一通呵斥，然后急匆匆地离开去收拾桌子布菜了。

于是我成了第一个见到他的人。

来人坐在大餐桌一头的椅子里，阴沉地打量着挂满走廊的家族画像。看到我的时候他很是吃惊，就像看见嘴里塞着辣根叶的烤猪从盘子里站起来了一样。我对他行了个礼。

"哈，"他小声说，"让别人等，这的确是拉尔特先生的风格。"

"你好，巴利塔扎尔。"我身后传来一句。拉尔特走了过来，把手套往桌上一扔，仿佛眼前的一切是家常便饭。

巴利塔扎尔·埃斯特的嘴角都要撇到下巴上去了，起身时那么大个桌子竟然都晃了晃。"我非常失望，拉尔特。"他的声音就像一条极度饥饿的蛇，"特别失望！难道我们的协议里有释放马兰这一条？难道我们在另一份协议里没约好应对外部威胁的行动方案？过去三个月，你是不是把所有的协议都违反了个遍？"

我感觉自己的脚粘在了地板上。奥尔文"哎哟"一声愣在门口。

"埃尔，"主人嘴里说出这个人名时语气特别让人动容，"我很多天没睡了。我三天三夜里跑了很长的路。我很累。看在老天的分上，我们就不要把这一切再重来一遍了！"说到最后，他忽然开始咆哮。

第五部分 决 斗

面无血色的奥尔文揽住我的肩膀,把我从客厅拖了出去。我们出去之后,门砰的一声关上了。"这是他们之间的谈话。"他故作镇定地说,"来吧,他刚说过了,酒、午饭……"

从客厅里传来压抑的谈话声,俩人在吵架。拉尔特的声音有些尖,语速飞快,埃斯特的声音则像是篝火被淋了水,嗞啦嗞啦的。

奥尔文从兜里掏出一枚铜币。铜币在他掌心打了个转儿,跳起来悬在空中。"蜥蜴真可怜。"他似乎在自言自语。随即谈话声瞬间消失。铜币叮当一声掉到地上。

门一下子敞开了,埃斯特站在门口。我往旁边一躲,心里猜测着拉尔特的命运。

"是啊!"埃斯特意味不明地来了一句。真好,拉尔特出现在他背后。他看了我一眼,甩出一句:"午饭呢?"

"已,已经好,好了。"我有点语无伦次。

"端上来。"主人下完命令,回到客厅。

埃斯特一动不动地站着,死死盯着奥尔文,沉声说道:"给我看看。"

奥尔文咬了咬嘴唇,从衬衫里掏出了长满锈斑的护符。

埃斯特瞥了那东西一眼,转过身去,难看的马脸拉得比之前还长。

众人在客厅吃饭,我在桌旁伺候。奥尔文吃得气吞山河,拉尔特则阴着脸用叉子在盘子里划来划去。埃斯特大部分时间都在喝酒,我脑子里也一直在想事儿,导致我每次给他倒酒都会溅几滴到他宽大的百褶领上。

没人说话。只有那座机械大钟因为主人回归欣喜若狂,隔段时间就会奏乐，打开雕花小门，让几个掉了漆的人、兽和鸟雕像露露脸。拉尔特抬起一只手，正在报时的钟瞬间闭了嘴。

"这个，"拉尔特开口道，不知道他在对谁说话，"这个，是要干什么来着？"

又是一阵沉默。

"餐布上是马兰的血。"奥尔文说，"蜥蜴这段时间都盯着他，他的血告诉她，他还活着，没病没灾。"

"还过着好日子……"拉尔特咬牙嘟囔道。

"我倒不觉得他日子过得多好。"埃斯特黑着脸说，"如果他还在他该在的地方，大家会更高兴。"

拉尔特闷闷不乐地看了他一眼。埃斯特耸了耸肩，一脸无所谓。

"今天之前马兰都还活着。"奥尔文说，"他那几滴血出了问题，是不是就意味着，意味着……"

"他死了？"拉尔特一边思考一边替他把剩下的话说了出来。

"别指望了。"埃斯特歪嘴一笑，"如果他死了，血迹会变黑，和焦油的颜色差不多。变黑了多好。按照你们所说的，当时像是在放烟花……"

"这烟花让我想起了一件事。"拉尔特来了一句。

我也想起了一件事，我心想。这件事最近才发生，当时还闹得很不愉快。是啊！一个傲慢女商人的家被烧得一干二净，因为她收藏的一本魔法书在我主人手里自燃了。

"也就是说，马兰还活着？"拉尔特对着空气问道。

"活没活着……"奥尔文叹了口气，"反正蜥蜴，就是卡斯黛拉认为他已经死了。"

"卡斯黛拉又是怎么回事？"埃斯特烦躁地问。

第五部分　决　斗

"她……"奥尔文顿了顿才继续说道,"如果他活着,她应该能感应到,明白吗?可是她感应不到。"

"那就是还活着。"埃斯特打断了他,"他肯定还活着。只是在我们的感知之外。他不在这个世界,话说你们真的认为那个娘们儿能感应出来?"

这次大家沉默的时间更长了。

"始祖先知的《遗世书》里,"埃斯特说,"关于守门人说了些什么?"

奥尔文犹豫了一下。"呃,埃尔,怎么说呢……倒是没有直接提,只是字里行间……似乎,守门人是第三力量的容器,他打开界门后,第三力量会占据他的身体,谋夺这个世界的统治权。主人和奴隶,实际上是一回事。"

完全就是一回事,我一边清洗沾着酱汁的盘子,一边想。

"行啊。"埃斯特幸灾乐祸地拖长了音调,"意思是,我们的希望之星很快就会回来了?带着泼天的怒火和可怕的力量?"

他整个身子都转向了拉尔特。"拉尔特,要不,你解释一下,现在要怎么才能处理你的……我温柔点儿说吧,你的善良造成的后果?怎么才能在他将我们变成垃圾桶之前把他关起来?"

"他没有魔力了。"拉尔特缓慢开口。

"预言里提到了这个。"奥尔文来了精神,"他是魔法师,但又不是魔法师。他背叛过,又遭到了背叛。他失去了魔力,他曾经力量强大,变得虚弱不堪。"奥尔文没再继续说下去,因为他注意到现在说这个不太合时宜。

拉尔特垂下了头。"是啊!"他闷声说,"我没挑好释放他的时间。"

埃斯特满脸阴沉和冷漠,开口道:"拉尔特,你快想想,想想怎么阻止他，他可是你养大的，是你最喜欢的学生。"

"也是你的。"拉尔特反击的声调有些虚弱。

"你们没抓住重点！"奥尔文插了进来，"问题不在于马兰，也不在于他要对你们复仇。第三力量是要把整个世界搅得天翻地覆……"说完他喘了口气。

埃斯特咬牙切齿地问："为什么，奥尔文？这个第三力量是个什么东西？它到底想要什么？"

奥尔文的手指顺着高脚杯的杯口滑了一圈，发出一声轻响。"没有人知道，也无法预估。这不是人类的逻辑能判断的，你明白吗？它可能出于什么原因想惩罚我们，要不就是想占领这个世界，也有可能，它只是在收藏太阳，以此为乐？"说完他费了半天劲，憋出了个难看的微笑。

埃斯特突然也咧嘴一笑。"如果没人知道，那我们在这里哀怨什么？'天翻地覆'，是吧，奥尔文？说不定这是件好事，如果世界其实已经天翻地覆了，第三力量是来正本清源的呢？"

我感觉奥尔文的嘴唇都开始哆嗦了。

"你怎么能……你想想预言里面怎么说的，埃尔，'脚下的大地会将你吞噬入腹……飞鸟亡于蛛网……'"他的声音越来越低，最后不吭气了。

埃斯特冷冰冰地耸了耸肩，拿起一把刀，专注地在桌面上划来划去。"你是魔法师，用不着我给你解释。把人开膛破肚看上去是不是很可怕？那如果动手的是外科医生呢？一般人看着觉得残忍，流血、疼痛、恐惧……可这样一来病人就不会死，甚至在康复后还能参加晚会。当然不是马上，他需要时间恢复。一切都需要时间。一切都有代价。"

他放过了桌子，沉思着用刀在自己脸上比画了一下。"别这

第五部分 决 斗

么看我,奥尔文。我就是随口一说,也没什么定见。这个世界上乌七八糟的东西太多了,我的朋友。"

"凡有魔力者,皆堕深渊地狱。"奥尔文语带责备。

埃斯特又耸了耸肩。"嗨……魔法师之所以是魔法师,就是因为我们在任何时候都能独立思考。"

就在这时,一直沉浸在自己世界的拉尔特握紧双拳站了起来,沉甸甸的目光扫过所有人,低声甩落一句:"够了。"

奥尔文和埃斯特看着我的主人,他继续沉声说道:"只有守门人能开门,只有守门人……界门开启之时即它降临之时,也就是说只有打开界门,它才能降临!"

他又叹了口气。"埃尔,你说他不在这个世界?他在哪儿?他在界门边。在界门那里,你明白吗?他去开门了。可是我们……就让他去开吧!我,拉尔特,将会战斗到底。"

"我也是。"奥尔文神经质地说。

埃斯特只是轻蔑地哼了一声。

他沿着长长的海岸向前走,温暖柔滑的沙子一直没到脚踝。

不,时间不对。刚才他还在又黑又闷的走廊里,破旧的台阶一路往下,尽管他感觉自己一直在朝上走。

湿润的草地……时间不对。路面上浑圆的卵石……光滑的树叶、蓝色的纸片、绿色的补丁……碧绿上的一点橙红。平静湖面上的蜻蜓倒影……时间不对。

天空如此低矮,几乎压到人的肩上。它朝下使力,不让人挺直身子。别管那么多了!

逼仄的牢笼,愚蠢的闹剧。别哭,万一墙破了呢?

守门人

走廊。转弯。手里的火炬在冒烟。它在哪儿？界门在哪儿？

我开门，然后你降临。不对，是我降临。我开门然后我降临。快了。马上。

一群海鸥受惊飞起。船还在远方，浅蓝的风帆飘扬在深蓝的海面。近岸的水草轻轻摇曳，舞动着蓬松的肢体，一副茫然的样子。水母在棕色的石头上奄奄一息。我直接用双手抓起它，把它放进水里，对它说："快回家吧！"

快回家。

你的家在哪里，马兰？

又转了个弯。如果手里的火炬熄灭了……不，想这个没有意义。

冷。硕大的冰窟窿，鱼儿深色的脊背……不对。浓雾，黏稠滑腻的浓雾……也不对。公园、花园、喷泉。只有一只眼睛的保姆照看着一群孩子。花园周围是用光滑的木棍打造的栅栏，鲜艳、精致、华丽……栅栏之外是什么？没有喷泉的时候又是什么样子？

往栅栏外面看一眼吧，把脸靠在栅栏上。不，这是笼子上的钢条。这是生了锈的大笼子，我一个人被关在里面。其他人都在外面。

一个被照料得很好的壮实男孩。难道没有保姆照管他吗？发色那么浅，鼻子上还有伤痕。他看过来了。

我站着干什么？走啊，手中的火炬在颤抖。为什么要盯着我看？是什么力量，是什么可怕的动机在驱使着你们，我的同类们？和我相似的生物们？

世上所有生者的脸合一了，面目可憎，恣意大笑，口水四溅……

第五部分 决 斗

小姑娘坐在父亲肩膀上。父亲温柔地笑着,给小男孩递烂菜。

别遮了,把火炬拿稳。不准遮。烧了吧!

我是他们的谁?这帮人的血管里流淌的不是血,是污浊的黏液?烧了吧!够了。

火焰在舞动。向前。界门在走廊的拐角处等着我。

双腿就好像被埋起来了,不听使唤。它们在细数我到底跨过了多少道门槛,又被赶出来多少次。不,不能再犹豫了。一旦开始,就不要停下……

拐弯。

我到了。

没有生机、寂静空无。只有一个人在轻轻呼吸。

界门。

一扇沉重的铁门,硕大无朋,门上插着巨大的门闩。

他停住脚步,举起火炬。浊重的呼吸声瞬间停止,一片寂静。

咚、咚、咚。

敲门声来自另外一边。有人,或者有什么东西在乞求收留。我这么敲门多少次了?

轻轻地、温柔地、谄媚地……咚、咚、咚。

双腿不再麻木。手指不再颤抖。火炬插进石墙上的铁环。两只手都得空出来干活儿,哎嘿。

够了,不能再回忆了。扁平的石头上从来就没有过什么蜥蜴。月光下的河里也没有鳟鱼。镶着金边的森林并不存在。那个叫盖伊的小男孩早就忘了马蜂是怎么蜇他的。他长大了,拿着一篮子烂番茄来到广场。被他搭救的女孩加拉正在寻找可以背叛的人,找到了就把他送到残酷的法官手里……所有人都站成一排,每个人手中的杯子都裂了缝,从缝中滴下的不是水,而是……

够了。门闩在这儿。干活儿。

他动手了,锈迹斑斑的冰冷铁门上涌起一股暖意,回应着他的动作。

"埃尔?"奥尔文的声音尖厉得像一只鸟。

"我看不见。"埃斯特的声音低沉又凝重。

"一起吧。"拉尔特叹了口气,"再来,我们一起!再找找他,来吧!"

"停。"奥尔文脸色惨白,连同椅子往后一倒。拉尔特和埃斯特跳了起来。

"怎么了?!"

"没什么。"奥尔文躺在地上,艰难地回答道,"我在你们中间……喘不上来气。你们从两边压制我……"

"就像压制马兰一样。"拉尔特轻声说。

奥尔文一哆嗦。"你可别那么开玩笑,求你了……"

拉尔特伸手一把将他拉了回去。"时间……没时间了。他在界门旁边。我们再试一次。"

门厅传来快速的脚步声。我浑身发凉,拉尔特扫了我一眼,我冒着冷汗,挣扎着走了过去。

是那个叫卡斯黛拉的女人。她一脸憔悴,面无血色,炽热的眼神中透露着痛苦和疑惑。她身后的地板上拖着一条长长的,用来表示哀悼的头巾。

她看见我时本想停下来问点什么,我迅速转身,摆出一副邀请,不,求她快进来的样子。她没多问,犹犹豫豫地跟在了我身后。

"蜥蜴!"奥尔文叫道。

埃斯特嘴巴一撇。拉尔特背对着门坐着,缓缓转过身,和她对视了一眼。

"我来了。"她的声音在发抖,"马兰没死。我感觉得到。他出事了。听着,他出大事了!"

"我们所有人都大祸临头了,卡斯黛拉。"拉尔特冷声说道,"你唯一能帮助马兰和你自己的,就是找到他。我们三个已经试过了,要不你帮帮我们?"

埃斯特又哼了一声,她看也不看他,走到桌旁,坐到了我拖过来的椅子上。

"你不再动用魔法的决定怎么办?"埃斯特问了一句,笑容中全是嘲讽,没等她回答,又隔着桌子冲拉尔特来了一句,"这简直就是把两头水牛和一只苍蝇套在一起拉车。"

蜥蜴坐得笔直,非常直。埃斯特说完,她疑惑地看了拉尔特一眼。

"坐着别动。"拉尔特对她说。埃斯特耸了耸肩。

奥尔文再次伸出双手按在桌上。所有人都做了相同的动作,组成了一个闭合的环。

拉尔特之前还闪着黄光的眼睛忽然放射出均匀的红光。那副样子太可怕了。我浑身哆嗦,蹲下身靠在了挂毯上。

埃斯特的脸因为愤怒和轻蔑变得扭曲,奥尔文咬着嘴唇,卡斯黛拉背对着我。书房里的空气一阵激荡,仿佛有根绷紧的弦断了。

"我看见了!"卡斯黛拉大喊出声。

拉尔特跳了起来,撞翻了椅子,埃斯特和奥尔文也跳了起来。女人忽然成为了众人关注的焦点。

"看见什么了?"埃斯特脱口而出。

"门……一扇门……上着锁……"

"你看见马兰了吗?"拉尔特问。

"没有……大厅……很暗……不清楚……帮帮我。"

"太弱了。"埃斯特轻声说,他的表情一阵扭曲。

奥尔文一声惊呼,卡斯黛拉忽然稍稍站起,她的双眼就像两盏油灯,发出绿光。"我看……见……鲁阿尔……鲁阿尔……"

她的声音越来越弱,越飘越远,说话的声音像个瓷娃娃:"鲁……阿……尔……"

拉尔特抓住她的肩膀,情绪非常激动。"叫他。叫他。快点。"

卡斯黛拉转过身,脸色灰败得厉害,我甚至都有点不认识她了。她整张脸上全是泪水,嘴唇飞速翕动。

"他不……"她又用瓷娃娃一样的声音说道,"他听不见……他听不见……鲁阿尔……"

"叫他!"拉尔特大喊,她抽泣了一声,失去了意识。

"可能,就这样了。"拉尔特机械地说。

他优雅地翘起二郎腿,坐在椅子的扶手上。卡斯黛拉斜靠在扶手椅里,昏暗中我看不清她的脸。埃斯特若有所思地拿着长剑在挂毯上划来划去。奥尔文把玩着玻璃地球仪,手指抚摸着它的磨砂表面。那些毫无用处的书黯淡地闪着光,沉默又阴郁的大键琴在角落里不停叹气。

"就这?"奥尔文一边反问,一边用指甲抠地球仪上的某个群岛,"就这?"

"我们能做的都做了。现在只能等马兰,或者等着那个成为马兰的东西出现,那个被他放进来的东西……"

"还能怎么办,让他来。"埃斯特冷笑道,"我们之间有的是账要算,对不对,拉尔特?"

"他曾经是个好孩子。"拉尔特叹了口气说,"可他背叛了……背叛了你和我,现在还要背叛这个世界。我们已经无法阻止他了。"

"他从来就没有背叛过。"卡斯黛拉轻声说,她的声音听上去十分平淡。

没人回应她。天色愈发深沉。

"埃尔,你划挂毯干什么?"拉尔特问道,他的夜视能力极佳。

埃斯特"铮"的一声把长剑插回剑鞘。

"壁炉……"卡斯黛拉请求道。

我本来要冲到壁炉边生火,拉尔特只是看了一眼,里面的木柴就燃起来了。真可惜,主人以前可从没帮我做过家务。

所有人都没说话。

"我该走了。"卡斯黛拉说话的声音还是很小,没什么波动,"得照顾孩子。"

她站起身,奥尔文忽然放下了手中的地球仪,也站了起来。

"等等,你等等……我的护符生锈了,就像坟墓篱笆上的钉

257

子一样。还有办法，最后一个办法。我可以再试试……顺着刻纹到那边去。我去马兰那儿。我的护符可以带我过去。来吧！"

"没必要，奥尔文。"埃斯特小声说。

拉尔特皱着眉补了几句："我们不知道马兰在哪儿，他旁边的那个东西会杀了你。护符生锈了，保护不了你。有必要冒这个险吗？"

奥尔文脸上又浮现出了不均匀的红斑。"那如果……如果不这么做，我们所有人就都完了。你们还记得吗？'凡有魔力者，皆堕深渊地狱'？"

他们都记得。他们都打了个哆嗦。

"我来试试……"奥尔文继续道，他的声音变坚定了，"这是我们唯一的希望……我来阻止他。你们帮帮我。"

拉尔特和埃斯特面面相觑，迟疑了很久。

"没必要，奥尔文。"拉尔特说。

奥尔文没搭理他。护符飞到了他手里。"我怎么一开始没想到……在我之前有先知这么做过。护符上的镂空刻纹把他们带到了其他空间和时间……"

"他们回来了吗？"卡斯黛拉轻声问。

奥尔文把护符摘了下来，环视一圈，似乎在寻求支持。"喂，埃尔，拉尔特！别傻站着了……"

埃斯特和拉尔特互相看了看，拉尔特再偏头看了看我。"出去！"他声音不大，我瞬间出现在了门外。

这是我这辈子最不爽的时刻之一。走廊里光线很暗。书房里偶尔会传来几句断断续续的话音，卡斯黛拉在请求着什么。砰的一声，他们在挪动桌子。一片寂静，只有我的牙齿在咯咯打战，还有地板被我踩出的嘎吱声。

第五部分 决 斗

他怎么才能通得过护符上的刻纹呢？变得和蚂蚁一样小吗？还是护符会变大，然后那些镂空的刻纹会变成门呢？好吧，就算他到了马兰那边，又能怎么样呢？

我的脑海里浮现出了各种可怕的画面。

一道光从门后闪过。门砰的一声开了，就好像被火药桶爆炸崩开的一样。书房里人影闪动，有人高叫一声："退后！"

尽管人家招呼的不是我，我还是朝后一闪。

"退后，奥尔文！快退后，快！"

咒语，咒语，可怕的咒语！

书房的门一阵晃动，仿佛风暴中的船帆。又是一阵强光，没有任何雷电能和这紫色的火光相提并论。一股热风直扑我面门，我摔倒了。

火光消失在一片黑暗之中。虚弱的门不断发出细长的呻吟。卡斯黛拉痛苦又哀伤地抽泣了一声。周围忽然安静了下来，我长这么大还没遇到过这么安静的时候。

黑暗中忽然亮起两团光——拉尔特和埃斯特分别点燃了一团火。书房里亮堂了些。

我朝书房门爬了过去，看见了奥尔文。

他半边身子躺在地板上，背靠着书架，后仰的脸几乎碰到了金色的书皮。他的面容憔悴、哀戚，还有种帝王般的庄肃。拉尔特把火团移近了他的眼睛，他毫无反应，仍然哀伤地看着前方，视线穿过了拉尔特，穿过了阴郁的埃斯特，穿过了默默哭泣的卡斯黛拉。

"行了。"埃斯特说，接着又对卡斯黛拉吼道，"别哭了！都这么死了就好了……"

她缩进黑暗的角落，用黑纱捂住嘴哭个不停。

拉尔特站了一会儿，双手把火团抛来抛去。他忽然浑身一颤，拉开了挂镜上的布帘。

镜子里一片漆黑，无论是拉尔特、埃斯特，还是缩在门板下的我都没被映在里面。也没有书，没有地球仪，没有挂毯。唯一显现出来的只有奥尔文。

他面对着我们，一脸悲伤，似乎还有些内疚。他想微笑，又有些迟疑地耸了耸肩，然后对着众人依次点头道别。埃斯特本想走到镜子旁边，奥尔文摇了摇头，朝后退去。他举起一只手，悲伤地笑了笑。他叹了口气，朝镜子深处的黑暗走去，走向另一个世界。他的身影越来越小，终于完全脱离了我们的视线。镜面颤抖了一下，拉尔特、埃斯特、裹着纱巾的卡斯黛拉，还有从椅背后往外窥探的我都出现在了镜子里。

叮当一声，奥尔文的尸体消失了，锈迹斑斑的先知护符掉落在地。

门闩，发烫的门闩被逐渐拉开。门后的东西在期待。

广场上的男孩浑身一颤，一把捏碎了个烂番茄，歇斯底里地喊道："绿色平原上的旅人，灾祸将至！脚下的大地会将你吞噬入腹，清水化为黑血！天空被剥了皮！"

啊！天空曾多么美丽。暗金色的天空、天鹅绒样的天空……棉团似的乌云遮天蔽日，满天星斗沉陷其中，黎明时分，空中的巨网在颤动，无数翅膀在里面上下翻腾……

脓液漫天滴落。

没什么。颤抖吧！你这个无能的鼠辈，只会乱扔烂菜。我来了，不，我没时间料理你，我要收拾所有生你养你的人。我要收拾那些在广场上欢呼大喊、拍手叫好的人，收拾那帮一言不发、盯着笼子目不转睛的人。以牙还牙。

他忽然看见了被他遗忘的寡妇，看着那个收留了他一夜，还邀请他多停留一段时间的女人。她的蜜蜂在蜇她，她用尽全力，张开肿胀的嘴大喊："森林将根系伸向太阳留下的破洞！迷雾的绞索缠上死人的脖颈！"

他苦笑了一下。没办法，痛苦之后才会有新生。一切都有代价，我的同类。

大海立即把水母抛了回来。他把它放进水里，对它说"回家吧"。可是海浪将它戏耍一番，又扔到了另一块更加坚硬和干燥的石头上。

今天我是海。我可以随心所欲把那些水母都拍到石头上，想拍多少拍多少。

救那个小孩有什么用，他反正会死。即使现在不死，以后也会死。他最好现在就去死，不然他会挑个好日子，跑去欣赏砍头的盛景。别不同意，他肯定想看。对他们而言，对这些人而言，没有任何东西比类似的场景更有趣……

这门闩可真沉！

他停了一会儿，想喘口气。要不……

有什么东西不一样了。插在墙上的火炬冒着烟，一片寂静，唯有他自己沉重的呼吸声。

真的什么声音也没有吗？

"鲁阿尔……鲁阿尔……"

又是你。银色的鳞片。灵活的绿色尾巴。炉子里暗沉的火焰。门后的摇篮。等我……你可以在平坦的石头上晒太阳，我过来的时候会很小心，不让影子惊扰到你……

"鲁阿尔！鲁阿尔！"

不，先别说话。我知道该做什么。你再等等。我把手头的事情做完再来带你走。

呼唤他的声音消失了。

他再次握住了发烫的门闩，感受到了另一侧传来的轻微压力。外面似乎吹来了一阵风，半拔出来的门闩不住扭动。

啊，忍不住了是吧？

忍不住要降临这个平庸、乏味、荒唐的世界。会有什么改变吗？是马上改变呢？还是一点一点来？我想一劳永逸，立刻、马上。我要把他们都召集到广场上……你，鼻子上有抓痕、浅色头发的健壮男孩，就以你为中心……不是拉尔特，也不是埃斯特，他们要往后排一排，这是我的事。我犯了错，说这些干什么，我的确犯了错……和磨坊主的赌约是存在的！你……你说，我怎么你了？为什么你在践踏别人，挖苦别人的时候如此开心？

门闩在抖动。从另一边传来的压力在增长。你等等，着什么急……

疲劳感排山倒海。他撑着门站着，感觉门被顶得拱起。门闩几乎支撑不住了。

我要把你们都召集到广场上……我要你们明白。你们的同情我不感兴趣，你们没有同情别人的能力。你们应该会的，是恐惧……一切终有报。清水化为黑血……你，扔烂菜的小孩，就从你开始。

就。从。你。开。始。

他微微眯起眼睛，飞速掠过大地。有人号啕大哭，有人惊恐嘶叫。滚烫的焚风夹杂着刺鼻又陌生的气味。奇怪的光，非阳光，也非火光，是一种混沌且不自然的绿光。远方传来越来越大的隆隆声,任何人听了都要起鸡皮疙瘩……最先朝他扔烂菜的男孩跑在最前面。

男孩跑得很盲目,他扯着嗓子发出令人难以想象的尖叫……肩胛处的薄衬衫湿透了,额前的浅色长发贴到了后脑勺……他跑得如此拼命,就像以后再也没机会跑步、发笑、吃晚饭,向鸽子扔石头了一样。

疲累的双腿踉踉跄跄,不再听使唤,尽管他本人看上去和以前一样膘肥身健。阴影笼罩了他,是追他那东西的影子。黑暗、浓稠的影子,裹挟着无边的恐惧。

他在尖叫。看他这副样子!他绊了一下,向下摔倒,流着眼泪的脸转到一边……骨头碎裂的声音。吞咽的声音。结束了。

他喘了口气。

难道这样就结束了?

当然,这个过程他想持续多久就能持续多久。

等一下。我想要的不是这个。

我从他的双眼中看到了自己的影子。我的模样令人恐惧。但重点也不在这里。

阴影笼罩了他,是追他那东西的影子。他在尖叫。看他那样子!他绊了一下,一把小折叠刀和一块布包起来的水果糖从兜里掉了出来。他伸出发抖的手想捂住脸。一缕潮湿的头发粘在太阳穴。衣服上的补丁几乎看不出来——母亲很爱他,缝补得非常仔细。鼻头全是汗。右手上有烫伤——他帮外婆做家务时用手抓了火钳,烫着了。门牙少了一颗——他和邻居家的小孩打了一架。小指上戴着个木戒指——这是他爷爷亲手做来送给他的礼物……

看看他。看看他们,看看这些人。你快醒醒,快看看。都是可怜人。和他们相比,你罪孽深重。

Привратник
守门人

  满腔怒火驱走了倦意,令他无法思考。我罪孽更深?我何罪之有?即使有,我也已经多次赎罪了。所以呢?
  一片寂静。门被紧紧抵住,向内弯曲着,就好像它是橡胶做的一样。
  浮肿的大脸,满眼全是嘲讽。
  窗上全是冰,应该再吹几口气,透过融出的小孔能看见正在飘落的雪花。纤细的手指很快就会冻僵……窗台上花盆里的小花过不了多久就会凋落。
  看看未婚妻……粉色的脸颊,白色的绸衣……
  我们的孩子会走路了,会走路了!虽然现在迈步的时候还不是很自信,再过几天……
  妈妈,我从集市上给你带了块糖。我用布把它包了起来,不然我肯定会忍不住把它吃了。给,拿着!
  谢谢,儿子……
  人海浑浊,人渣泛滥。
  愿你安息。落棺吧!
  撞得很重?哪里疼?
  苹果散在地里。一弯腰就背疼。
  快来。我把晚饭热好。
  睡吧,烧着火呢!快让孩子们去睡觉……
  快开门,鲁阿尔,开门!
  门闩在颤抖。
  快阻止我!
  我被诅咒了。我的一生都被诅咒了。快停下!迷雾的绞索缠上死人的脖颈。飞鸟亡于蛛网,走兽没于……快停下。
  他想把门闩往回推,可双手不听他的,它们紧紧抓住门闩,试图把它拔出来。他拼命大吼,把头朝旁边的火把凑过去。他烤焦了自己的头发,夺回了双手的控制权。

推门闩时的阻力很大。可怕的力量击打在门上,界门像纸糊的一样扭动弯曲。他的双手忍着灼痛,与巨大的力量相抗衡,把门闩一点一点往回推。门外忽然传来裂帛般的声音,旋即又是一阵低沉的轰鸣。还差一点。

终有一天……终有一时……终有一人,守门人……

他气喘吁吁地往后退了一步。界门差点就要被从合叶上撕下来了。

"别这样。"他轻声说,"别拍了,求你别拍了,你这个混蛋!"他忽然非常生气地说,"滚吧,哪儿来的回哪儿去!"

火炬爆燃,白色怒焰冲天而起。

黎明时分的惨淡天光透过厚重的帘幕照射进来。挂毯经受了埃斯特折磨,伤痕累累。

他们默默地围坐在一张矮圆桌旁。桌面刻着各种符号,中心放着先知护符。

房间里弥漫着朦胧的光,生锈的金链和护符上错综复杂的镂空刻纹清晰可见。卡斯黛拉率先起身,埃斯特和拉尔特也相继起立。拉尔特晃了一下,用手牢牢抓住了椅子上裹着天鹅绒的扶手。

"我喜欢在自己的土地上战斗,让那东西来我家找我吧!"埃斯特说这话的时候眼神空茫。

"你呢,卡斯黛拉?"拉尔特问道。

"孩子。"她像在梦游一样,驴唇不对马嘴地答了一句。

"行。"拉尔特说,"你走吧!卡斯黛拉,谢谢你不计前嫌来到这里。埃尔,谢谢你此刻保持沉默,尽管你认为是我造成了这一切。再见。"

我没去送他们。他们自己消失在了昏暗的前厅。

拉尔特步履沉重地走到窗前,拉开窗帘,凝重的灰色晨光照了进来。

"你也走吧!"他背对着我说。

我不能相信自己的耳朵,立即开始思考我是不是有什么地方做错了。

"主人……"我无助地轻声说。

他转过身,我发现他一夜之间老了不少。

"你不懂。"他浅笑着说,"这不是你的问题,是我的问题。现在的我不适合当主人,也未必需要仆人……你记得吗?'凡有魔力者,皆堕深渊地狱'?它会追逐而来。这是我的命数,我做好了准备,当然一切没这么简单。但是你……"他没再说下去。主人很不想承认自己无计可施。他沉默了一会儿,哑着声音继续道:"我现在没办法保护你。你走吧!你在这里也无事可做,单独待着反而安全。"

我想说我无论如何都不会离开他,我会一辈子效忠他,我已经准备好同他一起承担他命中的劫难了。然而话还没出口,我的腿就一阵颤抖,出卖了我内心的恐惧。我忽然想起了第三力量,它正在屋外窥伺,一只圆形的眼睛正透过书房的窗户往里张望,另一只则盯着卧室……我的天啊!

"动作快点。"拉尔特说,"时间不多了。你去村子里吧!"

我的腿好像粘在了地板上,像白痴一样站着,迷茫地张嘴喘气。

第五部分 决 斗

"走啊!"拉尔特的声音越来越凝重。我看着他,没有挪动半步。

他举起一只手,掌心向上放在面前,作势想吹走沾上的浮尘,另一只手叠在上面往前轻轻一抹,似乎在推我走……

等我反应过来,我已经站在山脚下了。拉尔特的家在我背后,面前是一片树林,树林后有个村庄,那里炊烟袅袅,昏昏欲睡的酒馆老板站在门口,酒馆里的人对第三力量毫无概念。

我小时候有两副手套。一副给了我妹,毕竟我不想每天都琢磨戴哪双。选择是最愚蠢的事情。

我是他什么人,儿子吗?我连学生都不是。我这辈子都不可能像那个……那个马兰一样得到他那么多关心,十分之一都不可能。偶然遇到的那个叫卢阿扬的男孩,他们俩的关系都亲近得多……可是之前他还用分岔的舌头舔我的脸来着?!

我咬着嘴唇站在当地。下雨了,雨停了,又下雨了,雨又停了。寒风阵阵。

前门发出轻微的嘎吱声。楼梯……书房门……

他面前摆着一杯葡萄酒,两条腿放在了刻满咒符的矮圆桌上。抿了一口酒,他轻声说:"我失败了……我失去他了……太久了。太多的力量……"

地板在我脚下嘎吱作响。他顿了顿,放下酒杯,转过身来。

我们四目相对,我希望他再次把我赶走。可他没这么干,只打了个响指,桌上又出现了一个细长的高脚杯,里面倒满了酒液。

"干杯。"他笑着说,"为了守门人干杯。为了心怀善意的、诚实的守门人干杯。快来喝酒……"

我握着酒杯的手不由自主地发抖。

"守门人都很诚实。"拉尔特笑容依旧,继续道,"他们忠诚、殷勤。打开这个世界所有的大门后,他们……"

他呛着了,没再说话。他的瞳孔不自然地放大,眼底闪过一抹熟悉的红光。我手里的杯子掉落在地,酒液四溅。

"鲁阿尔……"拉尔特轻声说,那副样子就好像面前有个隐形人在同他说话。

"我来了……鲁阿尔,我来了。"

你怎么回来了?守门人,谁给你的胆子?

门闩生锈了。如果你愿意,可以去看看。

蠢货。

层层叠叠的帘幕颤抖着,一股黏滞的风从黑色的深渊中呼啸而出,马兰咳嗽了一声。

傻子。我真是难以置信。

"所有人都会遭遇失败。"马兰出声道,"勇敢地承受自己的失败吧。"

这是你!的!失败,卑贱的东西!

他朝后退去,暗影获得了生命,深渊露出了獠牙,漫天的织物颤抖着腐烂了,脚下的木板抖个不停,钉子像恶心的虫子一样四散爬出。

这是你的失败。你不配得到力量。你会付出代价。

他失去了对身体的控制,软绵绵地躺在了起伏不定的木板上,就好像有人忽然给了他一拳。

我现在让你看看你到底是什么,求仁得仁。

第五部分 决 斗

恐惧，无形的恐惧忽然攫取了他的身心。

看啊，鲁阿尔·伊力马兰涅恩！看看，这就是你！

地上忽然长出了一圈镜子。鲁阿尔飘在它们中间。镜子里映射出一个悬在空中，不断乱抓的人影。炫目的白光从天而降。

世界之主……虫子，卑微的蛆虫！

马兰的身体开始抽搐、扭曲，他逐渐丧失了人类的外形。镜子冷漠地从四面八方包围着他，详细地记录正在发生的一切。半透明的灰色腹部，纤细颤抖的双腿，以及发狂的、属于人类的眼睛。

你就是一团无形无状的烂肉！

近处、远处、侧面、后面……所有的镜子里都映照出一团不断鼓胀发泡的灰白物质。鲁阿尔看见了它，他就是它。他想叫却叫不出来，因为他只剩下了一双眼睛，一双人类的眼睛。为了不让他闭眼，它竟然连他的眼皮都夺走了。

这是你。这就是你。这是你最本源的样子。你的灵魂。下贱又渺小！

他想昏死过去，他的意识渐渐陷入混沌。

不习惯，对吧？你是不是更喜欢当蛆啊？你一直就是蛆吧？

悬在空中的那团黏糊糊的东西开始搏动，血管收缩舒张，半透明的表皮不断痉挛。

不过你当不了蛆，也成不了衣架了。我要碾死你、毁灭你。

长着人眼的怪物开始转圈起舞。鲁阿尔的识海中划过各种令人难以承受的记忆碎片。

真是可惜，这种景致就要消失了。要不你叫几个魔法师来帮你？叫拉尔特来？叫埃斯特来？

他坠向黑暗，不是那个静谧、温柔、平和的虚无世界，而是充满了梦魇的破碎深渊,等待着他的将是血腥而疯狂的折磨。

叫啊!虫子。叫啊!没人能听见。

快结束了。他集聚起身上残存的最后一丝人类意念,透过逐渐消散的意识,发出了无声的呐喊:"拉尔特!"

拉尔特!拉尔特!拉尔特!你在哪儿!

镜子里的怪物在嚎哭:"拉尔特!拉尔特!!"

来啊!来啊!叫啊!叫……

白光忽然熄灭,闪烁几下后又重新亮起。它沉默了一秒,就在这时,一面镜子忽然崩碎,撕裂的边缘卷曲成筒,一个拿着长刀的黑色人影出现在裂口处。

滚回去,魔法师!你再敢往前一步,今天就是你的死期!

站在裂口处的人举起长刀,一面面镜子开始爆裂,无数细小的碎片四散纷飞。白光变成了黄光。

鲁阿尔发现自己躺在地板上,动弹不得。他恢复了人类的模样。

你赢不了我,魔法师!

拉尔特身材高大颀长,脸上挂着阴郁的冷笑。刀刃上电光一闪,他似乎看见了什么鲁阿尔看不见的东西,双目登时变得赤红。

你赢不了我!

鲁阿尔没太看明白眼前的一切,身下的木板高低起伏,长刀旋转呼啸。空气忽然变得极其干燥,令人窒息。

马兰头顶出现了多个黄色和红色的光环,它们互相抽击撕扯,裂开时伴随着轻微的嘎吱声,声音尽管不大,却让人非常难受。灰色的旋风忽然生成,疯狂地旋转着,不断吸入镜子和帘幕的碎片,还有鲁阿尔、拉尔特以及拉尔特的长刀……旋风忽然一颤，陡峭的风壁崩塌了，马兰就像沙坑里的蚂蚁一样不停挣扎。卷进旋风里的东西被甩了出来，堆成一座小山，拉尔特挥动着失去光泽的长刀，砍断了旋风顶部的黑色吸盘……

最后停留在鲁阿尔视线中的是拉尔特和那把长刀，黑色的、浓稠的、类似肌肉的物质卷住了他的手。那东西紧缩成了几个环，像蛇一样挤压他，将他拉向地面。长刀哐当一声从脱力的手中掉落，鲁阿尔·伊力马兰涅恩失去了意识。

⚔

大厅地板上铺满了错综复杂的花纹，中央是一圈燃烧着的蜡烛。一个男人仰面躺在圈中。一名身穿银色法袍的女子站在他身旁，单调地念诵着无穷无尽的咒语。地板上的粉笔线条忽明忽暗。

我不知道我应该去哪儿。我一会儿站在门口，犹豫着要不要进去，一会儿又上楼想找拉尔特，可是书房的门锁上了，里面死寂一片。楼梯和地板上的血迹颜色开始变深，门把手上的血早就干了。房子有时候会因为恐惧而轻轻哼唧一下。

女人终于完成了咒语，一动不动地站着，不发一言。我终于下定了决心。"女士！"她缓缓转过身。

"我的主人受伤了。"说话时我差点哭出来，"帮帮他吧！"

"我哪儿有这个能力？"她轻声回答，"我一离开这个位置，鲁阿尔就会死！"

"如果您不出手，拉尔特会死。"我轻声说。

她悲伤地摇了摇头。"拉尔特是伟大的魔法师，如果他自己都没有办法，其他人也无计可施。"

我没再搭理她，冲进了图书馆。

守门人

书籍闪烁着微光。我从最下面的一排书里抓起最大的一本，梯子愤怒嘶鸣。我一脚踢开它，翻开镀金的黑色封皮。两眼一抹黑，因为我只看得懂用大写印刷体写的咒语，这本书对于我来说简直就是天书。

我开始四处折腾，翻出一本又一本书，哪本都没有记载召唤巴利塔扎尔·埃斯特的方法，尽管我已经做好了思想准备。我忽然找到一本通用语写的小册子，慌慌张张开始翻阅，却发现它只是本长篇小说，和魔法没什么关系。

我绝望了，把书朝地毯一扔，靠在柜子上。合上盖子的大键琴嘶哑地叹了口气。大桌上的玻璃地球仪不停颤抖，刻着魔法符号的矮圆桌缩在角落，一束粗粗的阳光照射在上面。

先知护符被阳光笼罩，闪着金光。干净、明亮的阳光被反射到天花板上，形成了一个鲜艳的光斑。

我浑身是汗，面前的一切都模模糊糊的，好像隔了层潮湿的玻璃，什么都看不清。

我决定凑近看看。

金链子，带着镂空刻纹的金护符。我伸出手又缩回去。我又伸出手，碰了碰护符的边缘，天花板上的光斑抖了抖，不动了。

我哭了。一边哭，一边小心地抓起金链子，举着护符想拿给拉尔特。

我敲了敲门，哭着喊道："主人！铁锈没了！铁锈没了，主人！开门啊！快开门！"

没有回应。

我感觉背后有人，于是转过身去。我以为会是卡斯黛拉，结果却是马尔特，卡斯黛拉的丈夫。他站在楼下，怀里小心翼翼地抱着个婴儿。

第五部分 决 斗

我们就这么互相瞪视了好几分钟,他叹了口气,小声问道:"那个……我能做点什么……卡斯黛拉呢?"

我看了看书房的门。门都快被我踢烂了,可里面还是无声无息。

我学着奥尔文喜欢的动作,把护符举到身前。护符吊在链子上,在半空中缓慢画圈。

"她……"我对马尔特说,"您最好……在前厅等她。"

孩子动了动,他搂得更紧了。

"这里……发生了什么?"他有些迟疑地问。

我们站在楼梯两端,他把孩子搂在胸口,而我把护符攥在身前。

"这里……似乎,拯救了世界。"我悲伤地说。

我们在前厅找到了卡斯黛拉。她站着,从天花板穿透而至的细小光束照射到她身上。看到马尔特,她走上前去,脸上的表情不知是想哭还是想笑。马尔特一言不发地停下了脚步。卡斯黛拉从他手中接过褓褓,掀开了盖在孩子头上的布。小孩虽然有些吃惊,不过神情还是很可爱。他高兴地向母亲探着身子,想要把两只手都从褓褓中挣脱出来。我看了看马尔特,他捂住了眼睛。我让他们自己待着,犹犹豫豫地去了大厅。

蜡烛燃尽了。传奇人物鲁阿尔坐在一圈蜡烛中看着我。表情和之前在前厅那次一模一样。"达米尔……"他脸上似乎带着笑,"我们真是每次都……单独见面。"

我走上前去,脚下尽量避开粉笔画的线,把护符递给他。他迟疑地伸手拎起链子,递到眼前。"这是什么?奥尔文的护符?给我干什么?"

"奥尔文死了。"我说。

他皱起眉,垂下了头。他思考了一会儿,又看了看我,目光中带着疑问。

"您还活着。"我的语气带着责备,"奥尔文死了,我的主人也快死了,可能已经……"

"镇定。"我背后有人说。

马兰的视线从我身上移开了,他忽然浑身紧绷,用力站起身。我缓慢地转过头去。

"拉尔特……"马兰轻声说。

主人靠着门框站着。半边脸都包着绷带,剩下的一只眼睛看着我们。

"拉尔特……"马兰朝前走了一步,又走了一步,他想靠近拉尔特,又犹犹豫豫地停下了。俩人相顾无言,一动不动。

马兰叹了口气,把手里的先知护符递给拉尔特。

拉尔特的嘴唇抖了抖,眼睛瞪得老大,就像集市上第一次见到猴子的小孩。他有些站不稳,我本想扶他一把,可他很生气地用胳膊把我顶开了。

"镇定,我还站得稳……"

他从马兰手中接过护符,用指甲抠了抠,又仔仔细细地研究了一番,棕色的锈斑消失了……锈斑不见了。

"天啊!"拉尔特说。

护符滑过他虚弱的手指,叮当一声掉在地上。我正要弯腰去捡,被一只戴着手套的手抢了先。巴利塔扎尔·埃斯特!

他忽然凭空出现在拉尔特和马兰中间,手里攥着护符上的金链子。黄金护符前后摆动,在空中画出闪亮的弧线。

所有人都没说话。过了一会儿,埃斯特小声说:"原来如此

第五部分 决 斗

……"又说了一句,"原来如此……"接着他冲拉尔特说:"界门还在,守门人也活着,我们安全了吗?"

他阴沉地看了马兰一眼。马兰眼珠都没转一下,小声回应道:"只有一个人有权利杀我,埃尔。只有一个人。"

拉尔特的状态似乎恶化了,他的脸色变得更加苍白,牙关紧咬。我跑过去撑住他,他没再推开我,用力抓住了我的肩膀。我们就这么站了好几分钟,直到他的疼痛平息。

"埃尔,"拉尔特轻声说,"我现在没力气搭理你。请你离开。"

埃斯特等了一会儿,冷冷地耸了耸肩,把护符扔到了大桌上。他走到窗边,似乎想一跃而下。

"埃尔。"马兰说。

埃斯特身形一僵,也不转身,就那么立在那里。

"赌约并不存在。埃尔。那只是一个愚蠢的玩笑。"

巴利塔扎尔·埃斯特把脸转向他,过了一会儿才说:"存在还是不存在,有什么意义……你是个蠢货,马兰,完全没学乖。你应该打开的,这是你的机会……"他的话音忽然中断。低下头,带着嘲讽的意味轻声说,"哎,这段奇遇结束了,也不知道第三力量那个老东西想要什么……"

马兰本想靠近他一些。埃斯特凌厉地瞪了他一眼,紧紧抿起刀锋般的薄唇,冲拉尔特点了点头,又看了鲁阿尔许久,化作一只粗毛乌鸦,刺耳地呱呱叫着从半开的窗户飞了出去。

主人喘了口气,松开了抓着我肩膀的手。马兰垂头站着,似乎在倾听风拍打窗棂的声音。

他一动不动,知道拉尔特在看自己。地板上的粉笔线被擦掉了一半,蜡烛燃烧后留下的蜡池已经凝结。靠窗的角落,有个地

275

方没被窗帘遮住,那里有一团褪色的墨迹。多年前马兰在这里对着一只大灰鼠扔了个墨水瓶。

看见那团墨迹后他笑了,接着又悲伤地摇了摇头:"应该把它擦掉的,是吧……"

叫达米尔的男孩一声轻哼,似乎被自己的勇气吓到了,隔了一会儿才轻声说:"擦不掉,我试过,主人知道的……已经渗进去了,可能还有……"

转身时鲁阿尔撞到了矮圆桌,有些茫然地把先知护符放在眼前,想通过上面的刻纹看太阳。他很快就意识到自己没有这么做的资格,心情又低落了下去,把金链子在手指上缠来缠去。

"奥尔文死了。"拉尔特轻声说。

马兰浑身一抖:"因为我吗?"

拉尔特停顿了一会儿,答道:"不。"

俩人都沉默了。

"我对埃斯特撒谎了。"马兰将后脑勺抵到墙上,闭上了眼睛。

拉尔特费力地扬起断掉的眉毛:"什么?"

"我和他说没有赌约。其实有。我和磨坊主汉特打赌……"

"别说了,行不行?我耳朵里……嗡嗡响。消停会儿吧。"

哐啷……哐啷……窗棂响个不停,镶嵌其中的玻璃发出可怜的尖叫。

"我以为你听了能轻松点儿。"马兰嘟囔道,声音里带着歉意。

拉尔特穿过整个大厅朝他走去。他靠得太近,马兰朝后退去,整个后背都抵到墙上。

"我没有觉得轻松。"魔法师哑声说,"可能我再也不会觉得轻松了。"

他垂下肩膀,转过身去,一副十分疲倦的样子。从前他身上似乎一直有根紧绷的铁线,甚至硌坏了第三力量的牙齿,然而就在刚才,这根线被卸掉了。

旁边传来小孩的啼哭。鲁阿尔心中一动,心底那个错综复杂的结拉紧了。

前门关闭,哭声消失了。

"他们走了。"达米尔轻声说,"她和这个,她丈夫……"

复杂的结在晃动,在拉紧。

"我要……"鲁阿尔本想说话,却没听到自己的声音。他又张开嘴:"我应该……追上去。"

拉尔特走到一旁,重重靠到桌上。低头沉默了一会儿,他抬起伤痕累累的脸。"当然了,你应该去。"

他们下山离开了。鲁阿尔双腿发软,没法跑太快。他觉得自己失去她了,绝望中一声低吼,他的声音立即消散在了风中。可她还是听见了,转过身来。马尔特也转过了身。

又起风了。旋风卷起枯叶,戏耍一番后又将它们抛回地面。蜥蜴朝鲁阿尔迎面走来,步子迈得很慢,似乎很不情愿,很艰难。马尔特看着她的背影,像被扔到岸上的鱼一样无声地张开了嘴。

他们相遇了。她怀里的孩子吃惊地盯着陌生的男人,嘴里"咿咿呀呀"说着什么。她看也不看,拿了个布娃娃给他。

"你救了我的命。"

"我们两清了。"

"你要走?"

婴儿把布娃娃塞进嘴里,开心地用粉红的牙床咬住了它。

"鲁阿尔……你还记得那些蚂蚁吗?"

悬崖下、河岸边的金色沙滩多么温暖!两个半大孩子在沙地上爬来爬去,神情激动。他们中间的那块地方被平整过,一场蚂蚁大战正在上演。黑蚂蚁由蜥蜴指挥,年轻的马兰则指挥着红蚂蚁……一时间双方势均力敌,鲁阿尔的红蚂蚁大军突然无序后撤,转瞬间又以绝妙的攻势击溃了黑蚂蚁大军的侧翼,突破了胶着的前线,朝束手无策的蜥蜴冲去。

"啊啊啊!快停下!"

蚂蚁爬上了她裸露的黝黑手臂。她跳起来,像陀螺一样打转,试图甩掉那些疯狂的虫子。马兰跪坐在地上,膝盖陷进沙里,脸上又挂着得胜了之后的标志性微笑,每次恶作剧成功他的表情都是这样。

"亲你自己的蚂蚁去吧!"她生气地大喊。

"哦,那我想亲的还是你。"

他满嘴都是沙子,想要吻住她微笑着四处闪躲的嘴唇,试图抓住她像蜥蜴一样敏捷的身体,让她停下来哪怕片刻,感受一下少女纤细肋骨之后的心跳。她的心跳出卖了她,她快乐、兴奋又扭捏。大腿上、膝盖上、散开的头发里全是沙子,真想数一数……

秋风徐徐。马尔特在远处等待,没有发现妻子握紧的手指在颤抖。布娃娃上全是孩子的口水。

"蚂蚁?不,我好像不记得了。"

乌云遮蔽了太阳,就像有人把深色围巾罩到了大灯上。

第五部分 决 斗

"啊,那你还记得你是怎么刺激我的吗?"

一只碧绿的蜥蜴趴在平坦的石头上。橙红色的蝴蝶在嫩绿的青草间飞舞……她学会了变身成蜥蜴,可是又只会变成蜥蜴,男孩笑道:"你会变蜻蜓吗?蝾螈呢?龙呢?"

"够了,马兰!你走吧,以后不要再来找我了!"

他捉住了她,把温热的、还在抖动的尾巴扯了下来,用链子穿好戴在脖子上,每时每刻都能感觉到尾巴在他的胸口挠痒痒。她气哭了。这是很早以前的事了,很早很早,当时他们还是孩子……

"不,不记得了,蜥蜴。我忘了。"

雾气从林中升腾而起。鲁阿尔觉得自己在小山上生了根,落叶堆到了膝盖那么高。

"还有那条河,鳟鱼?你快想起来,马兰!"

河水曾经温暖又清澈,即使在最浓郁的夜色中,他都能看到一条银色的鳟鱼在前方游来游去。

他自己也是条鳟鱼,体形硕大,不费吹灰之力就可以追上前面的同类。

她往前游一段距离又折返回来,横在前面,温柔的圆眼睛斜睨着他。他从她身旁迅速掠过,有那么一瞬间,他清晰地感觉到了隔着鳞片传来的温度,开心地跃出水面,看到了漫天繁星,又在月光下激起一阵粼粼的水波。

他们开始绕圈,圆圈越绕越小,鱼鳍变成了手,手碰触到的不再是鳞片,而是潮湿的黝黑皮肤,仿佛全世界都在幸福的马兰怀中颤抖。

他和蜥蜴爬上了岸，两个人的内心都受到了震动，久久不能言语，珍珠般的水珠从他们裸露的肩膀和大腿滚落。

他深吸了一口气，回忆在心中生根发芽，遮蔽了秋日。那个抽痛的结被拉得愈发紧了。

"鳟鱼？"

他想起来了，透水而来的月光多么温柔。河水清澈透明，在水深处看着她真是无比开心。

马尔特站在一旁。他的脸色苍白、憔悴，神情焦虑，他想要搂住蜥蜴的肩膀。"斯黛尔，我们走……"

她怀中的孩子把玩具掉到了地上，气呼呼地动来动去。马尔特捡起了玩具，将它揉成一团。"走吧……走了，孩子要闹了……走吧……"

有人伸手拦住了他。

"别打扰他们……"拉尔特轻声说。

鲁阿尔和拉尔特四目相对。马尔特本想伸手抱走孩子，但是蜥蜴没给他。他们就这么站着，婴儿在几人中间呼哧呼哧地流着口水，伸手去抓鲁阿尔的衬衫。

"你……鲁阿尔，为什么你……要叫我？"

鲁阿尔低头看着自己的手，这段时间他一直都在用手指转动那个黄金护符。

别问了，有什么可问的。我不能。我不能这么做。

她看着他的眼睛，她已经知道了答案。她既期待他叫她，又害怕他叫她。他则一直沉默地看着自己的手。

一群乌鸦呱呱叫着从树林里飞了出来。鲁阿尔希望自己能钻进枯叶堆里藏起来。

孩子哭了,哭声越来越大,伤心又恼怒。蜥蜴摇晃着他,嘴里喃喃地哄着,然而她并没能让孩子安静下来。

鲁阿尔发现太阳给护符镶上了金边。他晃了晃链子,把它当成玩具递给了婴儿。"看啊!好玩儿吧……"

孩子很惊奇,睁大了被泪水充盈的眼睛,伸出拳头去打护符,护符在鲁阿尔的手里晃来晃去。

"来啊!"鲁阿尔逗弄着小婴儿。

婴儿两只手抓住护符,开心地把它往嘴里送,差点将护符从善良的叔叔手里抢走。

"鲁阿尔……"蜥蜴的声音如此之小,他几乎是靠猜才知道她在叫自己。

他抬起手掌,回忆起那只小动物的重量,它被阳光晒得暖暖的,十分机敏。碧绿的鳞片和小小的爪子碰触皮肤,微微发痒。

再见。

他看见蜥蜴从他的掌心滑落,掉进七月的草丛。

秋风又至,站在他面前的女人伤心地垂下了眼眸。

他的目光一直追随着他们。远去的人影越来越小,最终完全消失,隐没在山脚稀疏的小树林之后。

被他拯救的太阳躲进了乌云。

护符表面的光泽熄灭了,它需要寻找新一任先知。

路上早已空无一人,鲁阿尔还是看啊看啊,他的眼睛被风吹得发肿,失去生机的树叶被风抛在他的脚下。

他抬起头,望着空中翻涌的云。

他伫立于世界中心的一座小山。他将永远承受失去的痛苦,永远享受拥有自我的幸福。他宽恕别人，也被别人宽恕。天地之大，孑然一身。

无尽的路在他脚下延伸，然而无人知晓他这是正要上路，还是终于回归。